你是哪颗星

Which Star / Are You

鹿鹿安 /著

CNS PUBLISHING & MEDIA 中南出版传媒
湖南文艺出版社
HUNAN LITERATURE AND ART PUBLISHING HOUSE

图书在版编目（CIP）数据

你是哪颗星 / 鹿鹿安著. -- 长沙 : 湖南文艺出版
社，2018.7
ISBN 978-7-5404-8715-7

Ⅰ. ①你… Ⅱ. ①鹿… Ⅲ. ①长篇小说－中国－当代
Ⅳ. ①I247.5

中国版本图书馆CIP数据核字(2018)第093782号

你是哪颗星
NI SHI NA KE XING

作　　者：鹿鹿安
出 版 人：曾赛丰
责任编辑：刘诗哲
策划编辑：徐　璐
营销编辑：黄欣霖
封面设计：杨　平
封面绘画：Nutdream
版式设计：罗晓芸
出版发行：湖南文艺出版社
（长沙市雨花区东二环一段508号　邮编：410014）
网　　址：www.hnwy.net
印　　刷：湖南天闻新华印务有限公司
经　　销：新华书店
开　　本：145mm×210mm　1/32
字　　数：266千字
印　　张：9.5
版　　次：2018年7月第1版
印　　次：2018年7月第1次印刷
书　　号：ISBN 978-7-5404-8715-7
定　　价：34.80元

有人说
一次告别，
天上就会
有颗星熄灭。

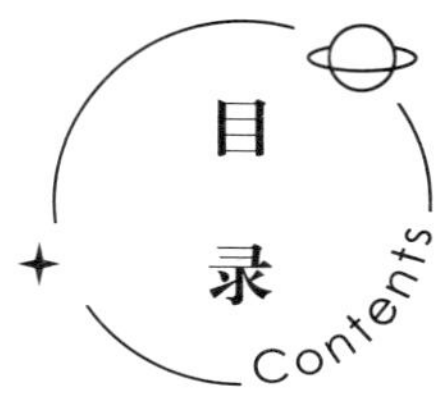
目
录
Contents

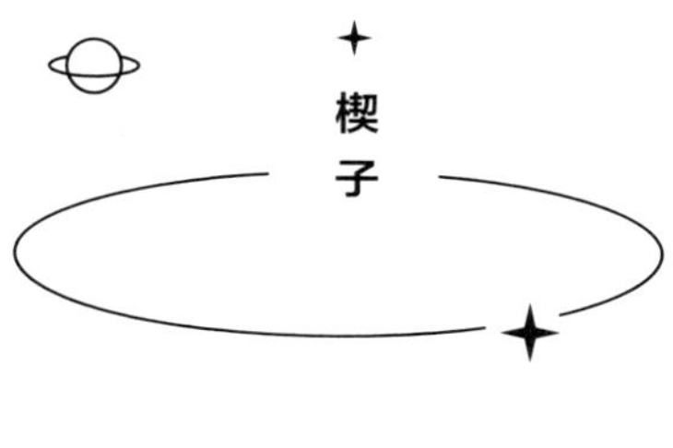

楔子

月色清冷，泠泠地笼罩着这片雪原。

寂静里，远远传来几声狼嚎，更显得这夜色凄冷可怖。

忽地一声枪响，似炸雷，炸开了夜幕。

叶缇双瞳放大，目露惊恐，扣响了扳机的手在寒风中剧烈地颤抖着。

“干得漂亮。”

面前的手机屏幕上，男人笑着抚掌。

叶缇双目赤红地盯着前方，有湍流迅疾而下，有个人跪倒在岸边，身形摇晃，最后支撑不住，一头栽倒在雪地里。

叶缇腿一软，被身边的人迅速扶住。

“把叶小姐安全地带回来。”

电话掐断，身边的黑衣人将覆在她手背上的手撤回，顺手拿回了那把手枪。

两个男人将她架了起来，拖着她离开，有人留在现场善后，翻滚着伏在雪地中的人将其扔向了湍流之中。

寒风萧瑟，吹散了所有的气息。

“韩非——”

叶缇大喊了一声，疯了一般挣脱开他们，拔腿朝着岸边狂奔。天空下起了冰粒子，砸在脸上一阵生疼，她扑向浸染了鲜血的雪地，膝盖猛地着地，一跪，再也不起。

流水淙淙，巨浪翻滚，触目都是漆黑，哪里还有那人的踪影。

雪落无痕。

她蓦地想起五年前，她手执利刃，准确地对那人的胸口，指尖冰冷，掌心却黏腻出汗。那人眼角含笑，目露温柔，伸出手臂拥抱住她，低头吻向她颤抖的嘴唇。

冰冷的刀锋，瞬间没入他的胸膛。

她是罪人。

从前是，现在是，永远都是。

开缘寺里香火绵延，有小和尚低眉顺眼执帚扫地，风过，钟声悠扬。

叶缇伏于蒲团之上，礼佛三拜，良久，才静静起身。

立于一旁的法师引她前往茶堂，青砖铺地，古柏参天，二人一前一后，脚步轻快。

叶缇忽问："师父，佛门有云'万般带不走，唯有业随身'，这业障真的不能消除吗？"

法师停步，回首慈悲一笑："业，未造不遇，已造不失。恶业可以通过忏悔，令其清净。"

行至茶堂，有小僧奉茶，叶缇行礼谢过，忽闻法师开口："他是你的梦魇？"

叶缇蓦地回眸。

"他叫什么名字？"

"韩非。"她轻轻回答。

法师闭目，半晌又道："上一次来，你口中的名字并不是这个。"

"是。"

"那个人叫邵宇峥。"

"是。"

"这个魇缠着你很久了。"

叶缇垂下眼眸："五年了。"

法师轻捻佛珠，良久才问："什么时候遇见了这位韩非？"

叶缇摩挲着茶盏，眼神迷离，目光投向窗外。

窗棂之中透进一丝微弱的光。

尘埃四起。

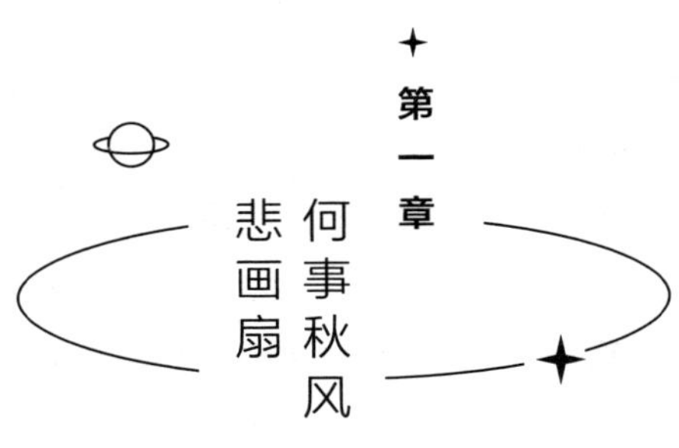

第一章 何事秋风悲画扇

Which
Star —— Are You

不知道什么时候，雨势突然变大了，瓢泼一般，轰轰烈烈，天地之间都是银白色的雨幕，滂沱淋漓，却又显得异常寂静。

这座位于半山坡上的独栋洋楼里，一个人撑着伞匆匆走向门外。

铁门拉开，风裹挟着雨水扫了她一身。她顾不上擦拭，一眼就看到了那个倚在门旁的狼狈身影，衣裙全部湿透，贴在了身上。

“叶小姐，雨下大了，您还是赶快回去吧。”

叶缇的眼睛根本睁不开，她觉得冷，却又觉得有点儿热，脑子里晕乎乎的，可即便如此，她仍旧紧咬着牙关：“我不回去，我等韩先生回来。”

“我们家先生不见客的。”撑伞的人有些急了。这个星期内，这位叶家大小姐亲自来访了多次，可韩先生每次都将她拒之门外，她非但不放弃，反倒愈挫愈勇，瞧瞧这天气多恶劣，她这瘦弱的身子骨哪里受得了。

正在此时，远处传来汽车的声音，两人皆是蓦地抬头，循声看去，一辆黑色的越野车乘风破浪一般从雨幕中驶来。

叶缇立即站直了身子。

司机匆匆下车，撑起一把偌大的黑色雨伞绕到后座，车门拉开，过了很久，落地的却是一根拐杖，接着，才是一只穿着皮鞋的脚。叶缇往上看去，雨伞太大，遮住了那人的脸。

“韩先生，您回来啦。”身边的女佣立即迎上去，跟在他身后说了些什么，叶缇听不清，只眯着眼睛去打量。

那拄着拐杖前行的脚，缓缓到了她的面前，雨伞慢慢地移开，伞沿上坠下的雨滴连成了线。叶缇看到了他漆黑深沉的双眸，刹那间，她的心头一软，跟着整个身子都软了，微微喘息着，靠在了门边。

男人的目光落在她的身上，紧接着，眉毛蹙起，扭头吩咐：“请叶小姐进来坐坐。”

先前的女佣一惊，旋即反应了过来，急忙替叶缇遮挡雨水，搀着她走进了洋楼。

雨势不减，雨水“噼里啪啦”地砸向玻璃，叶缇捧着热茶，小心翼翼地坐在会客厅的沙发边角，她的衣服还是湿的，怕弄脏了这看起来就很珍贵的复古沙发。女佣宜春捧着干净的毛巾和吹风机过来，询问她是否要更换衣物，叫了几遍，她才缓过神来。

她的眼睛，一直看向楼梯上。

宜春瞅了一眼楼上，放低了声音：“先生很少下楼活动的，他一回来都会进书房待很久的。”

的确很久了，他请她进来坐坐，却并不招待她。

宜春见自家先生松了口，胆子也大了一些，趁着叶缇擦拭头发的空当儿，她问：“叶小姐三番两次来找我们先生是为了什么事？”

叶缇的动作停了两三秒，她接着揉搓起发尾：“我有问题要问他，很重要的问题。”

宜春若有所思地点了点头，再看了一眼楼上，依然没有什么动静。

夜色渐渐暗了下来，就在宜春打算问一问自家先生是否留叶缇吃饭的时候，楼上响起了声音。叶缇猛地抬起头，只看到二楼的栏杆处，那个人拄着拐杖笔挺地站着，两人的视线对上，叶缇看见他露出了很淡很淡的一抹笑容，是礼仪性的交待：“我刚刚通知了孟少，他应该马上就要到了。”

叶缇站了起来：“韩先生。”

楼上的人纹丝不动，连眉毛都没有挑一下。

她鼓起勇气继续：“韩先生真的不认识一个叫邵宇峥的人吗？”

没有回应。两人之间的空气渐渐凝固，宜春想着，是不是该去点盏灯？光线太暗了，天几乎黑了。正当她进退不能的时候，门铃声恰好响起，她心中一喜，赶紧去开了门。门外，一个身形高大的男人不请自入，穿着潮湿的皮鞋踏上地板，径直朝着叶缇而来：“叶子，跟我回家。”

叶缇没动。

来人一把抓住她的手腕，语气加重了许多：“叶缇！你这样会生病的！先跟我回家！”

楼上的人终于缓缓下了楼，他看向二人，神色疏离，笑容也只是客套：“孟少，又见面了。”

孟南照不情不愿地回应他：“是，没想到传闻中的韩家老幺，竟然就是相识已久的韩先生。”

“韩非。”他惜字如金。

孟南照紧抿双唇，微微颔首，道：“我带叶子先回去，打扰你清修了。”

叶缇一步三回头地被孟南照拎了出去，然后丢到了他保时捷的副驾驶座上。安全带刚系上，她就打了一个巨大的喷嚏，孟南照恨恨剜了她一眼，可还是调高了车内的温度。

“淋雨好玩吗？”他的语气还是不善。

叶缇拉下镜子，整理着自己吹得半干的头发。

“现在知道要好看了？你看看你刚刚那个不人不鬼的样子，就算他是邵宇峥，肯定也会被你活活吓死！”

“啪”一声，她把镜子弹了回去，目光冷飕飕地从开车的人身上掠过，然后投向了银色的雨幕中。孟南照从后视镜里看了看她面无表情的脸，清了清嗓，说道：“韩非，韩家老幺，自幼被送到国外，几个月前才首次回国。性格孤僻，深居简出，不为外人熟悉，也鲜有人见过其真实样貌。”

叶缇听着，一动不动。

孟南照继续：“师从父母，擅古物文玩的鉴赏和收藏，曾用化名‘不是’发表文章。叶子，他不是邵宇峥，你太执迷不悟。”

她知道，他的档案她都知道，早在一周前她就要求Coco去调查过他。

那天，她第一次见到了韩非。

而前一天，正是邵宇峥的忌日。

阿翘一直觉得她的女主人身上藏着一个秘密。

在一周前的那个晚上之后，她的女主人身上似乎又多了一个秘密。

那天深夜，她在客厅里等得快要趴在地上演示什么叫五体投地，挣扎着看了一眼墙上的挂钟，已经凌晨一点了，小姐还没有回来。她掐指一算，大概再过半个小时，小姐应该就会被孟少带回来。她盘算着时间，走到厨房开始煮一杯醒酒茶，烧水的工夫里，她困得打了个盹儿，险些没把自己给烫着。

门铃这时响了，她火急火燎地关上燃气灶，擦了手匆匆赶去开门。

“孟少，小姐她……”

孟南照艰难地扛起身边醉得不省人事的女人进了屋，毫不留情地将她扔到了沙发上，气儿都来不及顺，一手松了松皱巴巴的衬衫领口，一手指着餐桌上的水壶：“快，快，水。”

阿翘赶紧给他倒了杯柠檬水，送过去，小心翼翼地打量着他的脸色，不知这回小姐有没有招惹孟大少，她得见机行事。上一回，也就是去年的这一天，孟南照把小姐送回来的时候，气得在客厅里来回踱步，后来还打烂了一个价值不菲的花瓶，第二天自家主子就和他撕破了脸，直到他赔了一对景泰蓝来赎罪。阿翘十六岁来到叶家，这三年来，几乎每年的这一天，差不多都会重演类似的剧情。

“他妈的，一个死人还这么阴魂不散！”孟南照一口喝干了柠檬水，重重地把杯子搁在桌上，阿翘一溜烟儿钻进了厨房，她要躲着点电闪雷鸣。盛好醒酒茶出来，孟南照正不顾形象地坐在地毯上，倚着沙发看向昏睡中的人。

可能是喝了酒的缘故吧，昏睡中的叶缇双眼紧闭，眉间一抹紧蹙，神态有些憔悴，整个人有着一种颓废的美态，愈让人心生怜惜。阿翘把两杯茶送过去，怕打扰，正准备撤退，被孟南照叫住了。

“你留在这里照顾她吧。”

“孟少要走？”

孟南照撑着沙发站起来，勾起嘴角勉强笑了一下：“你不记得前几次她是怎么对付我的了？”

阿翘立即噤声，是啊，差点把他的脸给抓破了，就因为他没经过同意就自作主张地留宿过夜。其实阿翘并不明白，小姐和孟少一直是被外界传成佳话的金童玉女，两人也是订过婚的关系，但他们的相处模式却并不像对情侣，大人们的世界太复杂了，她还只是个孩子。

替小姐盖好被子正要离开时，她看到了她眼角残存着的未干的泪痕。

每年的今天，小姐总会把自己灌醉的。

阿翘叹了口气。

其实叶缇有千杯不醉的酒量，但酒不醉人人自醉。

她醒来得很准时，因为失眠，她每天清晨四点就会自动醒来。睁开眼，窗外有了点微微的光亮，她拥着被子静坐，渐渐听到了车马喧嚣。残留的酒精还在脑子里到处使坏，她并不能彻底从回忆里抽身而出，直到天光大亮，她伸手捂了下脸，两三秒后，便缓过来了。起床后的第一件事不是洗漱，而是径直走到走廊尽头的一个小房间里，掩上门，一点声息都没有。

阿翘在楼下摆好了餐具，绕到楼梯口踮脚看了看，果然，小姐又进小黑屋了。她抓了抓头，又钻进厨房开始热牛奶。这时响起一阵剧烈的捶门声，她皱眉，不是有门铃吗？门一开，Coco姐手里捏着一沓报纸冲了进来，甩在餐桌上问：“叶子呢？”

阿翘指了指楼上。

“还没出来？”Coco愕然地抬头瞥了一眼，按捺着冲动坐了下来，“人都死五年了，灰都没了，还有什么好忏悔的？哪个神佛有工夫管她这点事。”

这时，楼上“吱呀”一响，叶缇踩着地毯静静地走了下来，身上套着的真丝睡衣很宽松，愈显出她的清瘦来。尽管宿醉，却并不显得狼狈，反倒透出一股子懒懒的疲态，对什么都无所谓似的。就是这股子无所谓，最让Coco生气。

“一大早脾气这么大？”她绕到主位上，拖过盘子，直接用手拿起三明治吃。

Coco把报纸推向她，动作太大，腕上的玫瑰金镯子磕出清脆的响声。

叶缇挑眉："小心点，我们家的镯子，不便宜呢。"

Coco气得真想立即扑过去把这个妖怪撕个稀巴烂，一大早她就接到公关部的电话，全部在跟她报告最新的新闻，以及提出如何解决的意见，她这才后知后觉地知道，叶缇又给她惹麻烦了。

叶缇一边慢条斯理地切着香肠，一边看报纸上自己的照片，篇幅还不小。她当明星的时候都没占过这么大的版面，没想到自己接管了父亲的珠宝公司后，竟一天比一天红了起来。她合上报纸，把切好的香肠一块一块往嘴里送，一点都不着急的样子，点燃了Coco心里的火。

"你到底怎么回事？你不知道唐家是最难缠的吗？还非得这样明目张胆地挑衅别人？"

"她造谣我们卖假货啊。"

"那你就要骂她是假胸？"Coco一脸"大小姐你到底几岁了"的表情，恨不得把餐刀甩到她身上。

叶缇放下刀叉，擦了擦嘴，这才幽幽地开口："我心情不好。"

心情不好，就敢在公众面前大放厥词，敢无视舆论媒体的大概也只有她叶缇，玉叶珠宝有限公司如今的一把手叶总经理了。

出门的时候，Coco想到了会有记者埋伏，但没想到会有这么多，她一脚踩下刹车，环顾四周，嘟囔起来："来的时候还没什么人啊。"

叶缇拉开副驾驶座的门就下去了，Coco叫了几声都没唤回来，气得一脚油门把车拦在她面前："你能不能乖乖听话？我不也是为了公司？"

"不，你是为了我爸。"叶缇淡淡地扫了她一眼，从包里取出墨镜戴上，"我开自己的车，你去应付他们，调虎离山。"

她驱车从车库出来，接好蓝牙，拨通了孟南照的电话。

这个点，孟南照应该还在美梦中。果不其然，响了好久才传来他沙哑的嗓音："喂，叶子？"

“你帮我搞定唐明珠。”

“……色诱？”

叶缇的嘴角勾了勾，一脚油门踩了下去：“这个你擅长。”

车子加速冲出别墅区开进车流之中，等红灯的片刻，她从后视镜里看到了一辆跟踪的车，也不知道跟了自己多久，看来Coco的调虎离山并没有成功。趁着绿灯还未亮，她迅速变道钻了个空，在后面的车还没反应过来之前，跟着车流滑入了路口，右转，成功甩掉了跟车的狗仔。

精神一松懈，她脸上的表情也跟着放松了下来，昨晚的宿醉令她的气色有些苍白，但女人一旦涂脂抹粉，便也看不出几分憔悴来。她漫无目的地往前开着，在经过下一个路口时，红灯亮起，她徐徐停下来。她摘下墨镜看了眼路牌，想着等会儿左转，再绕一圈，应该可以回到去公司的那条路上，只是不知道还有没有守株待兔的狗仔。

这时右边的直行车道上缓缓开过来一辆SUV，正好停在了她旁边，她随意地扭头瞥了一眼，对方后座的车窗没有关，一个男人的侧影映入眼底，只短短几秒的惊鸿一瞥，她本还漠然的脸上，闪过一丝震惊。

仿佛前一夜里脑海中翻来覆去的影像，又突然活生生地出现在了面前。

宇峥……

她的嘴唇嚅动着，手心因为紧握方向盘而出了汗，刹那的愣神之后，她迅速挂空挡拉起手刹，推开车门就想要穿过去，这时直行的绿灯亮起，她看到那辆SUV已经缓缓起步，男人的侧脸逐渐消失在视线之中。

根本来不及细想，她迅速钻回车里，方向盘向右猛打，一个紧急变道，堪堪挤进了右边的车流之中，她听到了咒骂声，可她哪里管得了那么多，那个人就在前面不远的车子里，五年了，除了午夜梦回时分，她哪里还会想到能再遇见他。

邵宇峥。

她的眼眶开始发热，心中如潮水般动荡，随着心跳的加速，车速也越来越快。她直直地盯着前方那辆SUV，风灌了进来，她的耳膜里却全是邵宇峥低沉迷人的嗓音。

他用法语轻声地问她：你还好吗？

他挑着眉一副戏谑的口吻：以为我对你有兴趣？

他难得口拙地安慰她：我在这里，别怕了。

他无奈，却仍旧耐着性子：别哭了，女孩子怎么这么能哭？

他用尽最后一丝气力贴在她的耳畔说：叶缇，以后看到星星，我一定能想起你。

眼前的视线朦胧起来，她迅速用手背拭去那层水雾，突然车身猛地一震，她急忙抓稳方向盘，一脚踩下了刹车。

那辆SUV再一次从她的身侧驶过。

车外所有的嘈杂声仿佛都被她自动屏蔽，只有邵宇峥的声音在耳边：叶缇，你真是我见过的最傻的女孩子了。

是啊，她多傻，他明明都已经死了。

叶缇，邵宇峥他已经死了啊！

她俯下身，趴在了方向盘上。直到被她追尾的那辆车的车主前来敲车门，她才艰难地抬起头来："抱歉，我负全责。"

孟南照赶到叶宅的时候，叶缇正蜷缩在沙发上，抱着抱枕魂不守舍。阿翘迎他进来，用目光示意了一下自家小姐，然后无奈地摇了摇头。从上午突然返回家到现在，整整六个小时了，午饭也没吃，连水都没喝一口，跟撞邪了似的。

原本孟南照还想骂她几句的，可看着她那副失魂落魄的样子，哪里狠得下心。他端着阿翘又热好一遍的饭菜坐过来，柔声劝着："你这也不算什么车祸，小追尾而已，车也没什么损坏，最重要的是你人没事，别怕了，都过去了，以后要是心里有阴影，就让司机接送，大不了还有我啊，随叫随到。"

身边的人依然一动不动，他叹了口气，把勺子塞进她的手里：“来，乖，吃点东西吧。”

她根本不使力气去抓，勺子又落了回来，孟南照咬咬牙，再接再厉，换了一碗汤到手边，舀了一勺送到她唇边：“那我喂你，张嘴。”

叶缇缓缓地转动着眼珠，半晌才定焦到他的身上：“南照。”

终于有反应了，孟南照竟激动了一下：“我在。”

“我想去看看宇峥。”

孟南照心里“咯噔”了一下，勺子也跟着重重落回碗里，碰撞出一声脆响。他搁下碗，扯了几张纸巾胡乱地擦着溅到手背上的汤汁，装作不经意的口吻问：“现在？”

“嗯，我昨晚一直在做梦，白天也有些稀里糊涂的，要不是把别人看错成邵宇峥，我也不会出车祸。”

纸巾捏成团，准确地投入到垃圾桶之中。对叶缇的要求，他从来没有说过NO，就像现在，反而还要一派轻松：“好啊，我送你去。”

“不用了，我想一个人，司机送我就好。”

他沉默了一会儿，退一步：“我把阿山派过来给你用，他跟我多年，他在我放心。”

其实叶缇很少来这个位于远郊的陵园，因为她不太敢面对邵宇峥，如果不是自己当初太冲动，他也不会死，她那时候的确恨过他，却从来没想过让他死。

墓碑上的照片积了灰，她上前用手擦了擦，终于与照片中的人对上视线。那还是他二十岁时的照片，年轻阳光，朝气蓬勃，是她从未见过的模样。她遇见他的时候，他已经是个沉默寡言的成熟男人，身手不凡，且手段高明，她倾慕于他，他却从未透露过半个“爱”字。

叶缇站立了一小会儿，匆匆离开。

阿山送她回公司，路上欲言又止，表情很是为难。叶缇看见了，问："是有什么事？"

"叶小姐，实在是很抱歉，刚刚我接到妻子的电话，她病重多天，眼下药正好用完，急需我再抓几副带回去，我本打算送您回公司后再去处理私事，但恐怕来不及，药店就在前面，不用绕路，我……"

叶缇闻言打断："去吧，我不急。"

阿山连声谢过，将车子拐进了一条小巷之中。是个中药店，门面很小，远远就能闻到煎药的味道，叶缇不太习惯，下了车到处转转。这条小巷她以前从未来过，也没有留意过，路边种了一排很高大的香樟树，枝叶繁茂，遮出一片阴凉。路两旁都是些很小的店面，对着马路的是入户的小院子，大多都种植了藤蔓植物，安安静静的。

渐渐地，叶缇也觉得心跟着静了下来，直行了几十米，她突然停了下来。

路旁，一家小店吸引了她的注意。

店外没有任何装饰，只有一个大大的水缸，上面漂着一朵睡莲，莲叶下养着几条个头不大的红鲤，正悠然地戏着水。临街的落地玻璃窗后面遮盖着深色的布帘，所以从外面看不到店里的模样，甚至不知道这家店是做什么的。

而叶缇，是被它的名字吸引驻足的。

木色的门匾上，四个字：香格里拉。

那原本是一个不存在的地方，是詹姆斯·希尔顿在小说《消失的地平线》里虚构出来的地方，是象征永恒的地方，是离天堂最近的地方，是她遇见他的地方。

她走了进去。

一股檀香萦绕在小小的弹丸之地中。

韩非正坐在桌后雕一枚核，握着刀的手指纤长，他穿着一件黑色的毛衣，袖子卷到了肘上，露出来的手臂上有清晰的血管脉络。这时门口传来一阵轻微的脚步声，接着响起一个试探的声音："抱歉，打扰了……"

他听到声音抬起头来，阳光正好透过掀开的门帘照在他的脸上，仿佛电光石火，水缸里的红鲤突然跃出，平静的水面荡起一圈涟漪，叶缇如遭雷击，怔在了原地。

"宇峥……"

面前的男人目光沉静，神情没有任何变化，可他握着刻刀的手却停了下来，接着，又迅速握紧。内室里走出一个留着利落短发的女子，迎上来，笑盈盈地说："欢迎光临，小姐您可以随便看看。"

叶缇目不转睛地盯着面前的男人。她相信自己不是在做梦，也肯定眼睛没有看错，这一切仿佛电光幻影，却都是真实的。她想开口再喊一声，却仿佛哑了发不出声音。

韩非放下核雕，转动着轮椅从桌后出来，声音低哑迷人，几乎令人眩晕："想买些什么？"

只那一声，叶缇的眼神就黯淡了，她知道，不是他，却又因为这一声，她仓促地掉下了一滴眼泪。她急忙伸手拭去，这才看到他身下的轮椅。

"对不起。"

韩非并不在意，回头对身后的女子说："西河，你带这位小姐看看吧。"

这是一间低调朴素的文玩店，但略一扫过，叶缇也知道宝贝不少。可她的心思全然不在这上面，尽管假装四处转着，可她的目光，却一直是偷偷地瞥向那个男人。

他的膝盖上盖着一块羊毛毯，看不清毛毯下的双腿，尽管坐着轮椅，却依旧令人觉得气质卓然，浑然透着一股令人不容忽视的气魄，仿佛令人难以接近，却又深深诱着人去探究。是沉香，质坚韧，味苦辛，但又意味深长。

西河见她的目光流连，温言小声提醒："小姐是认错了人？"

叶缇不答，紧紧抿着嘴唇。西河从口袋中掏出名片，递给她："我叫郑西河，是店里的帮手，老板没有名片，你有感兴趣的东西可以找我。"

“你老板，叫什么？”

“韩非，韩非子的韩非。”

叶缇默念于心，拣了一串沉香手珠，匆匆辞别。

阿山在车外焦急地等着，也不敢去找，怕她随时会折返，看到她的身影，总算松一口气：“叶小姐，您手机刚刚一直在响。”

叶缇这才发现自己下车匆忙，把手机落在了座椅上，屏幕上显示，方才的短短几分钟里，Coco已经打来无数个电话。她关掉手机，坐上车，吩咐阿山送她回公司，垂眸看到那条手串，沉吟片刻，还是套到了手腕上。

赶回公司开了一下午的会，出会议室时她整个人头晕脑涨，鉴于唐明珠并非无足轻重的闲杂人等，她随随便便的一番言论，足以使得玉叶动荡，负面新闻不断，股价波动，就连她自己也被一群网络暴民肆意人肉搜索。如果是从前的叶缇，定会放手一搏，和唐明珠撕破脸皮，骂她假胸已是客气，指不定还会踹出她的硅胶垫。

Coco轻敲门，走进她的办公室：“Ryan Wu的航班明天抵港，明天下午就可以转机到达威城，晚宴安排在晚上，可以邀请媒体莅临，届时同步召开新闻发布会。”

Ryan Wu是他们特意请来的国际珠宝鉴定师，不是玉叶公司的人，但也有话语权。叶缇揉了揉眉心，挥手道：“交给你了。”

Coco瞥了她一眼，只见她转过椅子，将背影留给了自己。退出去关门的片刻，Coco留意到，叶缇仍旧盯着那扇落地窗外。总经理办公室在十二楼，虽然不高，但视野却是广阔的，窗外没有建筑遮挡，能直接看到一片湛蓝的海域，阳光下，一片波光粼粼。叶缇突然转过来，叫住了正要离开的Coco：“帮我查一个人。”

“什么名字？”

“韩非。”

叶缇提前离开了公司，借口要给Ryan Wu亲自选购见面礼，她没有让阿山送自己，而是借了Coco的车独自前往。然而她把车子开出去后，便径直驶向了那条闹中取静的隐秘小巷。这一次，她在路口稍稍停顿，记住了这条巷子的名字，梧桐巷。呵，也是奇怪，这条巷子明明种满了香樟，却起了个梧桐的名。

她把车停在门口，抬头看了看门匾上“香格里拉”四个字，深深吸了一口气。

掀开门帘，檀香绕鼻，叶缇朝着柜台看过去，韩非并不在。郑西河戴着工具手套从内室钻出来，一看到她，讶异地睁大了眼：“是那串沉香手串有什么问题吗？”

“不不，手串很好，我很喜欢。”她倒因为自己的唐突拘谨起来。

郑西河泡了一杯玫瑰花茶端到她面前，得体地微笑着，谨慎地措辞：“恕我直言，小姐您并不像是喜欢这些小玩意儿的人。”

叶缇低头一看，自己的身上并无过多饰品装点，只有耳垂上的两颗珍珠耳钉，那还不是玉叶的珠宝，而是她母亲留给她的遗物。她的确是不喜欢这些的，但为了公司，但凡有交际应酬的时候，她也会勉强装点一下门面。

更何况，她并不懂文玩。

她也不再掩饰，开门见山：“我是来找韩非的。”

郑西河一脸了然，但可惜老板不在，只好耸了耸肩：“老板不在，一时半会儿未必回得来。”

话音刚落，门外响起了车辆停下的声音，郑西河凝神听了会儿，皱起了眉：“说曹操曹操就到了？”她匆匆抬脚朝外走，掀开门帘，果然见到了司机下了车正打开后备厢往外搬轮椅。她正要上前帮忙，身后一个人手疾眼快地赶了过去，扶住了正挪着腿往外下的韩非。

“我帮你。”

韩非抬起眼，只见上午才见过的那位女顾客正小心翼翼地守在身旁，扶住他胳膊的那只手竟微微地颤抖着。他仰起头，对上她的双眼，那一脸担忧的模样，竟丝毫不假。他也不推托了，搭上她的肩努力地撑起身子，郑西河及时把轮椅推过来，两人合力将韩非扶了上去。

叶缇细细地喘了口气，关上车门，转身要来推，韩非刹住轮椅，沉声道：“不用麻烦叶小姐了。”

叶缇愣住了，韩非已经轻车熟路地转着轮椅进入了店内，她迅速冲进去，隔着柜台问他：“你怎么知道我姓叶？”

韩非刚好停住，正脱着身上的外衣，闻言，动作只是微微一顿，便坦然地转过脸来：“今天的报纸上有你，玉叶珠宝的叶总经理，幸会。”

叶缇仍然盯着他，目光有些痴愣，仿佛根本没有听到他的回答。面前的这个人，明明就是一模一样的脸啊，眉毛、眼睛、鼻子、嘴，全部都是一个模子里刻出来的啊，可是她却清晰地知道，这不可能，他不可能是他，那个人已经死掉了，她亲眼看到他死掉了啊。

她张了张口，声音有些发哑：“你认识一个叫邵宇峥的人吗？”

韩非换好衣服，转动着轮椅出来，检查着木架子上的各种藏品，对她的问题并没有异常反应，倒是郑西河重复了一遍：“老板，叶小姐问你认不认识一个叫邵宇峥的人。”

他停了下来，转过来，口中咀嚼着：“邵、宇、峥？”

叶缇紧张地等着。

“抱歉，我没有听过。”他继续往前，取下了一件唐三彩，用衣袖擦了擦灰尘。

叶缇着急地掏出钱包，从夹层里取出了一张很小的照片，递到了他的面前：“他就是邵宇峥，你们长得很像。”

韩非看了一眼，脸色稍变，伸手接过又看了两眼，霍地轻笑了出来：“倒真有几分相像，西河，你看看。”

他把照片交给郑西河，她拿到手里一看，瞪圆了眼睛：“老板，这真不是你？”

韩非瞥了她一眼，冷哼：“你几时看到我站起来过？”

郑西河立刻闭嘴，耸了耸肩，把照片交还给了叶缇，说：“我们老板读书时出了车祸，很多年了，所以不可能是他。”

“我知道，”叶缇把照片握进掌心，捏得很紧，声音也发紧，“他是我的保镖，身手了得，可以急速飞车甩掉狗仔，也可以为了保护我与恶人群斗。对不起，我知道你不会是他，他没有你这么瘦，说话的声音也很清亮，更不懂什么文玩古玩，我只是想试试，或许你们有什么特殊的关系……”

她说着话，眼睛却并没有看向韩非，那眼神是空的，不知落在了何处，韩非觉得她几乎快要哭出来了，这种错觉令他心烦气躁，语气也不善起来：“恐怕要让叶小姐失望了。”

“对不起，是我冒昧了。”她敛下眉眼，将那张照片塞进了包中的内袋里。

说明了来意，经郑西河的推荐，叶缇选好了给Ryan Wu的礼物匆匆告别。

门帘翻动，一阵明明暗暗的光影斑驳后，店里陷入沉寂。郑西河转身往回走，蓦然看到还停在隔架旁的老板，只见他两掌都盖在膝上，目光凝重。她试着叫了几声老板，他才慢慢转过头来，用手捻了捻腕间的一百零八颗佛珠。

Coco的调查一大早就送了过来，推开门，叶缇正悬笔于半空中，眼神放空，显然是走了神。Coco大步走过去，将资料重重搁在她面前，夺过她手里的笔，恨铁不成钢地开口：“叶大小姐，现在是工作时间，等着你签字的文件堆成山，请问你在做什么呢？”

叶缇回过神，一眼看见桌上的那摞资料：“查到了？”

Coco气得差点咬碎了牙：“下班再给你！”

说着，她作势要拿走，却被叶缇迅速截下。叶缇翻了翻，神色却越来越严肃：“你说他是韩教授的儿子？”

“是，大家都知道韩教授的长子次子，鲜有人知道他们夫妻还有一个老么，自小生活在国外，几个月前才回到威城。”

叶缇扫了眼他的简历，从幼时起，他念的都是数一数二的好学校，毕业之后也留在国外从事与父母相同的行业，研究古物的鉴赏和收藏，化名“不是”，从未透露过真实姓名，也没人知道其样貌。更何况，回国之后，他几乎是隐居，外人聊起韩家，无非是伉俪情深的韩启正教授和妻子林端阳，以及他们分别投身金融和医学行业的两个优秀的儿子，没有人知道韩非，更没有人知道圈子里有名的“不是”就是韩非。

不是，即，非。

叶缇默默念了念他的名字。

也许是因为他自幼多病，或者读书时代遭遇车祸变成了一个残废，所以他才会被韩家掩盖得滴水不漏?

叶缇蹙起眉，这份档案也是滴水不漏，找不到任何可疑的地方，可她总觉得有一丝蹊跷。一个不被众人所知的身份，恰好是最适合隐藏真实身份的完美外壳，可是，如果不是她亲眼看见邵宇峥死在自己的面前，她一定会认为这些简历都是他造假的，包括韩非这个身份，因为他有那样的本领改头换面。

可是不会的，他死了，她亲眼，不，她亲手……

“叶子？叶子！”Coco的声音唤回她的神思，她合上资料交还给Coco，靠着皮椅靠背，有些疲惫地交代：“对谁都不要讲起这件事，这是个秘密。”

Coco了然，伸手把资料塞进了门边的碎纸机，机器运转，她随口问起：“你查他做什么？”

叶缇眉毛一挑，嘴角噙笑：“我对他很感兴趣。”

Coco一惊，差点把手指送进碎纸机，见她一脸戏谑，更是恨得牙痒痒，迅速讽刺还击：“你终于对一个男人感了兴趣，我倒很是安慰。”

“他，很像一个人……”

叶缇的话并没有说完，可语气中那股抹不去的哀伤令Coco心中一紧：“你是说那个人？”虽然没有见过，却明里暗里地听说过很多次，这个名字就是叶缇的软肋，谁都不敢轻易提起。见她没有回答，Coco着急了："叶子，你不要乱来，就算再像，他们也是完全不一样的两个人。"

"我自有分寸。"叶缇回过神，坐直了身子，抓起了桌子上的座机电话，一串号码拨了出去，面前的Coco还没走的意思，她笑了笑，似在安慰："放心吧，我有个重要的电话要打，你先出去吧。"

门被轻轻地掩上，话筒里却还是寂寞的忙音，没有人接听，或许，永远也不会有人接听。这个号码还是五年前的了，叶缇不确定对方还有没有在用，就在打算放弃的前一秒，终于响起一声轻微的"咔哒"声："喂？你好？"

本是松了一口气，却又在开口前紧张起来："Andy？"

"你是？"

"我是叶缇，你还记得我吗？"

对方屏气凝神了好久好久，一副突然回忆起来的口气："叶小姐，我当然记得，这么久了，没想到你还能想起我，有什么需要帮忙的吗？"

"我想问你关于邵宇峥的事。"

听到这个名字，对方显然又愣了很久，叶缇不给他思考的机会，追问下去："邵宇峥他是不是有可能没有死？"

长久而令人窒息的沉默。

很快，传来Andy略显尴尬的笑声："叶小姐在开什么玩笑？当初你可是亲眼看到宇峥他……而且，所有的后事都是我亲自处理的，生死这种事，谁会拿来开玩笑？你可别吓我。"

是啊，她也亲自参加了葬礼，Andy劝她忘了邵宇峥，但忘记一个人实在是太难了，她执念太深，深到所有人都把她当成了个疯子。阿翘最怕那间小黑屋，Coco也最不解她每到邵宇峥忌日那天就喝到烂醉，就连孟南照都无奈地等了她两年又三年，而对于久不联系的Andy来说，突然听到她的这番话，恐怕也觉得她可怕吧。

为了让Andy消除对自己的担心，她把遇见韩非的事解释给他听，Andy总算松了一口气，用一副洋派的口吻劝慰她：“也许这是上天的旨意，叶小姐，这或许是给你忘记邵宇峥的一次机会。”

她笑着与他结束了通话。

她没告诉他，她从来都没有打算忘记邵宇峥。

Ryan Wu当天的飞机抵达威城，接机招待相关事宜，叶缇全部交给了Coco，她被临时拉去参加了一个珠宝协会组织的论坛，结束时已经将近发布会开始的时间。她匆匆赶往家，阿翘早已将她的礼服准备妥当，形象顾问也等候多时，迅速地给她做好了妆发，几乎没多余时间逗留，穿戴整齐后她赶紧拎着高跟鞋冲出了门，阿翘连连提醒着她别划破了脚，她已经动作轻快地上了车，阿山待命等在车里，见她坐稳迅速发动汽车，把车稳稳开出了叶宅。

晚宴举办地在威城最好的星级酒店——飞凡集团旗下的奥斯汀大酒店，没错，这是孟家的产业，托了孟南照的关系才能临时预约到会议室和酒宴。叶缇到达酒店的时候，发布会刚刚开始，主持人正要准备介绍嘉宾入场，Coco都拉了副总过来救场，眼见叶缇终于出现，立刻举起耳麦小声提醒主持人，及时把叶缇的名字又给换了回去。

发布会举办得相当顺利，Ryan Wu带的鉴定书一出，现场闪光灯无数，叶缇又亲自致辞，从玉叶珠宝的发家起源，到公司的理念信仰，将公司绝不制假售假的宗旨告知大众，并且欢迎所有人监督。发布会结束，离晚宴开始，还有一个小时，她撤到休息室休息，这期间有好几个同行朋友来找她聊天，后来她索性让Coco关上门，将访客都拦在外面。后来又觉得总是拒客不好，自己好歹是东道主，于是只好离开这一楼层，避开人群，到清静的地方喘口气。

她的高跟鞋踩在绵软的地毯上，没有任何声息，头顶的灯光很亮，让她脑袋里更是一阵眩晕，所以当她突然看到走廊尽头，立在窗口的那个熟悉身影时，她几乎是血液瞬间上涌，身体里的那股热潮全部挤进了眼眶，猝不及防，眼前就已经雾蒙蒙一片。

是邵宇峥。

他还是她熟悉的样子，一只手搭着窗口，另一只手插在裤子口袋中，从前他等她的时候，常常都是这样的姿势，有时候她磨蹭，他也不着急，一站站好久，从来不会催她，也不想着找个椅子休息，就那么笔挺地站着，毫不疲倦。

“宇峥……”她张了张口，声音颤抖。接着，下一秒她失了魂魄一般，脚步越来越快，越来越快，最后竟然是跑了起来，重重地扑上去抱住了他的背。眼泪真像断了线的珠子，一颗一颗地落进他的衬衫里，很快就被吸收，慢慢地浸染弥漫开。

那么委屈，那么不甘，那么辛苦，那么孤单。

都好想亲口告诉他，好想有个机会，亲口告诉他。

被抱住的人从一开始的震惊中慢慢平复下来，他偏过头，看到她乱掉的头发，看不见脸，但知道她在哭，并且是痛哭。在听到她声音的那一刻，他就知道她是谁。他静了片刻，然后才温声提醒：“叶小姐。”

叶缇不动，不知是不是真的没有听见。

“叶小姐？”他尝试着转过身来，一手拉住她紧紧箍着他腰身的手臂，另一只手摸着墙，让自己成功地靠在了墙壁上。

叶缇不肯抬头，小孩一般拼命地挣开他抓着她的手，两臂一伸，又环上了他的腰身，潮湿的脸贴在他的胸口：“别说话，你别说话！求你……”

窗外有风，吹起她的头发拂过他的脸，她的哭声渐渐弱了下来，显然情绪已经发泄够了。他伸出手松了松领口，清了清嗓道：“叶小姐，我是韩非，”见她还是一副不肯清醒的模样，无奈地拍了拍自己的腿侧，“叶小姐，我站不住了。”

叶缇视线下移，的确看到他是站着的，所以她才会鬼使神差地把他当成了邵宇峥。她退后一步，缓缓地抬起头，脸已经是涨得通红，声音怯怯的，的确有点儿心虚：“对不起……”

韩非没再看她，从一旁取过靠在墙上的拐杖，慢慢地挪动着换了个姿势。

叶缇伸手擦了擦脸上的泪痕，尴尬地解释：“我不是故意的。”

“你是，”韩非断言，“你一开始就知道我是谁。”

叶缇更不敢看他了，的确，最最开始是情不自禁，可是在她真实感受到他的温度时，她的梦就醒了，只是她不愿意面对现实，想任性一回，想把他当成邵宇峥，就沉沦那么一次。但这一切却被他毫不留情地揭穿了，这个男人，似乎不想给她留一点脸面。

她盯着他的拐杖，试图狡辩：“你没坐轮椅，我哪里想得到是你。”

他拄着拐杖，敲了敲地面，地毯很软，没什么声音：“我来见朋友，正式场合都不会坐轮椅，倒没想到遇见你，真是……不巧。”

叶缇瞪了他一眼，听到他又说：“麻烦借过，你耽误我很久了，我赶时间。”

叶缇又忍不住瞪了一眼，邵宇峥才没他这么铜牙铁齿。沉默了一会儿，她只好侧身让他走过，目送着他慢慢地进了电梯。走廊里很快又归于寂静，她趴到窗口，楼下是车水马龙霓虹灯火，抬起头看星空，哪里还有星，全都被城市的灯光淹没了。

她记得那时候邵宇峥驱车带她到很远的地方去看星星，那天的星空她一辈子都不会忘记。那天她刚刚和叶赫祖吵过架，也大哭过一场，看到星星的时候，她的心情陡然开朗，叹息说，好多好多星星啊。而身边的邵宇峥故意模仿着她的口吻说，好多好多叶缇的眼泪啊。

她想着想着，眼神黯淡了下来。邵宇峥，我已经好久没有看到星星了，我也好久好久没有哭过了，刚刚是最后一次，最后一次好不好?

孟南照找过来的时候，她已经整理完毕，正准备回去。电梯门一开，孟南照正焦急地往外走，两人差点迎头撞上。

“你急着投胎呢? ”叶缇先发制人。

孟南照一见是她，松了一口气：“你倒优哉游哉，躲这儿找清静了，

Coco都急得火烧眉毛了，快，晚宴要开始了，你打好精神，Ryan似乎有带朋友来。”

叶缇跟着上电梯，垂眸深呼吸，试图调整情绪。孟南照在反射的镜面里瞥了她好几眼，忍不住开口：“哪里不舒服？要是太累就回去休息，或者给你开个套房，这里我来应付。”

她揉了揉眉心，兄弟一样拍拍他的肩：“我们叶家是东道主，怎么也不该麻烦您孟大少。”

“我倒挺享受你的麻烦。”

而孟南照一脸满足的神情，在看到Ryan Wu带来的朋友时，瞬间瓦解了。

叶缇也一时没有反应过来，她看着面前缓缓朝他们走过来的韩非时，脸色变了几次。Ryan Wu迎向韩非，将手中多拿的一杯酒递了过去：“韩，这是我想介绍你认识的叶缇叶小姐，年纪轻轻，已是玉叶珠宝的当家。”

韩非已经料想到这样的会面，举杯淡淡颔首。

Ryan Wu又转身面向神色不定的一对男女：“孟先生，叶小姐，这位是我的旧友，韩非，他对玉石文化很有研究，也许以后会有合作的机会。”

叶缇纵然胸中动荡，却还是神色自若，倒是身边的孟南照仿佛石化，她索性用胳膊肘去撞他。孟南照猛地回过神，眼神流连在韩非的身上，俯首附在她耳边：“叶子，我是不是眼花了……”

“韩先生，您见笑了，南照可能也是把您误认作我们那位已故的朋友了。”

“也？”孟南照拧起了眉毛，“叶子，你们见过？”

Ryan Wu听了，也饶有兴趣地表示愿闻其详。叶缇却不愿多提，找了借口拉着孟南照离开，孟南照不悦地挣脱她，压着声音质问：“你之前就见过这位韩先生是不是？你为什么不告诉我？他跟邵宇峥长得一模一样！我眼没花，他们一模一样！你为什么瞒着我？”

“孟南照！”叶缇失去了耐心，瞪了他一眼，“我没有必要把我所有的事都一一向你汇报吧？”

宴席上觥筹交错、热热闹闹，这边一角的孟南照渐渐冷静下来，因为自己突如其来的失态而显得有些颓败：“抱歉，叶子，实在抱歉。”

叶缇勾了勾嘴角，一口饮尽杯中酒：“我们之间不用说抱歉。”

她抬起眸，不远处的韩非正与Ryan Wu谈笑风生，二人似乎相识已久、交情匪浅，如果Ryan Wu说的是真的，韩非真的对玉石文化有研究，那么他或许真的不可能会是邵宇峥了，她并未见过邵宇峥对玉石有过丝毫兴趣。

晚宴上，叶缇喝得有点多了，但她没醉，酒量太好有时也是一件让人烦忧的事，解不了愁。散场时，她面色微红，却仍旧镇定自若地站在孟南照身边，同宾客一一道别，Ryan Wu的住处就安排在了奥斯汀大酒店，不过因为韩非腿脚不便，他打算先亲自送韩非回住处。叶缇突然站了出来，摆了摆手，歪着头笑道：“我刚好顺路，我让司机送韩先生好了，Ryan你今天刚落地就来参加活动，还是早点休息吧。”

孟南照伸手想去捉住她，却被她灵巧地躲开。他落空了的那只手慢慢蜷缩成拳：“叶子，我来送韩先生好了……”

“我送，我是东道主，应该我送，”说着她嫣然一笑转向韩非，将他迎向自己车子的方向，“韩先生，上车吧？”

韩非尽管拄着拐杖，却仍旧自若地立在原地，他目光湛湛地看向她，婉拒：“我助理可以来接我，不劳烦叶小姐……”

“韩先生！”叶缇语气重了一些，“我非常期待以后能与韩先生有合作的机会，所以给点时间彼此多了解一下，您就不要再与我客气了。”说着，她叫过司机阿山，“韩先生行动不便，你小心照顾着点儿。”

韩非索性恭敬不如从命，缓慢又从容地坐上了后座。叶缇笑着转过身与Ryan Wu道别，一眼看到一脸不悦的孟南照，她跟他挥手道别，然后轻快地从另一侧上了车后座。车窗摇上，车子缓慢离开，酒店门口站着的Ryan Wu慢慢收回视线，颇有深意地多嘴了一句：“叶小姐今晚有些奇怪啊。”

一边的孟南照，神情更加凝重了。

而此时的车子里，韩非正靠在座椅上闭目养神，叶缇面无表情地盯着前方，车厢内一时安静得令人发怵。叶缇主动提起要送他，本是因为想到了Andy的话，或许这真的是上天的旨意，是她的一个机会，所以她不愿意轻易放过这个机会。可是当两人真的共处在这样一个幽闭的空间时，她倒没了先前的勇气，要做些什么，要说些什么，会不会让他觉得自己是个奇怪的疯女人？

阿山闻见了叶缇身上的酒味，好心提醒："小姐，保温杯里有我刚刚泡好的醒酒茶，您要不要先喝一点？"

叶缇缓缓抬起头，半晌，才"哦"了一声。

车子里又静了下来，阿山干脆不说话了，专注地开起车来，开出一段，他突然懊恼地反应过来："韩先生，我忘了问，您住在哪里啊？"

韩非终于睁开了眼，语气淡淡地报出了一个地址，叶缇扭头盯住了他，却见他又闭上了眼。她的目光在他的脸上流连，旋即，她忽然开口："你很怕我？"

韩非不为所动，她靠得更近了一些："你不敢看我？"

她身上的香水味和酒精味混在一起扑进鼻子里，其实并不太好闻，但他却并未觉得反感，只是被她的问话逼得蹙起了眉头，然后缓缓睁开了眼睛，与面前的这一双灵动的眼眸对上。她的目光太直接，毫不拘束，坦然又赤裸，然后他听到她又重复了一遍："你怕我对不对？但是你不讨厌我，我知道你不讨厌我的。"

韩非叹一口气："叶小姐，你喝多了。"

叶缇甩了甩头发，轻笑："我没喝多，我的酒量好着呢。"她沉默了一瞬，又忽地笑出了声，听得让人心里落寞，"也许我的确给你带来了很多困扰，让你觉得我是个麻烦，但我自己也控制不了自己。你太像他了，所以我的脚步总是不由自主地走向你，想要探一探究竟，想要看一看区别，是安慰自己也好，或者为了让自己死心也罢，我没办法，我看到你，就像看到了他一样。你越抗拒我，我越对你好奇，就越不肯放弃，韩先生，你再给我一点时间好吗？”

韩非的眼睛幽黑而深邃，他直直地望着她，倏地展出一个笑来：“你好奇些什么？”

“秘密，你的身上有我想探索的秘密，”她的手指在空中轻盈地划了几下，“从头到脚，我都不想放过。”

韩非轻笑出声，略显沙哑的嗓音令她的心不由得一颤：“不是有一句话吗？知道的秘密越多，死得越早。”

“我不怕死，”她的眼睛亮晶晶的，脸上有一种孩子般的天真，说着，她望向窗外的夜空，“听说人死后会变成天上的星星，你猜我会变成哪一颗？”

韩非跟随着她的视线看向窗外，背过去的侧脸上神情竟有一丝松动。

而那片黑漆漆的夜空中，寥寥的几颗星，暗淡微茫，尽管看得不甚清晰，却一直在那里，沉默着，陪伴着，永恒着。

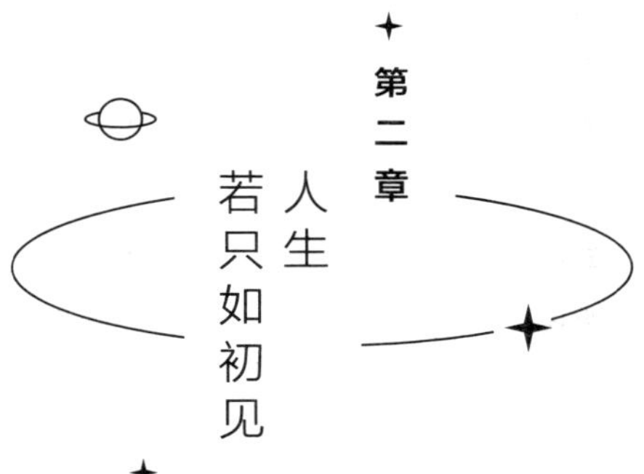

第二章 人生若只如初见

Which
Star —— Are You

Coco对于叶大小姐一大早就招呼Ryan Wu到办公室来谈事略感好奇，尤其是还不允许她在场，就更令人好奇了。她在门外徘徊了一圈，有个年轻的小姑娘突然猛朝她招手：“Coco姐，刚出的新闻你看到了吗？”

她凑上前去，电脑屏幕上的新闻正是昨日召开的发布会，与此同时，还专门采访了唐明珠对于此事的看法，只见照片中的唐明珠双手抱臂，态度冷漠，不过她的回应倒是有些令人捉摸不透，文章里引用她的原话：“玉叶珠宝当然可以请个所谓的鉴定师出一纸鉴定来说明自己并无假货，就像我理应也去找个国际名医来鉴定我全身未动过刀子，不过我不是明星，用不着兴师动众，这些事真真假假，大家图个开心咯。”

Coco摸了摸鼻子，正琢磨着唐明珠话里的意思，却听那小姑娘指着唐明珠的胸说：“我觉得这里面还是垫了硅胶。”

而此时，办公室里的叶缇刚好拿起手机，孟南照特意转发了新闻给她看，她在打字栏里迅速输入了抱拳的表情以示感谢，孟大少的美男计还是相当好用的。

放下手机，她抬眸看向对面坐着的Ryan Wu，对方正一脸微笑地看着她：“叶小姐心情不错。”

“是，”她坐直身子，将椅子拉近了一些，“多亏了您的援手，咱们才能渡过这次舆论危机。”

“我想叶小姐应该不是为了这件事特意请我来的吧。”

叶缇抬了抬眉，略感惊讶，却很快笑了：“的确，我是想找您打听一些事的。”

“关于韩先生吗？”

“是。”

“叶小姐似乎对韩先生很感兴趣。”

“是，我是个很直接的人，也没有必要隐瞒这一点，所以Ryan，你能告诉我你和韩先生是怎么认识的吗？因为你久居加拿大，而韩先生一直在欧洲。”

“你查过他的履历？”Ryan Wu的确有些惊讶，却仍然欣赏她的坦率。

叶缇抿嘴笑了笑：“我工作很忙，不太想浪费时间。”

“OK，效率就是金钱，那我也长话短说，我是在一次珠宝展会上遇见了韩非。虽然那时候的他只是个普通的大学生，但他解答了我对于玉石的一些疑惑，令我对他刮目相看，并邀请了他参加我的私人宴会，此后便熟识起来。”

叶缇认真听着，眉头微微拧起：“你还记得是哪一年的事吗？”

“五年前了吧。”

五年前……

邵宇峥死于五年前。

她伸手去拿桌上的马克杯，茶已经凉透了，她仓促地喝了一口，然后抬起头来问Ryan Wu：“如果我想请他担任我们的顾问，你觉得他会同意吗？”

Ryan Wu放下腿拍了拍裤子站起身来：“你何不亲自去征求他的意见？”

送走Ryan Wu，Coco迅速地回到办公室来，敲了敲门，探进半个脑袋：“我能进来吗？”

叶缇正在翻找着文件，闻声头也不抬：“进来吧。”

“你找Ryan是谈什么合作吗？”言下之意是：你得跟我说一声，不能玩什么幺蛾子。

她翻了半天，终于翻出一摞意向书来，看了几页，然后推到Coco面前：“这是上个月供货商拟的新合约，他们提供了一批新货，咱们迟迟没有拍板就是因为司师傅告假不在，眼下我有个更合适的人选，我想外聘一名玉石顾问，考察过关就立即签下，下半年不是有个玉石玉雕博览会吗？咱们得推出有强烈反响的新产品才行。”

Coco接过意向书，想到这几日来唐家借由唐明珠发起的诽谤一事，以及不少竞争同行看好戏的模样，玉叶如今处在一个尴尬的时期，看来必须打一个漂亮的翻身仗才行。

“你的人选是谁？”

叶缇神秘一笑："我亲自去请。"

午饭也没吃，叶缇便独自离开公司，驱车赶往了梧桐巷，车子停在那家小小的门店门口，只见门口挂着一个小木牌，写着暂不营业。她略感惊奇，停好车走过去，正看到郑西河抓着块抹布走出来，见到她，立刻堆起笑来："叶小姐。"

"你记得我？"

"简直过目不忘。"说着，郑西河把抹布往门口的水桶上一扔，掀开门帘把她往里迎。

叶缇本还想多问一句"怎么个过目不忘"，然而一进屋内，她就呆住了。原本整洁清雅的小店里，许多的文玩摆件都小心翼翼地收进了箱子里，一大半的木架子上都是空的，想到方才郑西河手上的抹布，以及门口的"暂不营业"，她蹙起了眉头："这是打算重新装修吗？"

郑西河摇头："老板两天前突然说要搬店，现在正在收拾东西呢。"

"搬店？搬到哪里去？"

郑西河耸了耸肩："还没告诉我呢。"

叶缇神色凝重下来，抬头打量了一下四周，这店铺面积虽小，可是五脏俱全，按照韩非的性格也不会为着扩大面积，抑或是人流量的因素决定搬什么地方，所以思来想去，她只能猜到一点："他为了躲我？"

郑西河望着她，略无辜地眨了眨眼，表示自己一无所知。

叶缇哼笑一声，拖了个空的木箱子到身边，敲了敲，目测比较结实，然后一屁股坐了下来："你老板呢？"

"不知……"

"那你把他手机号给我。"

"哦，好嘞。"郑西河迅速从牛仔裤口袋里掏出手机，翻了翻，把手机递了过去。

叶缇把号码输入到自己的手机里，想了想，又把自己的手机塞了回去：“你打电话给他，问他在哪里。”

“那他问我有什么事，我怎么回答比较好？”

“就说有人想找他谈合作。”

郑西河立刻拨出电话，神色看上去居然还有些跃跃欲试的兴奋。叶缇看着郑西河跟韩非唯唯诺诺的小模样，忍不住蹙眉沉吟，这个韩非到底什么来头，她不信自己搞不定他。正想着，郑西河已经走了回来，一脸得逞的骄傲表情：“我问到了，他现在在莱茵阁吃饭，大概三点左右会回来……”

话还没说完，叶缇已经站起身，风风火火地冲了出去。门帘子掀了几掀，略显昏暗的小店里，只留下了一脸傻笑的郑西河。

莱茵阁离梧桐巷很近，叶缇只花了十分钟就到了餐厅门口。冲上楼的时候她还没想好用什么借口，结果刚一转弯，她就看到韩非正拄着拐杖缓慢地朝着楼梯旁边的吧台走过来，她立刻停住脚步愣住，半晌才故作惊讶：“这么巧？”

韩非略倚在拐杖上，眯眼看向她：“是很巧。”

那略带戏谑的语气，倒令叶缇尴尬起来，她环顾一圈，随手指了个位置：“我约了人，我先过去了。”说着，她迅速在靠窗的位置找了个空桌，随便点了杯咖啡，便做出一副等人的模样。目光偷偷跟随着韩非，只见他又慢慢走回了附近的一个桌子，原来他也是一个人，真是太好了！她站起身，正打算过去拼个桌，突然一个身影拦在了她的面前。

“叶子？这么巧？”

她抬起眼，只见一个西装笔挺、头发梳得一丝不乱的男人挡在了面前，他戴着一副金丝边的眼镜，看起来高贵儒雅，可那镜片后的眼睛里却满是精光。叶缇迅速扫了他一眼，视线又投到了他身后不远处，一个身姿曼妙的女子正翘首以盼地看向他们。她的脸阴沉了下来：“江捍东，你已经同烟鹂姐结婚了，麻烦以后你多多留意自己的言行，不要让人抓住了什么把柄，让孟家蒙羞。”

江捍东挑了挑眉，回头冲那个玲珑女子打了个招呼，笑着解释：“叶子，是你误会我了，她不过是我的一个客户，我可不会做出让叶子你失望的事情来。”

“别，我可对你没有抱过任何希望，只希望你能对得起烟鹂姐。”说着，她伸手想要推开他，但江捍东纹丝不动。男人的力气到底是大些，叶缇恼了，用更大的力气去推，却没想到这个杀千刀的却退后了几步，令她一个趔趄扑上前去。

江捍东迅速揽住她，气息喷在她的耳后：“小心啊……”

“滚！”

叶缇恨得真想手撕了这个王八蛋！当初，她就对他唯恐避之不及，只想着能躲就躲，可哪里想得到孟烟鹂会爱上他，还一哭二闹三上吊的非他不嫁，最后让他如愿当上了飞凡集团的上门女婿。因着对孟烟鹂的敬爱，孟南照只好接受他这个姐夫，叶缇也不得不与他常打照面，从此无处可躲。

她愤愤而逃，却在经过韩非的桌旁顿悟过来，脚步停下，她缓缓退后几步，坐到了韩非的对面。韩非正举着高脚杯慢慢地喝了一口红酒，知道是她坐了下来，眼也未抬，仍看着杯中的酒，说道：“他就是你约的人？”

看来动静闹得不小。叶缇不答话，伸手拿过红酒瓶，给自己也倒了一杯，摇了摇，猛喝了一大口，然后看向对面的男人：“跟你拼个桌行吗？”

“我以为你会待不下去。”

叶缇深呼吸：“是，要不我们换个地方？”

韩非轻哼了一声，一脸“你想太多”的表情。叶缇斜了他一眼，按捺着性子：“算了，你腿脚不便，我还是不给你添麻烦了，要不这顿算我请你？”说着她就伸手欲招服务员点菜，谁料对面的韩非慢条斯理地放下酒杯，擦了擦嘴，从怀中掏出了钱夹：“不好意思，我用完餐了。”

一腔无名之火压也压不住了，她在他这儿怎么就频频受阻，别人献殷勤都排起了队，他倒拿捏着她把玩在手心之中。

“韩先生！”她重重地把酒杯搁下，思来想去，还是按捺住了，“我是诚心诚意的。”

“要不你先点餐，我顺便一起把账结了，你在这儿慢慢吃？”

叶缇浑身绷着，却置若罔闻一般，从包里拽出钱包拍在桌面上，嘴角一勾，眼波流转着：“我说了，我来请。”

被招来的服务员进退不能，只好保持距离尴尬地杵在原地。韩非抬眼看了看她，问了多少钱，然后从钱夹里掏出几张纸币放在了桌面上：“正好还差个零头，你补了吧。”

话音落下，他便拿起椅子旁的拐杖，意欲离开。叶缇突然心中一动，借着掏硬币的动作，“一不小心”把红酒杯碰倒了，杯中还剩的红酒悉数泼到了韩非白色的衬衫上。

“Sorry……”她迅速扶好杯子，拽了几张纸巾递过去。

韩非抬起眼皮淡淡地扫了她一眼，拒绝了她递过来的纸巾，温声求助一旁的服务员：“能麻烦您借个吹风机吗？待会儿直接送到洗手台那边就好了。”

他重新拿起拐杖，缓缓地撑起身子，叶缇眼疾手快地赶过来扶住他，韩非看了她一眼，没有拒绝。到了洗手台旁，韩非打开水龙头清洗了一下双手，叶缇靠在一旁，小心翼翼地问：“要不把衬衫脱下来简单洗一下？”

“不必。”他拒绝道。

吹风机及时地送了过来，叶缇又劝：“总要脱下来吹干吧？不然烫伤皮肤就不好了。”

韩非扭头又深深看了她一眼，目光有些森冷。叶缇故作没看到，一副无所谓的语气：“你不会是害羞吧？又不是让你脱裤子，你怕什么？”

射来的目光更森冷了几分。

叶缇顶着这刀剑般的目光，暗暗得意地转了个身，示意他可以脱了。

韩非也懒得再跟叶缇说话了，利落地解开扣子，将衬衫脱了下来。一听到吹风机的嗡嗡声，叶缇就转过头来——本以为他会是裸着上身的状态，但谁想到他里面还穿了个白色的背心，失策了！她略有些失望的表情被韩非尽收眼底，他也没理会，低着头仔细地吹着红酒渍。

然而，叶缇的目光却没有从他的身上离开。他虽然瘦，可是身体还是结实的，手臂上有纹理清楚的肌肉线条，皮肤上没有什么明显的疤痕，要知道邵宇峥常常舞刀弄枪，身上总是旧伤未愈、新伤不断的。然而，她最想看的位置，他的胸口，却被藏在了背心下，她看不到那里的皮肤是否依然光洁平滑。

出洗手间，又与江捍东狭路相逢，叶缇视若无睹，打算略过去，无奈他主动同她与韩非打起了招呼："叶子，这是你朋友？"

叶缇硬着头皮回过头来，看到落后半步的韩非已经与江捍东打了照面，她看不到背对自己的江捍东是什么表情，却清晰地看到韩非的眼神中似乎卷着一层什么情绪，很复杂，说冷淡却又不是冷淡，疏离也不算疏离，总归和客气是毫无关系的。

接着，她听到他淡淡的嗓音："我和叶小姐只是相识，不算朋友。"

"怎么不是朋友？"她走回去，轻轻扶着他的手臂，看向江捍东，摆出一副媚态，"我在追他。"

江捍东伸手抬了抬眼镜，视线下移，看到了韩非的衬衫下摆接近下腹的位置，有一片即便吹干了也依然有着淡淡痕迹的红酒印。他意味深长地笑了笑："以前没见过叶子你追男人，没想到这么激烈。"

叶缇的手一紧，浑身剑拔弩张起来，像只炸毛的猫。

身边的韩非却似不经意般地拂上了她的手，将她的手压了下来。他抬头看着江捍东淡淡一笑："等她追上再说吧。江先生是吗？麻烦借过。"

叶缇还没太懂他突然介入的这一个小动作是什么意思，下一秒就听到他这一番话，心中觉得好像有那么一点不对劲，却又不知道哪里不对劲，虽然一走出餐厅韩非就撤回了手臂，但她心里还是隐隐有些高兴的。

因为他好像在护着她。

这种高兴的感觉并没有保持太久。

当晚，孟南照出现在了叶家。叶缇刚刚走到门口，阿翘就迎了上来，接过她怀中才买的一束姜花，小心翼翼地叮嘱了一句：“孟少在客厅等了两个多小时了，看起来心情不太好。”

叶缇并未在意，在玄关换了拖鞋，哼着小调子，款款地走到客厅中央。沙发上，孟南照跷着腿，手里正把玩着一个玉扳指，那还是他某年生日时她送的礼物。叶缇走过去，落座到他的对面，阿翘泡了茶端过来，又迅速地走开了，叶缇捧着茶杯吹了吹茶叶，小口啜饮。

“心情很好？”孟南照向来赢不了叶大小姐，耐不住先开了口。

叶缇眉梢一扬：“看得出来？”

“又买花，又哼歌，走路姿势都仿佛是飘着的，我多久没见过你这样了？”

叶缇放下茶杯，敏感地瞥了他一眼：“你找我有事？”

孟南照直直地盯着她，盯得她心里发毛，接着，她看到他从靠枕下抽出一个文件袋，然后重重甩在了茶几上。袋子没封口，几张照片滑了出来，叶缇缓缓眯起了眼睛：“什么意思？”

“标题都拟好了你知道吗？女星身陷三角恋情，新欢旧爱齐齐登场！如果不是我得到消息提前买下了这些照片，你明天又要上头条！”

“女星？我只是个过气的三流小明星。”

她拿起一张照片，细细地看着，拍得还不赖，她虽然表情有些愤怒，但脸看上去还是美的。韩非也不错，就是拄了个拐杖，只是若真见了报，不知道那些闲得无聊的看客会说出怎样难听的话来，如果有人查出他的真实身份，恐怕又是一轮热议。她吐出一口气，把照片放了回去，懒懒地让自己全部陷进沙发中，那一副无所谓的模样倒真的激到了孟大少爷。

“你知不知道这要是让我姐看到，她会怎么想？”

哦，指的是那个同框的江捍东。叶缇有些反感地蹙起眉来：“那得问她老公，我问心无愧。”

孟烟鹂并非不知道江捍东的为人，只不过被哄骗得失了明辨是非的能力，恋爱中的女人，她只不过是更痴傻了一些。孟南照自诩他在这世上一天，就断不会让江捍东伤了她分毫，自然，江捍东若还对叶缇存有非分之想，他也一定不会让他有好下场。只是，孟南照心里清楚，自己这般愤怒，不是因为江捍东，而是因为照片中的另一个男人。

他深呼吸，试图让自己的语气变得缓和一些：“好，江捍东的事我们不提，叶子，你老实告诉我，你为什么还要去见韩非？”

叶缇不说话，低头玩着自己的指甲，左手食指上的指甲不知道什么时候裂了一小块，她慢慢地撕着，却不料那半断不断的指甲并不按照她的想法来，一不小心就扯到了皮肉，痛得她倒吸一口凉气。

孟南照压着怒气，声音却还是大了几个分贝：“说话，别装傻。”

叶缇举起手，吹了吹，然后站了起来：“我不想什么事都向你交代。”她四处找着阿翘，想先解决了这块指甲再说。身后“啪”的一声，孟南照抓起照片又狠狠地摔了下来，他猛地站起来，恨恨地盯着她的背影：“你不想告诉我，我也猜得到你想做什么！叶缇，你不要傻，邵宇峥已经死了！就算他没死，那他也是害你爸爸坐牢的人！这五年你过的什么日子，你忘了吗？还有现在还躺在医院里的叶述，你也忘了吗？”

“孟南照！”

孟南照手握成拳，看着面前的叶缇僵硬地转过身来，她双眼发红，面对着他伸手指向门外：“你走，你给我走！阿翘，送客！”

他笑了一下，却夹杂着苦涩：“你看，你心里是清楚的。”

“我当然清楚，这五年来我心里都是清清楚楚明明白白的，叶赫祖是罪有应得，他本就该为自己的所作所为赎罪，而邵宇峥是死在我手上的，我才是罪不可赦的凶手，我该坐牢，我该被枪决，我该同他一起去死！”

这五年来深藏在心里的黑洞，每天只能说给神明听的忏悔，终于在这一刻爆发了。她说出来了，她全都说出来了。叶缇的身体止不住颤抖，像是狂风中的一棵纤弱的树，浑身的力气都被抽走，只剩下一点点要支撑着她继续这么站着，不能倒，坚决不能倒。她从未有过幸福的时候，或许有吧，在三岁之前，在妈妈还在的时候，在五年前，在邵宇峥还在的时候，而其余所有的时光，她都是孤独的一个人，孑然一身，被黑暗淹没。

孟南照从未见过这样的叶缇，从未，他尽管知道她是一个习惯了隐藏自己的人，可他却并不知道，原来她是这样绝望地活着的。他突然觉得无措起来，这一切都是他引出来的，他慢慢走向她，尝试着去握住她的手，想抱抱她，想拍着她的背说“有我在”，然而他却心知肚明，他从未走进过她的心里。

“叶子……”

叶缇由着他握住了自己的手，指甲不知道什么时候已经断掉了，手指头被摩擦得有点儿疼。她静了一会儿，感觉力气又一点一点地回到了身体里，然后她反握住孟南照骨骼分明的大手，摩挲着那个温热的玉扳指，轻轻说道：“谢谢你，南照，这么多年，你知道我是真心感激你的。”

孟南照深深看向她，目光中有几分感动，然而下一秒，却看到她的脸上又浮现出一抹笑来：“至于韩非的事，我希望你不要插手，我想去弥补，我想有赎罪的机会，不管他是谁，我现在只想做这些事。”

她话音落下，孟南照已经收回了手，他揉了揉眉心，仿佛有些疲惫：“时间不早了，你早点休息，我们以后再说。”

阿翘应声把他的外套从衣架上取下，小跑着送到了玄关处。自家小姐正靠在墙边，两人的脸色都有些异常，看来她刚刚偷听到的争执的确挺严重的，只是她听得不甚真切，大概还是因为那个人吧，她从好多人口中都听过的那个名字，邵宇峥。

孟南照上了车，狠狠地摔上了门，司机一言不敢发，默默地载他回到了孟家大宅。孟烟鹂正在客厅一角的钢琴旁坐着，纤长的手指在键盘上舞动，“叮叮咚咚”地弹奏着乐曲，听到脚步声，惊讶地回过头来：“南照，你今天回来得倒是挺早。”

他面色不好，对她的话也置若罔闻。孟烟鹂盖上钢琴盖，趿着软底鞋轻轻走过来，唤人倒了茶过来，问：“吃过了吗？没吃的话，我让人给你下点面？”他常年晚上不在家用餐，所以家里也并没有给他备晚餐。

孟南照一口饮干了茶水，将杯子送回孟烟鹂的手里：“不用，我还有事，先上去了。”

“南照？”擦身而过时，孟烟鹂叫住了他。

他停下来，回头静静地看向面前这个温柔的女人。其实她不是自己的亲生姐姐，只是他自幼丧母，从小就寄住在姑姑家中，是孟烟鹂照顾他关心他，像姐姐，更像是个小妈妈，所以她想要的东西，他都会想方设法给她，她想做的事，他都会全力支持，包括她执意要嫁给江捍东。

想到这个名字，他的脸色沉了下来：“江捍东呢？他还没回来？”

“你要叫姐夫！”孟烟鹂嗔怪，“他前脚才回来，你也跟着到了，刚刚上楼洗澡去了，你有事找他？”

“嗯，我去找他。”

孟南照拎着西装匆匆上了楼梯，上到三楼的拐弯处，正好迎上下来的江捍东。他洗了澡，穿着藏青色的浴袍，手里抓着个毛巾擦着头发，眼镜没戴，眯着眼看向孟南照：“哟，回来啦？”

孟南照阴着脸，从他身边掠过去：“上来说话。”

江捍东将眼镜从口袋里掏出，架在鼻梁上，不以为意地跟着进了楼上的书房。门刚刚关上，孟南照已经大步逼过来，伸手揪住了他浴袍的领口，口吻更是咄咄逼人：“江捍东，我再警告你一遍，不许再靠近叶缇半步！”

江捍东挑了挑眉，反问：“怎么？叶缇是你什么人？哦对了，未婚妻？她说要嫁给你了吗？”

“是！她一定会嫁给我，而你，没有资格！”

“是吗？她可是有了新的男伴，这么多年了，你何曾见过她和别的男人这么接近过？我说小舅子啊，你现在可是自身难保呢。”说着，他一寸一寸推开了孟南照的手，整理着浴袍，脸上的冷笑渐渐收了回去，“何况，我看靠你去接近叶缇找到我们想要的东西，恐怕还不知道要等到何年何月，你姑姑会等不及的，她会生气的。”

孟南照红着眼盯着面前这个毒蛇一般的男人，良久，却只能愤然收回手，走到书桌旁坐下，厉声道：“我自会向姑姑交代，倒是你，别忘了我说的话，叶缇和烟鹂姐，你都别妄想动她们一根头发！”

江捍东仿佛没有听到，重新拿起毛巾擦拭起未干的头发，甚至还心情愉悦地吹起口哨，转身拉开门走了出去。脚步声渐渐弱下来，走廊里归于一片沉寂，孟南照突然握拳狠狠砸向桌面，座机电话一震，他回过神来，立刻拨了一串号码出去。

电话接通，他的口吻已经恢复了平静：“姑姑，你放心，我会尽快的。”

挂掉电话，他垂着头在椅子上枯坐了片刻，随即起身，双手插袋走向窗边。窗帘是拉着的，赭红色的遮光布，他一把拉开，看向了窗外远处的霓虹灯火。孟宅建得隐蔽，周围鲜有别的建筑，所以夜色更显得漆黑。小的时候怕黑，孟烟鹂陪着他哄他，但姑姑不一样，她向来严厉，直接把他拎到门外直面黑暗，他哭着哭着就睡着了，之后好像再也没说过“怕黑”这两个字，不是不怕，是因为姑姑说男子汉就该有男子汉的样子。从小到大，姑姑说的话都是真理，他从来没想过要忤逆她。

然而想到叶缇，他的心却软了，软成了一摊蜂蜜，黏黏稠稠的，送到嘴里，却又是甜腻。

可是她却对他说，她想要和别人在一起。

孟南照身侧的手又握紧了。他深呼吸，掏出手机开始打电话：“帮我调查一个人，他叫韩非。”

这晚，有人辗转反侧，有人却酣梦香甜。

叶缇做了个很长很长的梦，梦里的那个人不知是邵宇峥还是韩非，但他是可以自如走路的，他穿梭在层层的迷雾之中，前一秒像是要走向她，下一秒却又是转身离去的背影。她张了张口，想要喊他，却哑在了那里，她喊不出名字，不知道该喊哪个名字。

醒来时，额头上一层薄汗，她摸到手机，屏幕上的时间将近七点，她居然睡了一个很长的整觉。她像往常一样，淋浴，更衣，到走廊尽头的小房间里祷告，然后下楼吃早餐。这一次，Coco没有带上报纸来兴师问罪，的确要感谢孟南照的先见之明。然而想到前一晚他说的话，她手中的叉子又缓缓落了回去。

掐着点儿，她拨通了医院那边的号码，是管姨接的电话。她是叶家的老人了，过去一直在老宅照顾叶赫祖和叶述父子，叶述住院后，也一直是她在贴身照顾。

“管姨，我是叶子，小述醒了吗？”

“醒了醒了，吃过了早饭，吃了一碗鸡肉粥和两个鸡蛋，刚刚还喝了杯牛奶，小姐您放心吧，他很乖的。”

叶缇有些鼻酸：“小述是我弟弟，我应该亲自照顾好他的，幸好有你，管姨，你帮了我许多，等周末我就去医院看你们。”

“小姐，您客气了，这都是我应该做的事，您平时那么忙，就别来回跑了，平时工作也别累着自己，医院里有我，我一定会照顾好小少爷的。”

她是看着小少爷出生长大的，本就有感情，何况又目睹了叶家这些年来发生的变故，老爷入狱，夫人离家，留下当时只有六岁的小少爷。是年纪轻轻的叶缇毅然决然地回到叶家，拾起公司的烂摊子，抚养同父异母的弟弟，她像蚌里的珍珠，越磨越亮。

叶缇却从来没说过半个“累”字，大概是没有时间去想吧。她和叶述又讲了几句后，便挂了电话。她匆匆收拾好自己，提前抵达公司。没过一会儿，Coco进来问顾问的事，她这才想起来昨天在莱茵阁，她忘了和韩非提。但按照韩非的个性，她就算提了，他也未必会轻易答应。

手里的签字笔抵着下巴，她思量了一会开口道："这事儿有点难度，没有三顾茅庐，恐怕对方不会轻易答应。"

Coco蹙眉："价钱不满意？"

"那倒不是，他应该不是在意金钱的人。"

"那？"Coco也疑虑了，"有我能帮到的地方吗？"

"不用，我还要亲自去一趟。"

她正看着行程，想抽空去一趟梧桐巷，这时手机响了，竟是Ryan Wu。

她揉了揉太阳穴，转动座椅，看向窗外那片海域："Hi，Ryan。"

"你好叶小姐，今晚我的航班回加拿大，不知在这之前是否有荣幸邀请您共进晚餐。"

Ryan Wu只逗留两三天，没想到日子过得这么快。叶缇回头瞥了一眼行程表，笑道："没问题，今晚的时间一定留给你。"

当晚她提前抵达约定好的餐厅，没想到Ryan Wu到得更早，而餐桌旁，还有一个身影正背对着自己。她快步上前，与Ryan Wu贴面问候，转头时看到那人，不由得惊喜地叫出了声："韩先生？"

韩非微勾嘴角，向她颔首，算作回应了。

Ryan Wu的目光来回于二人身上，他替叶缇斟了酒，笑道："威城我只有韩一个朋友，现在又认识了叶小姐，所以想与你们二人亲自告别，希望叶小姐不会介意。"

"不会，"叶缇笑了，下意识举起高脚杯，略一沉思，又放下了，"我开了车，今晚就不喝酒了。"

"有代驾。"Ryan Wu想了半天，终于想到了这个名词。

叶缇婉拒，心中想的是，餐后她得亲自把韩非送回去。

席间，多是Ryan Wu在畅谈，讲述自己的留学经历，以及工作中的趣闻，韩非一向寡言，但时不时会配合一下开朗健谈的Ryan Wu，叶缇惊诧，正如

Ryan Wu所说，韩非的确对玉石文化有相当深厚的研究和了解，二人也似乎真的结识多年。

送Ryan Wu登机后，天色已黑，华灯初上。韩非坐在副驾驶座上，手支在车窗上，按着眉，似有不适。叶缇调了调后视镜的角度，看到他微蹙的眉，问道："你哪里不舒服？"

他摇了摇头，手滑落下来，用拇指摩挲了下下巴，漆黑的眼眸仍旧看着前方。

那个微小的动作，令叶缇心中一震，她迅速将目光从镜面投向他本人，那酷似邵宇峥的侧脸线条，被窗外的霓虹灯晕染模糊一片。

韩非见她走神，敲了敲车门："专心开车。"

叶缇回过神，向前开出一截，路遇红灯，这才缓缓停下，深吸了一口气。

"韩先生，听说你与Ryan结识于五年前？"

韩非扭头看了她一眼，沉吟片刻，道："没错，那时他在欧洲办巡回展览，有幸遇见。"

毫无疏漏，与Ryan Wu说的一般无二。红灯转绿，她踩下油门往前开去，此时正是市中心最热闹的时候，路况并不畅通，她停停行行，整个人都有些恍惚。用拇指摩挲下巴，是邵宇峥也曾有过的习惯性小动作，或许只是巧合。

"叶小姐？你手机在响。"

韩非提醒了两三次，叶缇才意识过来，拿起手机一看是Coco，已经连续来了好几通电话。她将车停靠在路旁，接通电话，那头的声音急切地撞进耳内："淮河路上的门店遭到抢劫，你先别急，店员已经报警。"

叶缇离得不远，当即决定亲自赶过去。

她的车技不赖，在拥堵的街头还算能够自如穿梭，韩非已经听到二人对话，怕她慌乱，沉声安抚："警方会第一时间赶到，你不用太担心。"

怎么可能不担心，一是怕人员伤亡，二是怕损失惨重，三才怕舆论影响，虽然她没心没肺这么多年，但父亲一手打下的基业，她并不敢随性对待。

离得近，她到的时候，警方还未赶到。原本在脑海里设想的危机画面，并没有在现场上演，没有群犯，没有武器，甚至店门外依旧人来人往，只不过店门被关，没人知道里面发生了什么。她先松了一口气，走到闸门口，透过缝隙往里看，一个个头比她高不了多少的年轻人，学电影里头套丝袜，蒙着一张脸，正用刀控制着一位女店员，场面僵持不下。

她侧身悄然挤进去，试图与他交谈："你好，我是玉叶珠宝的总经理，我叫叶缇。"

年轻人蓦地转过身，叶缇看不到他的五官，更辨不明他的神情，故作凶狠的声音略显稚嫩："你不要过来，刀子不长眼的！"

"你想要什么？这里的柜台都上了锁，你需要店员帮助你打开，才能拿到你想要的东西。"

"我知道！不用你教！"他勒着女店员，下意识往后退了一步。

"好，我帮你开，你要金子？还是翡翠？"她走过去，用钥匙扭开了一个柜台，摆出一盘金项链来，见他目光紧紧跟随，便抓了一把握在手里，"喜欢金的？这些项链克数都不少，应该值不少钱。"

年轻人不动，命令她："你拿过来，放进我包里。"

叶缇点了点头，有另外的店员想要阻拦，被她轻轻推开。她两手捧着一大把金项链，慢慢地朝着年轻人靠近，快走到他跟前时，她突然放下了手："这样吧，她是员工，我是老板，这里只有我说话算数，你不如把她放了，我来当人质，你想要什么，我一声令下，他们不敢不从。"

年轻人犹豫着，叶缇已经重新举起手，示意他打开随身的背包。

"你别动！你过来！"年轻人有些着急，又退后了几步。

叶缇笑了："那我到底是不动呢？还是过去呢？"

"……慢慢过来！"

叶缇一步步走过去，店里一片寂静，只有她的高跟鞋发出敲击地板的声音，声声敲进心脏里，令人战战兢兢。年轻人的目光一会儿看叶缇，一会儿看她手上的金项链，一时不知道是该抓人过来，还是直接抓金子。他毫无意识地往前挪着步，试图朝着叶缇靠近，就在走神之间，突然有什么横飞出来，撞上了他的腿，他被一绊，身子往后倒去，手慌张地四处乱抓。叶缇一惊，立马扔掉手中的金项链，迅速将女店员推到一旁，自己和那个年轻人一同摔倒在地。

没有刀子向她刺来，她支起上身，只见年轻人正贪婪地将金项链往包里塞。她四处一看，刚刚绊倒他的东西，是一个小的花盆，方向来自于店门口，凝神望去，韩非正坐在轮椅上，缓缓地向店里而来，神情严肃。

“你别过来……”

“小心！”

叶缇劝阻他的话还未落下，就见韩非沉静的脸上突然闪过一丝惊忧，下一秒，她就被人拖着扯了起来，脖子下被抵了一把冰冷的刀。

“你们都不许动！刀子不长眼！”

叶缇安静下来，用眼神示意韩非出去，然而年轻人却并不愿意放过。他一路架着叶缇朝门外走，试图借机逃出去，路过韩非时用力地踢了一脚轮椅，本是把他当残废，压根没放在眼里，谁料轮椅上的人突然借力抓住了他的手臂，猛地一收，再迅速一折，竟把他扭得纹丝不能动。

年轻人吃痛地嗷嗷叫，四肢扭动，拼命挣扎着。叶缇担心韩非被拖倒，也拼命地用双手抓着他握着刀子的那只手臂，一边提防着伤到自己，一边竭力控制着他的动作幅度。

年轻人的包落在了地上，被叶缇用力一脚踢开，失了货物，年轻人狗急跳墙：“我要杀了你们，我要杀了你们！”

韩非不敢再多用力，怕他真的失手伤了叶缇，听到门口响起警车鸣笛，他的脸色阴沉下来：“你自己看看，你怎么可能跑得掉？现在把刀放下，你还只是抢劫未遂，如果再胡来，那可就是杀人犯了。”

叶缇也早就看出这个年轻人是个没什么经验的新手，也许是鬼迷心窍，才学着电影里的人来抢劫金店。如今他出师不利，又骑虎难下，眼下不过是硬扛着罢了，就连握着刀子的手都汗湿了。但叶缇还是警惕着，往往新手更容易冲动，保不定他会失去理智，做出伤人害己的事。她试图转移他的注意力，跟着补了一句："对了，我忘了告诉你，我除了是老板，以前还是个明星，今天这事明天就得上社会新闻，估计还能上娱乐头条，到时候全国人民都能认识你了，你让父母怎么办？你以后又怎么找老婆？听我一句话，放下手里的刀，回头是岸。"

韩非忍不住瞥了她一眼，也不知道她现在怎么还有吹牛皮的心情。

年轻人本就不欲伤人，听到叶缇的话，竟仿佛抓到了救命稻草一般："那我放了你，你能别让警察抓我吗？"

"你抢劫金店，性质已经很恶劣了，我无权指挥警察，不过我可以不追究你现在拿刀威胁我的事。我向你保证，好不好？"

年轻人还在犹豫，韩非却懒得跟他废话了，突然把擒着他的那只手松开，伸臂扯下了叶缇身上系着的腰带，腰带上的珠串子撒了一地，"叮叮咚咚"地滚落开。叶缇本感觉腰上一松，正要惊呼，下一秒，她就听到了刀子掉在地上的声音，接着背后被人用力一推，她就扑向一旁，被女店员迎上来接住。回头一看，韩非已经若无其事地推着轮椅过来了，门口的数名警察也迅速冲进店里制住了年轻人。

刚刚那几秒，发生了什么？

叶缇还蒙着，身边的女店员却花痴一般地叫了起来："太帅了啊，他刚刚用你腰带上的珠子弹中了抢劫犯的手腕！"

叶缇慢慢地站稳身子，这才发现自己的脚腕不知道什么时候扭到了，之前没太紧张了没感觉，现在却疼得她没法站起来。这时，视线里出现了韩非轮椅的一角，她抬起头，看到他拧着眉："还能走吗？"

她尝试着站直，但脚腕还是疼，便摇了摇头。

韩非将目光从她脚上移开，投向人群："让你的店员送你去医院吧。"

这时，有警察走了过来，例行问询，走流程，调监控，做笔录。等忙完这一切，叶缇都快忘记自己脚腕的疼痛了。韩非提醒，她却不着急，先让受了惊吓的店员们提前回家，自己做了简单的盘点，然后扶着柜台撑起身子，单腿跳着往里走。

韩非忍不住呵斥："你还瞎蹦什么？"

"我去仓库看看，"叶缇眉眼弯弯地笑着回过头来，"我试试你每天都是怎么生活的。"

韩非沉着脸，转动着轮椅跟上，到了仓库门口，见她在密码锁上按了一串数字，大门缓缓拉开，她又兔子一样蹦着进去了。韩非停在门口，觉得应该有所避讳，却没料她回头招手："进来啊，看看我们家的翡翠怎么样。"

他扭头看了看门外，店门已经从内拉上了，便跟着进了仓库。

轮椅刚刚滑入，身后的门又自动缓缓合上，他觉得不对劲，不免停下，看着门沉思。

"出去也要密码的。"叶缇解释。

韩非转回去，在一旁的密码锁上迅速按了记下的那一串数字，可大门却纹丝不动。

"密码不一样？"

叶缇跳着脚赶过来："一样的呀。"

她伸手又重新按了一遍，没有反应，再来一遍，依旧毫无动静。

"锁坏了？"她蹙起眉，看向韩非。

韩非若有所思，良久才从密码锁上收回视线："也许吧，打电话让你的店员回来吧。"

他退到一旁，看着叶缇从包中掏出手机，打了一个电话，旋即又看了看手机，反复几次，她放弃了："没有信号。"

"试试我的。"他从怀中翻出手机。

叶缇接过，仍然没有信号显示，最后只能颓丧地靠到墙壁上，望着他：

“难道要到明天上班，才会有人发现我们？”

韩非没回答，他看到她露出来的脚踝已经肿得很高，语气不免也柔软了下来：“过来。”

“嗯？”是没理解他的意思。

他索性撑着柜子站了起来，将轮椅推到她面前去：“你坐这个，别蹦来蹦去了。”

才说着，他自己为了调整姿势，跟着蹦了一下，叶缇靠着墙乐了，惹得韩非扫来一阵冷冷的眼风。

仓库里没有可以休息的地方，她坐了轮椅，韩非就得一直站着，叶缇不忍，从仓库里翻了几个纸盒子堆在了地上：“我坐地上就行了。”

韩非没理她，扶着墙慢慢挪了过去，毫不介意地坐在了纸盒子上。叶缇只得坐上轮椅，生疏地转动着到他身边，两人一高一低，视线对上，她恰好遮住了光，看不清他的神色。良久，她才开口：“是我连累你了，原本你这个时候早就回到家了。”

“Ryan并未告诉我他邀请了你。”

言下之意，他如果知道，他或许来都不会来。

叶缇觉得自己又被噎住了，真是话不投机半句多，转念一想，却又笑了笑：“缘分呗，你想躲我，老天爷不让你躲。”

韩非淡淡回应：“孽缘。”

叶缇撇撇嘴，不置可否。

低头瞥见自己宽松的连身裙，她又想起了什么，假装无意地随口一提：“你练过武？我的女员工说你用一颗珠子弹掉了那个人的刀。”

她盯着他，那张沉静的脸上毫无波澜：“小时候学过，强身健体。”

“那你现在……”

“现在只偶尔健身，”他抬起眼皮，瞥了她一眼，“为了活得久一些。”

好吧，无懈可击。叶缇放弃了追问，目光从韩非身上移开，沉思的面庞上缓缓浮现了一丝意味深长的微笑。

二人再无交谈，叶缇低着头想心事，韩非干脆靠在墙上闭目养神，夜越来越深，寒气也上来了，见解救无望，叶缇做好了在仓库里留宿一宿的准备。再去看韩非，只见他双目微合，眉头紧蹙，从上车起他就是这样的神情，可能是真的身体不适。尽管有纸盒子垫着，但地上到底还是凉的，况且他的腿根本不能受寒。算了，不跟他置气了，本来就是她先缠着他的。她用手臂撑着轮椅站了起来，试图和他交换位置，没想到刚起身，那只金鸡独立的脚就被轮椅的脚撑绊住，整个人重心不稳，直朝着韩非的方向栽了过去。

狠狠的一个冲撞，叶缇吓得闭上了眼，而一直假寐的韩非却蓦地睁开了眼，她带着温热体温的身躯就这样直直地倒了下来，视线里是她颤动的睫毛，呼吸近在鼻尖，而两人，正唇唇相对。叶缇不用睁眼，都知道嘴唇上的触感意味着什么。他的唇柔软且冰凉，而她却微微战栗，脑中仿佛有烟花在“砰砰砰”地爆开，让她的四肢百骸都跟着震荡起来。鼻端充斥着他的气息，陌生，却又觉得熟悉得心安，她觉得自己整颗心像吸满了水，饱满，却酸胀。

一只手缓缓地摸上了她的脸，停在了她耳畔，她的呼吸更加急促起来，也更加不敢睁开眼。然而下一秒，她却被那只手用力地推开，耳边响起韩非平淡的声音：“你压到我的腿了。”

她陡然睁开眼，四目相对，她才发现自己的视线模糊，手一抹，有淡淡的湿意。即便韩非的声音毫无起伏，可此时此刻，在微妙的刹那，叶缇还是察觉到了他失神片刻后迅速躲闪的目光。

“对不起。”她撑着地面翻到一旁。

“不用，意外而已。”他用手挪了挪自己的腿，重新调整了姿势。

叶缇看了看他，冷不丁问出一句话：“你谈过恋爱吗？”

“……”

“有喜欢过什么人吗？”

韩非面对叶缇突如其来的追问愣住了，她不按照常理出牌，他也没想出应该怎么应对。他低头看向自己的手指，才发现自己已经无意识地把玩了好久纸盒碎屑，半晌，他才回答：“有一个人，我亏欠她很多。”

叶缇下意识地咬住唇，良久，才让自己的声音平稳：“你喜欢过她吗？”

韩非抬起眼，对上她的视线：“我们早已天人两隔。”

那晚，叶缇不知道自己是怎么睡着的，可能是聊不下去了吧，她实在找不到话题了，渐渐眼皮就重了，迷迷糊糊还做起了梦。梦中，邵宇峥蹲在她的面前，手掌抚上她的脸庞，固定在她的耳畔，他的声音那么温柔，却充满了心疼：“叶缇，你真的是我见过的最傻的女孩子了。”

叶缇睁开眼，感觉脸上的皮肤紧绷着，似乎是哭过了。她坐起身，这才愕然发现自己躺在韩非的腿上，身上盖着他原本穿着的单薄夹克。她扭过头，韩非正靠着墙，静静地看着她，眼中是一时没收得回的出神。

“醒了？”他沉声开口，嗓子有些发哑。

叶缇急忙把夹克给他披上：“你冷不冷？腿怎么样？”

他仍然看着她：“你做了什么梦？”

“嗯？”

他伸手指了指她的脸：“你哭过了。”

“做噩梦了，不要紧的。”她无所谓地笑了笑，靠到墙上，用手指随意地梳着头发。窗外已经有光线进来，天应该亮了，她翻出手机，还没有到上班的点，但信号却多了微弱的一格。她扶墙站了起来，寻找着信号好的地方，脸上露出喜色：“我再打电话试试。”

“嗯。”他的目光跟随着她，面上不动声色，夹克下的手却在用力按着发麻的腿。

电话终于拨了出去，很快Coco便领着员工来了。仓库大门打开了，叶缇几乎喜极而泣，上前一把搂住了她：“我还是第一次觉得看见你真让人开心！”

Coco翻了个白眼，嘴上却毫不留情：“这句夸奖，我听着却一点儿都不开心。”

叶缇没再跟她斗嘴，用下巴示意了一下门旁的密码锁，问：“这个是不是坏了？”

“坏了？没啊，输入密码就开了。”

一旁的女员工也连连点头，表示门开得很顺利。

叶缇疑惑起来：“密码也没换？”

女员工有些紧张地回答：“一直没换过的，没有申请，我们不会轻易换密码的。”

奇了怪了，但昨晚的确试了好几次。她正皱着眉头思索，面前的Coco突然受了惊吓般蹦出一句：“他是谁？”

叶缇抬起头，顺着她的视线看向仓库，是韩非正转着轮椅过来了，虽然一晚未睡，眼底也浮出疲色，可他整个人丝毫不见狼狈，穿戴整洁，神态从容。

“忘了跟你介绍，他是……”

她话音未落，就看到Coco眼底闪过一丝懊恼，以及脱口而出的一句：“完了！”

下一秒，叶缇便明白过来她口中的“完了”意味着什么。应声而来的，是从店外挤进来的一堆长枪短炮，她习惯了镜头，因此很快镇定了下来，用眼神询问Coco是什么情况。Coco第一时间挡在了韩非面前，试图能把他遮住，见她询问，微微侧过身子靠过去：“昨晚金店被抢已经被路人传到网上，这些记者都是为了此事而来的，我本想着你智斗歹徒的英勇事迹适合宣传，便多邀请了几家媒体过来，哪里想到……”

“叶小姐，听闻您昨晚智斗歹徒时，有一名同行的异性伸出过援手，你可否详细跟我们说一下事情的经过呢？”

“这位异性与您是什么关系呢？”

“叶小姐，您身后的这位先生，是否就是昨晚的那位当事人呢？”

“从昨晚到现在，你们一直都待在一起吗？”

“听闻您被困仓库一整夜，是和这位先生一起吗？”

叶缇的耳边嗡嗡作响，Coco见事态发展已经超出预料，急忙上前与记者朋友们打起太极，试图让他们不要涉及无关的人和事，然而记者们并不打算放过，甚至有围到韩非面前，一边追问，一边忍不住打量他的腿。

叶缇不禁有些恼，但碍于有媒体在，只能勉强挤出笑容，自然而然地绕到韩非的身前，为他挡住一些记者的镜头：“这位先生的确是我的朋友，同时也是我们玉叶珠宝外聘的玉石顾问，昨晚我请他商谈公事，恰好碰到金店被劫，所以他自然同我一起。而被困仓库，这实在是一场意外，因此也连累了我们的顾问先生。有什么问题，问我就好，希望大家不要打扰我们公司的任何一位员工，他们都有自己的生活。”

说着，她下意识回头瞥了一眼韩非，见他没有异议，想来是默认她的缓兵之计了。

应付完媒体，她已经浑身疲惫，扭头准备让Coco安排人送韩非，却被他抢先开口：“你要立即去看医生。”

他的视线落在她的脚上，她这才想起自己肿得老高的脚脖子，Coco讶然出声，赶紧打电话叫司机把车开过来，没料到，到的人却是孟南照。他一进来，叶缇就感觉到他浑身紧绷的肃杀之气，她猜得到他为何如此，只是没有点破。Coco向来对孟南照不乏赞赏，连忙将叶缇往他身上推：“快带叶子去看医生，她的脚腕扭伤了，耽搁了一夜，希望没加重伤情。”

孟南照一弯腰，将叶缇打横抱起，转身就走，半途却又停下来，回过头来深深地看了一眼韩非，目光中全是冰冷的寒意。轮椅上的人淡然与之对视，倏地，竟微微扬起了嘴角，只一刹那，便又恢复了平静。Coco没有留意到那个刹那，只觉得这两个男人之间的交锋有些玄妙，作为女人，她也有准确的第六感。

叶缇被孟南照抱上了车，只觉得车内的气氛压抑得可怕，她开口解释道：“昨晚Ryan请吃饭，我并不知道韩非会在场，所以才跟他碰了面。”

孟南照只顾开车，手用力地捏着方向盘，并不说话。

叶缇有些累，觉得自己没必要解释太多，索性也不再出声。

过了好久，孟南照才哑着嗓子问："脚还疼吗？"

早就麻木了，她摇了摇头。

"叶子，"他顿了下，仿佛很艰难，"昨晚我被灌醉，否则一定会第一时间赶到你身边，不会让你被歹徒威胁，更不会留你在仓库里被困一夜。"

"不要紧，你也有你的事要忙，何况我也没事，只是崴了脚而已，不要紧的。"她伸出手臂，拍了拍他的肩，想让氛围轻松些，却没料他的双肩也是紧绷的，她不由得放轻力气，轻抚了几下孟南照的肩。

关于韩非，他们还无法达成共识。

她扭头看向窗外，蓦地想起那个意外的吻，柔软，却冰凉，令人心动，却又如此心酸。她伸手抚上自己的嘴唇，良久，轻轻张口咬住了指尖。微微传来的痛感，让她回过神，阳光正盛，令她睁不开眼来。

她以为，一切都在朝着自己期待的方向前进着。

却并不知晓，她所不知道的黑洞，已经慢慢朝她张开。

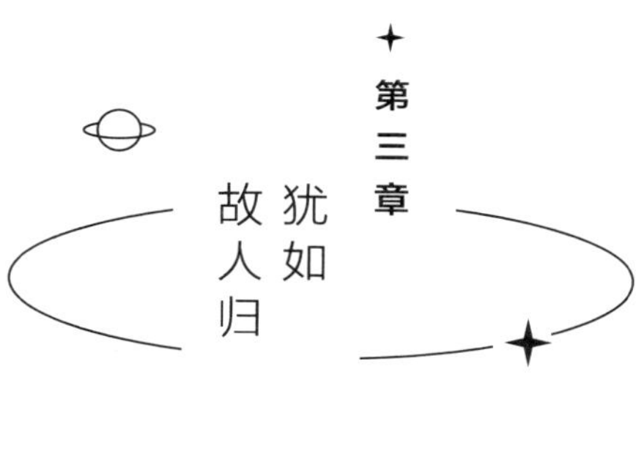

第三章 犹如故人归

Which Star —— Are You

梧桐巷还是一如既往的安宁平静，店里也没什么生意，郑西河正倚在门口，无聊地逗弄着水缸里的那几只红鲤，眼看着暮色四合，她抬起手腕看了看表，按捺不住地回到店里。韩非还专注地雕着手中的那枚核，薄唇微抿，目光沉静。她实在憋不住，轻轻唤了一声：“老板，叶小姐怎么还没来？要不我打个电话问问吧？”

韩非抬起头来：“不用，她找我也不会有什么重要的事。”

的确不是什么重要的事，尤其对他而言。前一天，她特意打来电话，说当着媒体面介绍他是玉叶珠宝聘请的顾问，眼下只能将错就错，今天就来找他签合同。说完也不等他回答，就匆匆挂了电话，让他连拒绝的机会都没有。

不知为何，脑中就冒出她单腿跳跃的样子，像兔子，看起来柔弱无辜，其实机灵得很。

时间渐渐过去，郑西河迎送了几位客人后，再次憋不住了：“老板，刚刚我打叶小姐的手机，一直没有人接，会不会出什么事了？”

韩非眼神凌厉地扫了她一眼，旋即放下了手中的刻刀，一边脱手套，一边吩咐：“去把我的拐杖拿过来。”

“老板你要出去？”

他扶着桌子慢慢起身，接过拐杖从柜台后走出来：“嗯，有点事要处理，你收拾收拾可以关门了。”

待目送着老板上了门口的出租车后，郑西河这才回身到店里收拾。清扫柜台的时候，她才愕然发现，老板坐在这儿雕了大半天的核，却是一点进展都没有。

而此时的飞凡集团大厦里，孟南照已经在办公室里来回踱步了无数趟，叶缇的电话快被打爆了，却一直都是无人接听状态。从十分钟前，他路过姑姑孟岚的办公室门外，偶然听到了她与别人的通话中提到了叶缇的名字，他就觉察出一丝不对劲来。当下立即就开始联系叶缇，想问问她在哪里，但十分钟过去了，手机依然没有打通。

而玉叶那边也表示叶缇因为脚伤正在休假，并没有去过公司。

他熬不下去了，当即飞车赶到叶家，阿翘说叶缇一早就出门了，却并没有交代去哪儿。

“她的脚还没好，是谁送她的？”

“阿山呀，这些天都是阿山接送的。”

孟南照的脸色阴沉下来，眸中透出了狠戾，他立刻联系阿山，果然也是无人接听状态。他并不敢贸然去向孟岚质问，只能先计划着找江捍东试探下摸摸底，这时孟烟鹂的电话插了进来。

“南照，你快回来！”

她的语气火急火燎的，孟南照不由得更焦躁了：“怎么了？家里出事了吗？你别急，慢点说。”

“是叶子，叶子受伤了！”

一道寒光从他的眼中闪过，根本顾不上细问，他又匆匆驾车往孟宅赶。一路上，他的耳边反复响着孟烟鹂的话，叶子受伤了，他的叶子受伤了。握着方向盘的手越来越用力，他一直以来想要保护她，将她隔绝在外，可是没想到这一天还是来了。

从他一踏入家门，那种窒息感又涌上心头。客厅的沙发旁围了不少人，他看到了家庭医生正蹲在那里，而沙发上的人被遮挡了，他看不清楚，只感觉心脏开始剧烈地跳动。听到声响的孟烟鹂回过头，立刻迎了上来：“南照，你别激动，医生看了说只是些外伤，不算太严重，就是后脑勺上有重物撞击的伤口，还需要进一步检查，很快120就会赶到，你别太担心。”

孟南照大步走到沙发旁，一眼就看到了叶缇。她已经醒了，却因为疼痛而紧紧蹙着眉头，他蹲下去，握住了她的手。她纤细的手腕上有暗红的勒痕，指头也是红肿的，更别提那肉眼就能看到的大大小小的擦伤。

他心疼得声音都软了，摩挲着她手腕上的伤痕：“还疼吗？”

叶缇看到他，想摇头，却又觉得眩晕，只能舔了舔唇，轻轻回答："不疼了，就是头晕。"

孟南照不敢去摸，怕有淤血，想问问她到底发生了什么，却又不敢让她再花气力说话。忍着那股想把她捧到手心里好好呵护的冲动，他站起身，将孟烟鹂拉到了门外，天色已经黑透，他摸出了一根烟点燃，狠狠吸了一口，才问："什么情况？"

"我也不知道，她也是刚醒，还没来得及细问。我当时刚吃完晚饭，出门散了个步回来，就看到一辆出租车刚好从门口开走，而叶缇就躺在门外，那时还昏迷着，应该是司机放下她就走了。"

"记得车牌号吗？"

孟烟鹂摇头："我没留意看……"

"调监控。"孟南照掐灭烟，嘴角下弯，显然是真的动了怒。

在孟南照抽烟的这短短时间里，叶缇一直在犹豫，她不知道该不该告诉孟南照，她似乎见到了邵宇峥。

对，只是似乎，她怕自己又会被当成疯子。

早上她起得很早，因为记得和韩非有约，一刻都不想耽搁，连早饭也没吃，就催着阿山送她去梧桐巷。车到半路，大概是饿着肚子，也不知道是晕车还是低血糖，她昏昏沉沉地小睡了一会儿。醒来时，她的眼前一片漆黑，她甚至以为自己一觉睡到了深夜，可身边阿山的低呼却唤醒了她的意识："叶小姐？叶小姐你终于醒啦，我们恐怕是被绑架了！"

绑架？！

她这才意识到自己是被绑住的，手腕上有绳子，她挣不开，眼前一片漆黑也是因为被蒙住了眼睛。凝神去听，四周并没有太多的交谈声，只有来来回回走动的脚步，以及窃窃私语。这时她听到有人的手机响了，几声低语后，有脚步声朝自己靠近。她下意识往后缩，却因为被绑在了椅子上而无法动弹，只能故意大声质问，给自己壮胆：“你是谁？你想干什么？”

“对不起了。”那人低低道了一句，然后伸手在她的身上搜了起来。

叶缇浑身鸡皮疙瘩都冒了出来，她穿的一件连衣裙，外面套着件薄的开衫，只有两个口袋可以装东西，可那男人却将她从脖子到脚都摸索了一遍。

“我身上没钱，”她下意识将腿往后缩去，为了自救，只能说实话，“我的钱都在钱包里，你们可以全都拿走。”

然而对方却在她的开衫口袋里掏出了什么，反手又重新塞了回去。叶缇记起那是她随手塞的一张小票，上面有她的签字，不知道他们是不是早就知道她的身份，所以他们不为了小钱，而是想要干一票大的？她如今孤身一人，就算对方想要敲诈勒索，能找的最多也是孟南照，孟南照的行事作风她太清楚，如果不是她，他一定能保持理智冷静，可一旦是她，他肯定会全部照办。

不，她不能给对方敲诈勒索的机会。

趁着对方再次走远，她轻轻叫着阿山：“你也被蒙住眼睛了吗？”

“叶小姐，你想做什么？”

“我等会儿挪到你背后，你帮我解开绳子。”

“叶小姐！你这样会很危险……”

阿山的话还没说完，叶缇已经躬起身，连人带着椅子往旁边挪了一点位置，等了片刻，觉得似乎并没有人留意到自己，她大了胆子，再次试图往阿山那边靠去。这时她突然听到匆匆过来的脚步声，接着椅子一震，她随着被踹倒的椅子摔在了地上。什么都看不见，只听到方才那人打电话的声音，似乎说着什么“没有找到”“看来并没有随身携带”，她听不懂，却依稀明白这些人要的不是钱，可她又没有什么别的值钱的宝贝，他们到底要什么？她的生命会有危险吗？

她被绑在了椅子上，怎么也翻不了身，就在她挣扎着扭动四肢时，耳边突然响起了打斗声，她这才察觉绑架了他们的人并不少，差不多还有四五个人，而现在和他们打斗的人又是谁？

她听不到那人的声音，的确，一点声音都没有，不曾开过口，不曾说过话，直接就动了手。趁着那边一团混乱，她努力地把绳子在地面上摩擦着，渐渐，竟然真的有了松动，她顾不上再分辨那边的动静，咬了牙拼命在地上蹭着绳子。将绳子挣脱开后，她不由得激动起来，连连唤着阿山：“阿山，我马上就好了，等下我来救你。”

话音才落，绳子成功被解开，她迫不及待地想要揭开眼罩，随之而来却是脑后重重的一击，眼罩从手中滑落，她原本还没有适应光又再次迷糊起来，在晕倒在地的最后一刻，她看到打斗的人群中，有一个背影，突然朝她转过身来。

邵宇峥……

她沉沉闭上了眼睛。

是她眼花了吗？还是她又坠入了梦境之中？醒来时，她已经躺在孟家，之前的那一切都仿佛电光幻影，只是一场噩梦。

120及时赶到孟家，将她送入医院进行进一步检查，她着实有些累，刚刚躺上担架又闭目沉沉睡去。再醒来时，已经是第二天了，她的头上打了绷带，伸手摸了摸，还好，没有之前那么疼了。阿翘守在一旁，眼睛泛红，看来也是哭了好几场，见她醒来，撇了撇嘴，又想哭了：“小姐，你吓死我了，幸好孟少及时去救了你，幸好你没有事，不然我们怎么向老爷交代。”

“南照？”她喃喃道。

“是啊，孟少昨天下午就赶过来找小姐，我从来没见过他那样的表情，简直就像是要杀人。”

叶缇沉默了下来，原来救她的是南照啊，也是，不然还会有谁？邵宇峥？别说笑了，他的骨灰都已经被埋了五年了。她深吸一口气，试着坐起来，安慰着阿翘：“好了，我现在没事了，肚子很饿。”

阿翘连连应着，带来的米粥早就凉了，她赶紧端着出去加热，病房里一时安静了下来。叶缇转头看向窗外，秋意萧瑟，已经有枯黄的落叶挂在枝头摇摇欲坠。孟南照不在，不然她很想问问他那些人到底是什么人，他们想要找的又是什么东西。

因为受伤住院的缘故，公司的大事小事都交给了Coco打理，必须要她亲自签署的文件，也有助理亲自送到病房来。不过，她原本行程里的一项珠宝拍卖会，她是去不成了。拍卖会开始前，她特意叮嘱Coco，无论如何，一定要拿下其中一颗名叫“耀星”的钻石，她做好了万全准备，因此也是志在必得。

然而，这时却接到Coco的电话。事情出了状况，有人故意跟玉叶竞拍，价格已经出到了七千万，远远超出叶缇原本的预算。叶缇闻言，不禁蹙起眉来，这颗名为“耀星”的蓝钻虽然切割好，纯度高，拍卖行也给予了高度评价，但七千万这个价格的确是虚高了，威城还有谁会这么大手笔地跟她对着干？如果不是因为偶然看到那颗钻石会闪耀出六射星光，她也不会心中一动，誓要拿下那颗“耀星”。

“算了，不跟了。”她揉了揉眉心，挂了电话。

一连串的噩运，她可能得抽空去庙里拜一拜。

这时门外响起轻微的叩响，她回过头，只见门缝里先是挤进来一束花，接着冒出半个脑袋来。

“西河？”她心情瞬间好了许多。

郑西河抱着花走进来，边找着花瓶，边频频朝她挤眉弄眼，用眼尾的余光示意门外：“我不是一个人来的哦。”叶缇急忙看过去，只见韩非正稳稳地坐着轮椅朝她而来，一如既往，没什么表情，仿佛不是来看病人。

郑西河借口要去处理花，抱着花瓶就闪了出去，叶缇有些不好意思，又整了整被子坐得直了一些。韩非在床边停下，目光在她脸上扫了一圈，沉声问：“好点了吗？”

“嗯，医生说没事，没有脑震荡，也没有淤血，再观察观察，就可以回去了。”

“脑壳倒挺硬。”

他的语气轻轻松松的，一点看不出关心人的态度。叶缇不免瞪圆了眼，正微恼着，突然听到韩非唤她：“过来点。”

“嗯？”她愣住了。

韩非拍了拍床沿：“到我这边来点。”

叶缇有些蒙，却还是乖顺地往床边蹭了蹭，刚重新坐稳，韩非又道：“低头。”

她犟着没动，拿眼瞪他。韩非瞥见她鼓着腮帮子的倔强模样，没再开口，直接伸手拉过她的手腕，在她上半身不由得前倾的片刻，从掌心中取出什么东西迅速挂上了她的脖子。

一个冰凉的东西垂落下来，叶缇低头，扯着红绳一看，竟然是一枚护身符模样的吊坠。

“没事别取下来。”韩非见她扯得还挺用力，轻轻打开了她的手。

叶缇弯起嘴角：“这是什么？”

“保平安的。”

他说得一本正经又理所当然，叶缇虽然按捺不住内心的愉悦，嘴上仍是不饶人的，她皱着眉头，故作埋怨：“好丑。”这红绳挂在脖子上，别人一眼就能看到，她好歹也是个珠宝公司的大当家，会被别人看笑话的。可嘴上说着好丑，手却迅速地将这枚护身符塞进了病号服里，贴着皮肤，很快就没那么凉了。

一连串的小动作都被韩非尽收眼底，他垂了垂眼，将两人距离拉开了一些，问道：“听说是有人绑架？”

叶缇陡然想起什么：“你昨天在哪里？”

韩非沉默了一会儿：“你在答非所问。”

“大概下午五六点的时候，你在哪里？去过五子坊吗？”那里正是她被绑架的地方。

韩非的拇指抚摸了一下下巴，然后抵在了唇下：“五子坊那一带我很少去，”他思索了一下，“昨天下午五六点的时候，我应该正在和朋友会面。”

看他答得认真，叶缇倒觉得是自己荒唐了，神色也跟着落寞下来。

“多事之秋，你尽量不要独自出门了。”金店遭抢，被困仓库，又遭绑架，一连串的险遇，太过巧合了。

叶缇扯起嘴角笑了笑：“难道请个保镖？”

话音才落，她的表情就僵硬了，四目相对，他目光湛湛，她却捏紧了被角：“对不起，我不是故意当你面提起他的。”

韩非自然明白她口中的“他”指的是谁，他并不在意，目光落到她的颈上，一截红绳露在衣领外：“以后自己多多留心，注意安全。”

叶缇隔着病号服捏住了那枚护身符，手指摩挲着，然后握进了掌心里。

而此时，病房门外，孟南照正靠在墙上，眼睛微闭，嘴唇紧抿。听到病房里传来动静，他霍然睁开眼，退到远处，目视着郑西河推着韩非离开。走廊里人来人往，他孤身立着。片刻后，他猛地转身，快步朝着吸烟区走去，掏烟的时候很急，连抽了几根掉落在地，一旁有好心人提醒，他才恍然回过神，弯腰去捡。

这时手机铃响了，他低头一看，屏幕上的叶缇笑得张扬明媚。他狠狠地吸了一口烟，然后走到窗边接通。

“叶子，你醒了？感觉怎么样？头还疼吗？”

“嗯，你怎么没来？”

他低头看着指间的烟，风过，火星闪烁。

“还有很多的事要处理，等忙完就立刻赶过去看你，有什么想吃的吗？”

叶缇在那头轻笑：“你这纨绔子弟还是个工作狂？你不用担心我，先忙你的事，想吃什么我会让阿翘买，啊，对了，阿山怎么样？”

从昨天到现在，叶缇还没见过阿山，她记得他还有病重的妻子在家，他是家里的顶梁柱，可千万别因为她的连累而毁了别人整个家庭。

孟南照的手一抖，烟灰落到了手指上，他连忙把烟蒂掐灭，投入一旁的垃圾桶。

“阿山没什么事，放他长假回家休息了，倒是你，别管别人的闲事，好好休息，早点康复。”

他匆匆挂掉电话，不愿再谈，怕她追问，他难以回答。

阿山不是放长假，而是被辞退了。

在叶缇被120带去医院的那天晚上，他留在了孟宅，在沙发上枯坐了好久。

很晚，孟烟鹂才从医院回来，同时回到家的，还有姑姑孟岚。他没起身打招呼，反倒装作没有看见似的打了个电话。没过一会儿，阿山低着头走了进来。他没有说任何多余的话，只是扔给了阿山一个信封，厉声道：“看在你为孟家辛苦多年的分上，我多给你一年工资，你拿着赶紧给我滚，有多远滚多远，最好不要让我在威城再看到你！”

“南照，”孟烟鹂想劝，“这不关阿山的事，他也是受害者。”

孟南照冷笑：“开了这么多年车，怎么突然就遇到了绑架？我倒很想问问他是把车开到了哪里，绑匪窝吗？！”

孟烟鹂还想劝，却被江捍东用眼神制止住了。

一时没有人说话，阿山等了等，终于是放弃了。他跪下来，朝着孟岚的方向磕了个头，然后又朝着孟南照磕了个头，拿起信封，转身离开。一阵风吹了进来，随着门重新掩上，屋里又重归安静。这时一直安坐在沙发上的孟岚终于开口了，她吹着茶杯里的茶叶，漫不经心地说：“你这是在摆脸色给我看吗？阿山是我调给你用的，他是我的人，就算要辞退，也轮不到你来决定吧？”

“妈，南照他也是太担心叶子了……”

孟烟鹂的话还没说完，孟岚就重重放下了茶杯：“你上去，我有话跟南照说。”

“妈！”孟烟鹂知道，从小到大，孟岚教育孟南照就毫不手软，她怕这回他真的惹怒了孟岚。她想要再当个和事佬，却被江捍东拉着拖上了楼。孟烟鹂一步三回头，看到孟南照一动不动站在沙发边的犟模样，又气又心疼，而她也并未注意到，身边的丈夫江捍东正一脸冷笑地看着孟南照。

等到客厅重归寂静后，孟岚才又捧起茶杯，啜了两口，轻声道："是，是我做的，阿山也只是奉命行事，他敲晕叶缇也是我的安排，不过我倒是没想到那小丫头这么机灵。你怨我，姑姑不怪你，可是南照，我为的不是我自己，而是咱们孟家，那东西一日没有拿回来，咱们就一日不得安宁。你知道吗？这些天，我整夜整夜睡不好，本来以为叶赫祖那个老东西进去了，这事儿就算结束了，但哪里知道他还留了这么一手！还有半年他就要出来了，到时候他要拉咱们下水，那可是轻而易举的事。南照，我们没有时间了，温心语那边我们也查过，她只是卷走了一部分的钱，想来并不知道有这回事。这么重要的东西，叶赫祖不是留给了叶缇，就一定是在叶述那小鬼头身上。"

孟南照克制着自己的情绪，隐忍着回答："自始至终叶子都被蒙在鼓里，她毫不知情。"

"她知不知情不重要，我需要的是拿到东西。这一次，我只是试探，下一次，我不会轻易放手了。"孟岚起身，打算离开，刚走到楼梯边，突然又想起了什么，"对了，阿山说那个人戴着口罩，看不清长相，不过左臂受了刀伤，你赶紧调查看是什么人，希望只是个多管闲事的。"

看着孟岚款款上楼的身影消失，孟南照青着脸回到沙发上坐下，几乎将自己全部深陷进去。监控已经调出，那辆送叶缇回来的出租车也已经找到，可是司机提供的信息，也仅仅是有一个戴口罩的男人给了他一大笔路费，他才答应帮这个忙的。这个神秘人几乎没有留下任何可以追查的线索，孟岚怕生是非，绑架叶缇的地方，周围也都没有装监控。这让孟南照无从下手，可他心中却隐隐觉得蹊跷，一个名字几乎是第一时间浮现在他脑海之中。

叶缇很快就出院了，并且因为在医院里调养得好，脚伤也完全痊愈，出医院大门的时候几乎是活蹦乱跳的。韩非送的那枚护身符，她贴身挂在胸前，每晚洗漱的时候，都会顺手扯到眼皮子底下多看两眼。

绑架一事，孟南照告诉叶缇还在调查中，暂时没有任何结果，不过为了清除这一段时间的霉运，他提议办一场慈善酒会，一是庆祝她出院，二是慈善积福，三是也能借势宣传一下飞凡集团和玉叶珠宝。对此Coco举双手双脚赞同，随后召开会议，提议当场顺利通过。

叶缇本打算邀请韩非，然而想到那日在金店，他已被媒体记者注意到，为了避免再生是非，便放弃了这个念头。

酒会当天，孟南照提前派人送来了一件酒红色的礼服，叶缇穿上礼服站在镜子前，露肩的设计让她露出了好看的锁骨，掐腰大裙摆更衬托出她纤细的腰身，一旁的阿翘忍不住夸赞："孟少眼光真好啊，这个裙子太适合小姐了。"

叶缇对镜拢了拢头发，目光落在了颈上的护身符上，她想了想，还是小心翼翼地把它摘了下来。阿翘捧来首饰盒，她挑了条大溪地珍珠项链，然后把护身符放了进去。

到了酒会现场，叶缇才发现了孟南照的小心机，他在黑西装里穿了一件暗红色的衬衫，与她那一身酒红色的礼服很搭，两人又恰好是主办方，迎宾的时候并肩站着，吸引了不少闪光灯对着他们闪个不停。

叶缇环顾了一圈媒体区，小声在孟南照耳边私语："看来Coco邀请了不少家媒体。"

"嗯，"孟南照自若地点了点头，"是我请的，既然要宣传，那就一定要最大的效果。"

浮夸！叶缇正想取笑，突然听到他的声音又响起："唐明珠来了。"

自从之前"假货""假胸"的闹剧之后，她和唐明珠就没怎么过招了，两人本就没有私交，何况又是竞争对手，所以一时也没料到会在今日碰面。叶缇朝着红毯尽头看去，只见一辆加长跑车停了下来，车门打开，唐明珠身姿摇曳地从车上下来了，她下车时上半身往前倾，让那一对半露的酥胸正好呈现在了所有记者的镜头前。叶缇刚想笑，却在看到她身后下车的人时，面色沉了下来。孟南照在她耳边开了口："没想到，唐永丰也来了。"

叶缇盯着不远处正与媒体打招呼的矮胖男人，蹙起了眉："不请自来？"

"一是说来送礼，二是说要支持慈善事业。他一向无耻，你难道不知？"

唐永丰无耻已经不是一次两次了，他曾是玉叶的老人，当年同叶赫祖共同奋斗创业，做出过不少贡献。只可惜野心越来越大，早年因欲吞股份，被叶赫祖洞悉抢了先机，找了个由头将他踢出了董事局，后来他自立门户，成立了永丰珠宝公司，专与玉叶对着干。

叶缇眼神冰冷，脸上却堆砌出笑容，看着唐永丰正携着女儿唐明珠朝他们缓缓走来。

"孟大少爷，叶小姐，好久不见。"唐永丰的脸大概拉了皮，虽然看起来还光滑平整，可做出的表情来却僵硬得很。没想到，一把年纪的老男人了，跟女儿一样是个整容爱好者。叶缇干脆直接正面夸赞："唐叔叔，您真是越来越年轻了，跟明珠站在一起，哪里还像是父女，倒更像是兄妹了。"

唐明珠不以为意地瞟了她一眼，目光停在了孟南照身上。她红唇微启，说话的语气里竟带着一丝幽怨："南照，我们真的是好久不见。"

孟南照立刻上前与她贴面问候，照旧一副风流的口吻："一日不见，如隔三秋，唐小姐今天只能用两个字形容，完美。"

唐明珠笑得花枝乱颤，她拍打了一下孟南照，娇嗔道："怎么不叫我明珠？唐小姐听着太生疏了。"

"你我怎会生疏，唐小姐还是快快入场，稍后多的是时间叙旧。"

唐明珠难得没再追究，嘴角噙笑，眼波流转，挽住唐永丰从容入场。叶缇靠过去，憋着笑问："你们需要多少时间叙旧？"

孟南照目不斜视，依旧笑对红毯边的媒体群，可嘴里却咬牙切齿起来："还不是为了帮你收拾烂摊子！"

嗯，的确，当初是拜托了他，但谁知道他真的会使出"美男计"呢。

待重要的嘉宾们纷纷抵达后，离开始的时间也差不多了，叶缇揉着肩颈，打算进场，却见孟南照频频抬腕看时间，她停下动作，看向已经渐渐空阔的红毯：“还有人没到？”

孟南照等了片刻，然后慢慢勾起了嘴角：“到了。”

叶缇顺着他的视线看过去，只见大厅入口旁，郑西河正推着韩非徐徐而来。她还在震惊，孟南照已然快步迎过去，脸说话的声调都提高了：“韩先生，您总算是到了。”

韩非礼貌地颔首问候，目光投向了不远处的叶缇。

视线碰上，叶缇心中一荡，也匆匆提起裙摆朝他走去，眉眼间都是惊喜：“你怎么会来？”

韩非望着她，终于难得地露出了笑意：“我收到了邀请函，不是你给的？”

“是我派人送的邀请函，”孟南照突然插话，“大概是那小子办事不机灵，没跟韩先生说明白，让韩先生误会了。”

叶缇不禁转过头，目光带着疑问。孟南照似乎并未觉察到她的探究，径直上前接替了郑西河，亲自推着韩非的轮椅往大厅里走。郑西河扭头瞅了眼叶缇，两人面面相觑，而后赶紧跟上。

韩非倒一直是淡淡的疏冷模样，只是孟南照太不寻常，他向来对韩非怀有敌意，怎会无端这般热情？甚至在进入大厅之后，他将韩非一直推到了最靠近舞台的前排，位置是特意留出的，有服务人员及时抽走了座椅，好让轮椅能滑入其中。离开前，孟南照关切地俯身按住了韩非的左边手臂，温言关照：“今晚不用拘束，这里大多数都是叶子和我的朋友。”

说着，他走到立在一旁的叶缇身边，自然而然地牵住了她的手，回头解释：“酒会就要开始了，待会儿我们再聊。”

韩非自始至终面不改色，目光从叶缇的身上一掠而过。

从仪式开始，到仪式即将结束，叶缇全程都在揣摩孟南照的心思，直到流程顺利走到最后一步，她和孟南照分别发表总结感言，记者们正在一窝蜂地拼命狂拍，孟南照突然取下了支架上的话筒，默默后退了几步，头微微低垂，似乎在思索着措辞。叶缇以为他有什么特别的话要补充，便冲着镜头微笑了一下，然后侧过身看向他，等着他开口。

就在她回头的那个瞬间，原本还在思索的孟南照突然从口袋中掏出了样东西，先是打量了一眼，然后抬起头笑着看向叶缇。不知为何，叶缇突然感觉心跳快了起来，她屏住呼吸，盯着他的一举一动。

他还是眼带笑意地看着她，麦克风送到唇边，话却是对着全场所有人说的："有一件事，我想得到大家的见证……"

叶缇不由自主地吞了口口水，她有种不好的预感。

"我与叶子认识多年，并在很早之前就订下了婚约，这件事在整个威城家喻户晓……"

"南照……"叶缇急忙上前一步，想要截住他的话。

孟南照低头对她极温柔地笑了一下："不过，之前的我们还太年轻，不懂事，并未把这件事放在心上，尤其是我，言行不当，给很多人留下了风流成性的印象，也让叶子受到过很多流言的困扰。如今，我们都到了最合适的年纪，也该做这件最合适的事，所以我想请大家见证，请整个威城见证……"他顿了顿几秒，便单膝跪地，"啪"地打开了掌心中一直握着的丝绒盒子。

叶缇吓得后退一步，这才看到他打开来的盒子里，有一枚蓝色的钻石戒指正闪耀着六射星光。

是那颗"耀星"！

她的大脑空白了几秒，当初一直不明白为什么会有人故意和她竞价，更没想到那人竟会是他孟南照。他是在求婚吗？他在那个时候就做好了求婚的打算？她盯着那枚闪耀着六射星光的钻戒，心中荡起波澜，她之所以想要这颗钻石，是因为邵宇峥，因为他给了她一整片的闪耀星光。

可是，如今面前的人却是孟南照。

不，不要说，不要说那些话。

她盯着那枚戒指，浑身紧绷，可旋即，她的耳边便响起了他真诚的誓言：“叶子，嫁给我，我会守护你的周全，不让任何人伤害到你一分一毫，我会给你所有的幸福，哪怕去摘天上的星与月。”

这突如其来的一幕，令现场一片寂静，不过也只是瞬间，很快，反应过来的记者们纷纷举起相机，闪光灯闪个不停，甚至有人开始起哄：“答应他，答应他……”

在全场的哄闹声中，她渐渐冷静下来，目光投向场下，望向了一个人。那个人坐在前排的中央，他似乎对这场轰动的求婚并不感兴趣，依旧是那张沉静淡然的面庞，略瘦，眉骨微微突出，显得眼睛格外深邃，但让人觉得疏远，仿佛永远走不近。

他无动于衷。

叶缇的心，一点点地坠了下去。

她垂下眼，深深地吸了一口气，台下还有那么多双眼睛在看着，面前的孟南照还在等着，她勉力让自己笑了一下。

很好，笑出来了，保持，继续笑下去。

她迈出腿，走到孟南照的面前站定，然后伸手接过了丝绒盒子，一边不动声色地合上盖，一边眼梢含笑地望向他，红唇轻启，道：“好啊，我答应你。”

现场一片哗然。

而一片道喜声中，孟南照的嘴角却一点点变得僵硬。

不是应该开心吗？毕竟，她答应了不是吗？

可是他却看得明明白白，在她答应的前一秒，他顺着她的视线看向了人群，人群之中的韩非，置身事外，漠不关心，所以她才会答应的吧？

他本想借着这个机会表明心迹，争取一个机会，同时也是向姑姑孟岚表明立场：有他在，他不会允许她再伤害叶缇。可最重要的，也是他最抱有私心的目的是抢先得到叶缇。因为他害怕了，韩非的出现让他害怕了，他怕永远失去叶缇。

然而，当她亲口答应后，他却突然觉得心脏仿佛被剥去了一块，痛不欲生。

在所有外人的眼中，一场慈善酒会完美地落下了帷幕，然而在每一个当事人的心中，不过如鱼饮水，冷暖自知。

散场后的路况不是太好，韩非一直坐在后座闭目养神，窗外时不时有霓虹灯照进红红绿绿的光。驾驶座上的郑西河正兴奋得哼着歌，她从酒会一开始就很兴奋，一直持续到最后求婚的大高潮。等着红灯的时候，她忍不住多嘴了："老板，你说叶小姐怎么就答应了孟家少爷的求婚呢？"

韩非依旧闭着眼，仿若未闻。

"哎，我一直以为叶小姐是暗恋老板你的……"

她停了下来，透过后视镜看了看后座的老板本尊，见他仍旧毫无反应，便也大了胆子："虽然觉得她这样朝三暮四不太好，不过孟家少爷也不是什么好鸟，他求婚的时候，我看到唐家小姐都要气炸了，幸好被人拉住了，不然她恐怕真的会跑上台闹事呢。"

后方传来汽车鸣笛，她闭了会儿嘴，把车子开出一截，又忍不住感慨上了："不过说实话，叶小姐和孟家少爷站在一起真的很配啊，相貌配，身份配，又认识了那么多年，简直就是珠联璧合……"

后座的韩非在变幻的光线中开了口，语气冰冷："开车的时候最好别说话。"

一阵看不见摸不着的寒意从脖子后袭来，"小麻雀"缩了缩肩，立刻把嘴巴上的"拉链"拉上了。

酒会散场后，叶缇连客也没送，直接逃回了家。她踢掉高跟鞋，"咚咚咚"地跑进二楼卧室，把自己摔到绵软的床上。她没开灯，窗外有风轻轻地吹动着纱帘，她的头闷在被子里，憋了好一会儿，这才扭过头看向窗外。

没有星星，很多年都没有看到过星星了。

有一年爬山，她特意随身带了帐篷，想要在山顶留宿一夜，结果海拔那么高的地方，她还是没能看到星星，夜空中偶尔有光点闪烁，也不过是夜航的飞机。

她很怀念星光璀璨的那个夜晚。

也很怀念那个人陪伴在身边的每分每秒。

邵宇峥。

韩非……

她闭上眼，再次埋入了被中。

那个冰凉的吻，那枚冰凉的护身符，明明让她一点点地感受到了温暖，甚至看到了一丝丝光明，却在这一夜，轰然坍塌。

她突然起身，坐到梳妆台旁，拉开抽屉，取出了首饰盒，那枚护身符静静地躺在丝绒之中，没有别的首饰光彩夺目，却暗暗地散发着一种坚定的力量。她卸下珍珠项链，重新将护身符戴上脖子。

她戴着这枚护身符去了公司，衣服是半高领，恰恰遮住了红绳。

Coco带着资料敲门而入，看见她，忍不住调侃道："没睡好？太兴奋？"

她举起杯子喝了口咖啡，睨了Coco一眼。

Coco没有收到她的"信号"，坐到对面，翘起腿，转动着椅子问："什么时候办婚礼？我建议你们趁热打铁，不要让热度降下去，正好我也有朋友是做这行的，可以私人定制。"

"我没着急结婚。"叶缇不冷不热地打断了话题。

"都求婚了，还不打算筹备？"

叶缇挑起眼皮，看向对面年长自己好几岁的女人："你都还没嫁人呢。"

这可戳到Coco的软肋了，她登时目露凶光，撑着桌子站起身，举着手中的一摞文件，作势要揍她。Coco的动作做到一半，倏地又把文件扔在了桌上："好了好了，说正事，"她用眼神示意叶缇打开文件，"你之前说的玉石顾问，就是那位韩先生，什么时候让他来公司一趟？腾冲那边已经出货，在等我们定时间。”

叶缇迅速翻看了资料，心中定了定，道：“好，我去约他。”

“真的要隐瞒他是韩家老幺的身份？”Coco继续八卦。

叶缇斜眼看了她一眼，算是回答了。

她与韩非相见数面，从未提起过他的真实身份，一是为了尊重，二也是一种逃避。

梧桐巷深，天上人间。

她掀开了佛手拈花的门帘，站在了明暗的交界处。

“韩先生。”她轻轻开口。

韩非循声抬头，略眯了眯眼，旋即又低了下去，仿佛手里的小玩意儿才是他唯一在乎的事物。

郑西河从内室探出头，一边摘塑胶手套，一边问叶缇：“喝什么？有新到的花茶。”

叶缇谢绝了，她从包中掏出两份合同，推到了韩非的面前：“上次说要找你签合同，没想到遇到了意外，现在签也来得及，供货商那边在和我们预约时间，你看你什么时候抽得出空？”

韩非扫了一眼桌上的合同，说：“我并没有答应。”

叶缇愣住：“可是媒体那边都已经认定你是我们玉叶的顾问了，何况，当时你并无意见。”

“当时？当时不是缓兵之计吗？”他一字一句地慢慢答着，手中的工作并未停止，突然，他的动作一停，眼神投向一旁哑口无言的叶缇，“再者，媒体那边认定的事，就不能容许人反悔了？”

那眼神意味深长，让叶缇蓦地想起了孟南照的求婚。

她不由得勾起嘴角：“对了，忘了问你，你怎么看我和孟南照的婚事？”

他收回目光，回答得简明扼要：“强强联合。”

“……”叶缇抿了抿唇，追问，“那除了所有外在的因素，你觉得我和他合适吗？”

“不合适。”

倒是干脆直接。

叶缇来了兴趣，微微倾过上半身，盯着他：“哪里不合适？”

她的气息扑在脸上，那股熟悉的淡淡香味扑鼻而来，是她常用的一款香水，带点木香，并不妖娆张扬，但这气息却令他呼吸艰难。他皱了皱鼻，下意识往后退了一点：“你不爱他。”

“是。”叶缇笑了。

他看着她毫不掩饰的笑容，默默握牢手中的刻刀，紧了紧，又慢慢松开来：“不过，你应该试着从过去的回忆中走出来，试一试别的可能。”

室内光影昏黄，突然起风，掀起了布帘，刺眼的白光一闪，接着，又一闪。

叶缇听到他淡淡地说：“孟南照，可能也是不错的选择。”

郑西河送叶缇出了门，叶缇将车开出一截，待看不见郑西河了，这才停靠在路边。合同扔在了副驾驶座上，他没有签，只有她的落款。她脑海里反反复复回响着他的话，意味不明，晦涩难解。也许，他说的反悔，只是指顾问一事，是她自己多心，才误解他暗指昨晚的求婚。

她调整了情绪，从包中翻出“嗡嗡”振动的手机，屏幕上是“孟岚姑姑”四个字。

孟岚很少直接找她，更难得会约她在外面见面，叶缇心知恐怕关系求婚一事，却未曾想到情况完全出乎意料。

孟岚依旧是一副大家长的作风，一头卷发规矩地束在脑后，黑色的高领羊绒衫，包裹着纤长的脖颈，衣领外挂着一枚顶级的翡翠，除了这唯一的点缀，便再无别的首饰。她披着羊绒围巾款款落座，自始至终，并未多看叶缇一眼。

叶缇亲手沏茶端过去，她接过，吹了吹茶叶，轻轻抿了一口。

她没开口，叶缇便静静等着。

良久，她才拢了拢披肩，正式开口了："我开门见山，不跟你弯弯绕绕了，南照虽然只是我侄子，但我一直把他当儿子养育，何况他已无父无母，只有我这唯一一个长辈，所以他的事，我必须得上心。"

叶缇微微点头，表示理解。

"你和南照是多年的朋友，你我两家也是多年的合作关系，所以你俩平日里往来，我自然是没有意见的。不过，"她顿了顿，手指摩挲着瓷杯的杯柄，虽然嘴角含着笑，目光却毫不客气，"如果叶小姐想跨越朋友这一界限，嫁入我们孟家，恐怕就没有那么容易。毕竟，今时非同往日，我可不想我们孟家被别人借势去做些什么。"

呵，原来是这一番用意。叶缇依旧垂着眼睑，盯着桌上的茶具，半晌，搁在桌面上的手轻轻交握起来："是，您说的没错，今时非同往日，我们叶家早已入不了您的眼，可即便如此，有句话我还是想说清楚的，"她抬起眸，直直看向对面的雍容妇人，"当年，我父亲叶赫祖看不上的东西，今天我叶缇同样也是看不上。"

孟岚的脸上闪过一丝惊怒，她哼笑一声，目光在叶缇那张还略显年轻稚嫩的脸上打量着："那自然最好不过了，昨天我一整晚都没有睡好，实在担心南照，他虽然年纪不小，可是心思未定，我想他的求婚也是一时冲动。"

叶缇不置可否地扬了扬眉梢，交握的手指互相摩挲着："那恐怕只有他自己才清楚。"

"就算南照真的想要娶你，也要先过了我这一关，孟家还是我说了算。"

"我没想过要嫁到你们孟家。"叶缇不紧不慢地抬起眼，漫不经心地笑了笑。

孟岚隐忍着怒气，叱问："那你昨晚为什么答应求婚？"

"我喝多了，"她露出一股小孩犯错的娇憨模样，"一不小心贪了杯。"

孟岚的脸冷若冰霜，她深吸一口气，再徐徐吐出："既然如此，那我就放心了，还烦请叶小姐以后不要再缠着南照。"

"这件事，恐怕您得亲自交代您的亲侄儿。"

话音才落，她的手机恰好振动起来，她扫了一眼，忽地笑了，拿起手机将亮起的屏幕伸向孟岚："喏，他的电话又来了，不过，我谨记姑姑您的教诲。"说着，她当着孟岚的面，笑吟吟地滑动屏幕，电话挂断，再无动静。

孟岚静默数秒，然后优雅起身："好，南照那边，我会好好教导。我还有事，先走一步。"

"慢走，"叶缇也从容相送，"后会有期，孟董。"

孟岚从钱包中翻出纸币搁在桌上，转身漠然离开。

直到她的身影消失在茶室门外，叶缇这才收回视线，脸上的笑容消失殆尽。她浑身发冷，腿脚酸软，坐回皮沙发上，久久都没有恢复气力。

她从来都不知道，孟岚是这般看待她，这般看待叶家的，或许，在别的人眼中，他们叶家早就是树倒猢狲散的一盘散沙罢了。可是，自己辛苦扛了五年的担子，她不容许别人看轻。

是啊，眨眼就过去五年了。

五年之前，叶赫祖锒铛入狱，温心语卷款逃跑，她还未从邵宇峥的离世中缓过来，就遭遇了一连串的家破人亡。是孟南照一直陪在她身边，守护她，鼓励她，孟烟鹂也同样善解人意，常常亲自照料她的饮食。孤单的时候，还想着有一个孟宅，那里温暖得仿佛她另外一个家。可现在看来，根本不是啊，温暖的只是孟家姐弟罢了。

原本因着孟家姐弟的恩情，她应该好好报答，比如嫁给孟南照？这是他们姐弟最期盼的事了。在遇见邵宇峥之前，她也以为自己嫁定了孟南照，孟南照对她好到就连挑剔的Coco也时常称赞，可是她偏偏遇到了一个邵宇峥。

在和邵宇峥相遇后的半年里，她的人生发生了翻天覆地的变化，她没法按照原本规划好的路走下去，所以才借口要全力撑起玉叶，让孟南照等了又等，眨眼便是五年。

可是感情，不是报恩。

她不该答应孟南照的，不该意气用事答应孟南照的。

太阳穴隐隐作痛，她不由得蹙眉，伸出手狠狠地按压住。

手机又振，她以为是孟南照，没有细看，直接接通了电话。

"南照？"

"叶子啊……"

两头异口同声，叶缇却浑身一震，警惕起来："江捍东？怎么是你？"

"才听声音就知道是我？我真高兴。"

不用看也能想象到他那张带着戏谑笑容的脸孔，叶缇忍住一阵阵的恶心："我不想和你废话，有事说事。"

"也没什么事，就是家里不怎么太平，烟儿现在还红着眼睛不肯吃饭，就因为母亲和南照争执了几句。小叶子啊，你说说你怎么有这么大能耐？张张嘴皮，就让孟家天下大乱，这姑侄二人可都是因为你才闹翻了脸。"

"你到底想说什么？"

江捍东无所谓地轻笑一声："我也算是半个孟家人，我担心母亲的身体，她近来常常抱恙，所以我也希望叶子你能乖乖的，懂事一些，不要惹大人们生气。"

"不用你多管闲事。"

"好好好，我不管，我只是友情提醒。啊，对了，既然你们执意要结婚，各自就不要再到处拈花惹草了，那天在莱茵阁见到的那位男士，恐怕不便再与叶子你有什么往来了吧，他是什么来着？你们玉叶外聘的玉石顾问？我看，趁早炒掉，省得夜长梦多。"

叶缇心中一紧："你什么意思？"

“友情提醒而已。”

说罢，那头便挂了电话，叶缇看着慢慢黑掉的手机屏幕，脸色渐渐凝重起来。

面前的茶水已经凉透，她并未察觉，抬腕一口饮干。

而此时，江捍东正靠在窗外马路边的车门上，饶有兴致地打量着店内正发着愣的女子，脸上露出了一丝神秘的微笑。

第四章

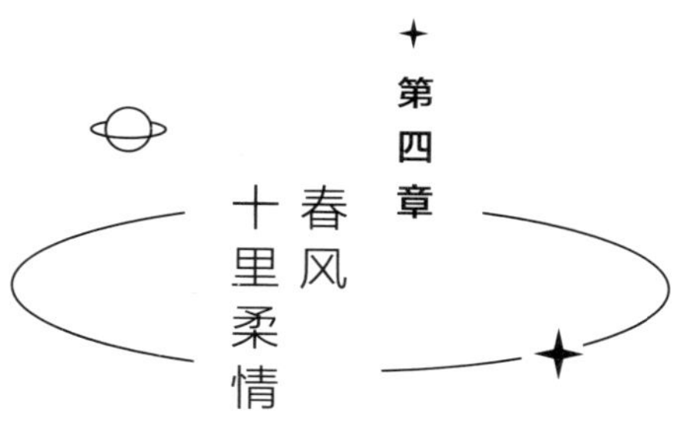

春风十里柔情

Which
Star —— Are You

孟南照求婚的视频在网络上转发得轰轰烈烈，各种微信公众号也都及时跟风发文，所有人又纷纷开始相信爱情了。Coco正自我陶醉于这场成功的宣传策划时，突然工作号上有相熟的记者发来一张已经排版好的专访页面。

江南名记：Coco姐，我是偷偷弄到图发给你的，这可是独家，你别泄露了。

Coco打开PDF，放大图片，赫然看到了唐明珠袒胸露乳的艺术照，标题更是夺人眼球——“永丰珠宝千金唐明珠泣血控诉，渣男出轨，小三上位”，副标题“轰动全城的求婚背后，竟是一场肮脏的情感背叛”。不妙的预感袭上心头，她急忙滚动鼠标，把版面上的几张图都放大到最高像素，没想到竟然都是唐明珠的微信聊天记录，而聊天的对象，正是当事人之一，孟南照。

她倒吸一口凉气，迅速在对话框输入文字。

Coco：这怎么来的?

江南名记：唐明珠亲自找到我们总编，这是她自己安排的专访。

Coco：还来得及撤吗?

江南名记：难，总编那里亲自过的稿，又是特大独家，何况唐家也是合作伙伴。

Coco：好，谢谢你提前告知，能让我们及时做好应对措施。

她迅速将文件传给叶缇，然后拿起纸笔，匆匆赶去总经理办公室，敲了敲门。

叶缇从电脑前探出头来，移动座椅，目光严肃地看向Coco：“你有方案了？”

“恐怕得先联系孟少，看看他那边什么态度。”

自从求婚之后，孟南照还真没跟她联系过，除了那天孟岚找来的时候，他恰好拨过她一次电话，只是不巧被她故意挂断，之后她也忘了再回拨过去问问什么事。

当着Coco的面，她把电话拨了出去，同时也将邮件转发到他的手机上。

孟南照当即就在电话里发了脾气："我已经和她说过好聚好散，她现在砸场子，到底是想干什么？"

叶缇揉着眉心，说："唐永丰应该知情，他是默许的。"

"用女儿的名声来抹黑我们，他还真是手段用尽。"

"他一向无耻，你告诉我的，"叶缇无奈地笑了笑，"你打算怎么办？"

电话那头沉默了片刻后，孟南照恢复了镇定："本就是我没处理干净，媒体那边都交给我，你不用出面。"

两个女人和一个男人的戏码，的确不需要她上场厮杀。

叶缇表示同意，那头却沉默下来。

一种尴尬的气息渐渐升起，这异样的尴尬，令叶缇相当不适，大概就是从答应了求婚开始，他们二人反倒不知应该如何相处了。

半晌，孟南照轻轻地唤她："叶子，如果你想反悔的话，现在还来得及。"

叶缇一时僵住，久久不知如何作答。

"傻瓜，"孟南照轻笑出声，"不要担心，一切都交给我。"

说罢，他挂掉了电话。

在唐明珠的专访见报两个小时后，孟南照的新闻发布会也及时召开，更邀请了网络媒体进行现场连线，第一时间安排了网络直播。

飞凡集团公关部把他这一方提供的聊天记录也都做成电子文档，通过投影仪逐一展示在媒体面前。孟南照一身烟灰色西装，头发梳得一丝不苟，嘴唇抿紧，神色严峻。

"让大家见笑了，这本该是我和唐小姐两个人的私事，但事情发展到现在这个局面，我不得不出面澄清。要说的只有三点：一、我和唐小姐早已正式分手；二、我与唐小姐恋爱期间，叶小姐并未插足，分手与她毫无干系；三、我与叶小姐认识多年，是朋友，也是伙伴……"他顿了顿，有些艰难地继续道，

“很抱歉，求婚一事是我个人心血来潮，没有认真规划，更没有考虑周全。事后我与叶小姐进行过沟通，并且一致认为还是朋友的身份最适合我们，所以我与叶小姐已经解除婚约，希望不要有人再借题发挥，影响我与她多年的情谊。”

此言一出，飞凡集团公关部的人也都跟着傻了眼，原本计划的台本里根本没有这一条，这是孟南照自作主张加进去的。

此时，办公室里正看着网络直播的叶缇也愣住了。

“什么情况？”Coco目瞪口呆，“你俩商量好的？为什么没事先通知我？”

叶缇盯着画面中的孟南照，他看似一派轻松，可她却一眼就看穿他的故作从容。她有些不忍，良久，才慢慢地开口：“他没告诉我……”

画面中的直播还在继续，现场一片骚动，工作人员上前稳住了局面，发布会才恢复正常。孟南照显然不是临时起意，他提前做好了万全准备，所以才在记者的追问中答得无懈可击。

然而，就在他对答如流的时候，台下的媒体区突然发出一阵唏嘘，原本还在拍摄他发言的摄像机镜头，纷纷调转对准了他背后的投影墙面。他话说到一半，感觉到了异常，紧接着，身后传来一个男人的声音，熟悉的，却让他瞬间警觉的声音：“你压到我的腿了。”

他猛地回过头，只见身后的投影画面中，原本的聊天记录却突然变成了一段视频。视频中，一对男女正靠墙而坐，由于背对着摄像头，因此看不到两人的面容。可孟南照第一时间就认了出来，背对镜头的正是叶缇，她俯身趴在男人的身上，脸贴得很近，姿势暧昧，看上去显然是在接吻。

而那个男人，即便还没有看得到他的脸，可是那个声音，对，没错，孟南照的血液上涌，他用力捏住了双拳。

“孟先生，您准备的这段视频是什么意思呢？视频中的男女分别是谁？”

“没猜错的话，视频中的女主角就是玉叶珠宝的叶总经理吧？”

“孟先生，叶小姐怎么会和别人……”

“这就是你悔婚的原因吗？”

孟南照冷然起身，大步走向一旁正在发蒙的工作人员，伸手夺过遥控器，“滴”地一声关上了投影仪。

正在直播的画面也跟着安静了一秒，接着现场又重新恢复了喧闹。电脑屏幕前，Coco的脸上顿时一片灰白，半晌，她才能发出声音：“怎么回事？这视频哪儿来的？”

她扭过头，只见视频中的女主角，同样也处在惊愕之中。

“这是那天在金店仓库？这是真的？”

叶缇面色凝重，眉间结霜，半天才吐出两个字来：“意外。”

Coco松了一口气：“意外就好，意外还有办法解决。”

叶缇深思片刻，抓起了桌上的座机，很快，电话那头已经接通，郑西河语气轻快地问候：“您好，这里是香格里拉。”

“西河，我是叶缇，最近可能需要你们关店几日。”

“发生了什么事？”

“出了点小状况，不过不要紧，我们会尽快解决，为了防止有媒体过去骚扰，所以我建议你们先休业几天。”

毕竟当时从仓库中被解救出来时，媒体也都拍到过韩非的正面，那时用顾问的身份帮他掩饰过去了，但如果有细心的人观看，定能认出视频中的场景就是当天的仓库。她不愿意把韩非牵扯到这些绯闻中来，何况这还是唐家率先发起的恶意竞争。

郑西河懵懂应了下来，挂掉电话，她迅速打开手机，点开了热门微博，接着，她忍不住“呀”了一声，然后慌慌张张地扑向了柜台后的韩非。

“老板……这，这是你吗？”

她声音颤抖，手也颤抖，差点握不住手机。

韩非无语地扫了她一眼，伸手取过了她的手机。

瞬间，他的脸色变了。

“是你吧？这件夹克，我记得你穿过的。”郑西河吞了口口水，有点儿紧张，又有点儿激动。

韩非放下手机，迅速打开了电脑，手指快速地输入关键词，很快，相关新闻全部跳了出来。他点开网络直播的视频，第一遍，郑西河惊得捂住了嘴。韩非面无表情地又将进度条调回去，开始看第二遍，郑西河难以置信地打量了一番自家老板，欲言又止。

突然，韩非按了下伸手光标移动键，将之前的一个镜头重复了一遍，就在孟南照猛地起身去夺遥控器的时候，镜头跟着晃了一下，韩非看到舞台一旁的角落处，正立着一个人，那人双手插袋，笑容诡异。

他推开电脑，吩咐郑西河：“把我外套拿来，我出去一趟。”

“老板，你别出去啊，万一被人认出来了……”

韩非颇为无奈：“没露脸怎么会被认出来？”

“叶小姐说，这几天恐怕会有媒体过来骚扰……”

“叶小姐？”

郑西河忽然想起来：“嗯，刚刚她打来电话，说让我们休业几天，也许真的有记者认出你了呢？”她知道，那些狗仔可都是无孔不入的。

韩非凝神沉思片刻，想到他唯一一次与媒体正面交锋，正是那次金店被抢，而这次的视频，也正源于当时。旋即，他说道：“关门吧，今天早点下班。”

梧桐巷深处，一向静谧的小店，悄然挂上了休业的告示牌。

夜色降临，一辆红色的轿车停在了店门口，驾驶座上的女子降下车窗玻璃看向店内，黑漆漆的，已经没有了光。她在路边停靠片刻，等了等，然后启动车子开走了。

过了很久，店门口的帘子被人从里面掀开，韩非拄着拐杖走了出来。提前预约的出租车踩着点驶入巷内，他坐到后座，掏出手机。手指滑动着通讯录，一直滑到最后，他停了下来，那两个字的名字赫然映入眼帘。

他点进去，拨出了电话。

没有人接。

他暗灭手机，在昏暗的车厢里闭上了眼，但很快，又缓缓睁开。

再打一次吧，他又重新拨了出去，依旧是长久的等候。

可能她的手机早就被打爆，或者已经丢给了工作人员，那个视频一出，她是首当其冲被记者“围攻”的那一个，而要查到他，恐怕还需要点时间。

这时，手机单调的铃音响起，他低头一看，正是叶缇。

还没开口，那头已经传来男人的声音：“您好，您是机主的朋友吗？”

“你是？”他皱起了眉。

“我这边是蓝焰酒吧，您的朋友已经喝多了，您看您有时间过来一趟吗？”

出租车当即调了个头，朝着相反的方向疾驰而去。

韩非走进酒吧的时候，几个聚集在门口的小年轻忍不住朝他吹起了口哨，他视若无睹，依旧自若地拄着拐杖走向吧台。酒保正在调酒，手指翻飞，周围一片喝彩。他靠过去，用手指叩了叩台面，问：“这里是不是有位小姐喝多了？”

酒保斜着眼看过来：“啊？大点声，听不见！”

“刚刚是你给我打的电话吗？”他有些不耐烦，却还是提高了声调。

“哦，是你啊。”酒保上下打量了他一眼，然后朝一旁卡座沙发上的位置努了努嘴。

韩非谢过，转身朝沙发走去。来往的人太多，他不知是被谁恶意撞了一下，脚步踉跄了几步，但无心去追究，只是冷着一张脸，停在了沙发边上，低下头，俯视着趴在沙发上的人。

叶缇似乎感应到了他的目光，她缓缓睁开眼，一手揉着头发，一手握着酒瓶，见是韩非，竟有些难以置信，张口就喊："邵宇峥？你来啦？"

"我是韩非。"

"宇峥……"

他不想浪费时间，弯下腰，试图去夺她的酒瓶。

她不给，眯着眼睛看着他笑，气息全部喷在他脸上："啊，我认得你，你不是邵宇峥，你是，你是……"

她咬着唇苦思冥想，韩非已经重新直起身来："你的手机呢？我帮你叫孟南照过来。"

听到这个名字，她有些不乐意地嘟起了嘴："不要，我又不是只有他一个朋友。"

话音才落，邻桌的卡座上有人回过头来，举了举手中的酒瓶，冲叶缇不怀好意地一笑："对啊，我不也是你的朋友吗？刚刚喝得不尽兴，我又叫了些酒，要不要过来？"

"好啊好啊。"叶缇摇摇晃晃地站起身，却被韩非一把抓住了手腕。

她回过头，眼神迷离地望着他，而他却面无表情，像研究什么标本一般，直直地探向她的眼底。

她打了个酒嗝，朝着隔壁的人挥了挥手："算了，下次吧，我有点怕他。"

那个剃着平头的男人不乐意了，扫了一眼韩非，见他腿脚不便，不由得冷哼一声，然后用力吐掉口中的瓜子壳，握着酒瓶子绕了过来，经过韩非时，还用肩撞了撞："兄弟，麻烦让个道儿。"

韩非纹丝不动，连看都没有看他一眼："回你的座位去。"

"嘿，我说你听不懂人话是吧？"男人用力推他的胸口，不料，韩非竟没有晃动半点。

一旁的叶缇歪着脑袋看向他们："你别欺负我朋友！要喝酒，找我，我千杯不醉！"

说着，她举起酒瓶，喝了一大口。

韩非劈手夺过了酒瓶，酒泼了出去，而她还没来得及咽下液体都溢出了嘴角。

她原本就眼神迷离，此时又是这般模样，让平头男人忍不住眼睛发亮。他嘴里教训着韩非：“你这个人怎么一点不知道怜香惜玉？”说着，他挤到叶缇面前，扯着袖子作势要给她擦干净。

叶缇反感地后退，撞到沙发，人一晃，跌坐了回去。平头男人弯下腰，朝她靠了过去。动作到一半，他就僵在了半空中，身后有人快准狠地抓住了他的肩。

“疼、疼……”

他龇牙咧嘴地叫嚷着，一旁和他一起的人全都站了起来，瞬间将韩非围住。

韩非目不斜视，仍旧盯着平头男人。

“好好好，我错了，你们都坐回去。”

几个兄弟你看看我，我看看你，见韩非丝毫不肯退让的模样，只得散开。

韩非用力一掀，将平头男人撂倒在一旁的沙发上，正要伸手去拉叶缇，背后有人扑了过来，手臂一圈，紧紧地箍住了韩非的脖子。突如其来的撞击让韩非晃了一下，随即就被更多的人围住了。

这时原本还迷糊着的叶缇，突然从包中抽出什么，一手紧握，一手揪住了倒在身边的那个平头男人。

“都不许动！”

平头男人低头一看，倒吸一口凉气，这娘们居然握着一把匕首抵在他的脖子下方。

他吓得结巴起来：“我、我们不是朋、朋友吗？”

她仿佛醉了，有些口齿不清地说：“不许动，谁都不许动，我数一二三，谁动了谁是王八蛋！”

韩非原本还有些心烦气躁，听到她这番话，不禁勾了勾嘴角。再定睛看去，那把匕首在灯光中闪出寒意，他的笑又慢慢地收了回去。

这边的动静，很快引来了保安，那几个男人原本就不是擅斗的，只是常在酒吧混，习惯了把目标对准单身女孩，无奈今天碰到了刺头，韩非这个瘸子没有他们想象中那么好对付。所以保安来的时候，他们也顺势离开了。

哄闹的场面终于静了下来。

韩非慢慢地挪到沙发旁，让自己坐了下来，问："你随身带着刀？"

叶缇看了眼匕首，木柄上是细致的云纹图案，她垂眸笑了笑，仿佛在回忆什么美妙的往事："嗯，这是邵宇峥送的，他让我随身带着。"

韩非没再说话，伸手从茶几上抽了几张纸，细心递给了她。

叶缇没接，仿佛没看到，两眼盯着那匕首，嘴角噙着笑，忽地，像是想起了什么，她陡然抬起眼，神秘兮兮地靠近他的耳畔，呵气如兰："对了，告诉你一个秘密，邵宇峥是怎么死的……"

她的气息灌入耳中，他浑身发僵，脸上却波澜不惊。

"他啊，是被我杀死的，就是用这把刀，"她晃了晃手中闪着寒光的东西，"是我亲手用这把刀杀死他的。"

说着，她"咯咯"笑着，歪倒在他的肩头。

回叶家的路上，韩非端坐得笔直，叶缇终于老实了，乖乖地靠在他的肩头睡觉，呼吸绵长，发出细细的鼾声。他想着她说的那番话，反反复复，不由得握紧了搁在膝上的手。

出租车一直开到叶家门外，叶缇还没醒，他本想请司机再等等，却感觉到颈窝处，她的呼吸起了变化。

她没动，他便也没有开口。

过了很久，也许只是几秒，他听到了她软绵绵的声音："那天，你让我走出来，去试一试别的可能……"

他下意识屏住了呼吸。

“那，我们试试好吗？”

轻轻的，仿佛蜻蜓的翅膀，试探着掠过了湖面。

借酒行凶。

清醒过来的叶缇，回忆起前一夜，脑子里只能冒出这四个字来。

她并没有真的喝醉，所以才在看到两通未接来电后，鬼使神差地让酒保帮她回了电话，但之后发生的一切都出乎意料，直到最后。最后，他回答了什么?

好像什么都没有回答。

她懊丧地抓了抓头发，起身去淋浴，洗去一脑子的乱麻。

沐浴后，她下楼吃早餐，刚到楼梯拐弯处，就看到了餐桌旁端坐着的孟南照。她踟蹰片刻，还是笑着走了过去：“你怎么来了？”

孟南照正在看报，看的应该正是昨天搞砸了的新闻发布会。叶缇顺路从冰箱前路过，倒了一杯冰的果汁，边喝边拉开了他对面的椅子。

孟南照将报纸推到一旁，说：“天冷了，别喝冰的了。”说着，转头吩咐阿翘重新送了杯热牛奶。

叶缇没拒绝，难得顺从地接受了建议。孟南照见她低眉顺眼的模样，想到视频中的画面，仍旧是一阵心塞。他斟酌着措辞，艰难问出了口：“昨天的视频，你……”

“你知道那天我的脚受了伤，是不小心摔倒的。”叶缇放下玻璃杯，抽了张纸轻轻地按住了唇角。

孟南照不再追问，两人仿佛达成默契，都闭口不谈他临时决定的“悔婚”一事。等叶缇不紧不慢地用完早餐，孟南照收起报纸，扔进了一旁的垃圾桶中。

孟南照亲自送叶缇去公司，半路等红灯的时候，他调小了收音机的音量：“这几天都由我来送你吧，免得记者借机为难你。”

叶缇回过神，点了点头，算是默许了。

车子顺利抵达公司楼下，孟南照下车替她打开车门时，守候多时的记者们一窝蜂地冲了上来。叶缇戴上墨镜，低下头被孟南照领着往前走。从停车位到公司门口，短短的一段距离，却走得格外漫长。这期间一直是孟南照在好言应对，直到叶缇听到了好几个令人难堪的问题。

“叶小姐，视频中的事，是发生在什么时候呢？”

“你们是因为这件事才决定解除婚约的吗？孟先生之前并不知情对不对？”

“孟先生真的不介意你与别的男人亲热吗？”

“叶小姐，视频中你表现得非常热情，你是主动的一方对吗？”

“您退出演艺圈之前，曾多次传出过三角恋情，这是你天性使然吗？”

她的脚步停了下来，孟南照下意识紧紧抓住了她的手。

早上他没有让她看到的报纸页面上，正大篇幅回顾着她的感情史，包括艺人时期为了宣传而制造的种种绯闻。他不用上网就能够猜到，这些言论有多可怕，多恶毒。

叶缇推开了他的手，取下墨镜，转过身迎向了密密麻麻的镜头：“在我个人看来，我的私事没有必要向外人交代，可是作为曾经的公众人物，或许我还有那么一点点的社会影响，为了不让当初喜欢过我的朋友们失望，我可以坦然告诉大家，从过去到现在，我没有做过任何对不起别人的事，我问心无愧。”

有记者不满意这样的回答，又急急追问：“既然如此，那么你为何不肯跟大家说明视频的来龙去脉？你和那名男子到底又是什么关系呢？”

叶缇冰冷的视线扫向那位女记者，一边的嘴角微微牵起：“关你什么事？”

女记者也毫不示弱，咄咄逼人：“我是替广大网友来问的，现在网上种种猜测都非常多，叶小姐一直避而不谈，是因为心虚吗？”

双方一时僵持住，孟南照怕引起太多负面影响，反而真的中了唐老狐狸的计谋，正打算开口缓和气氛，人群之中，突然响起了一个女孩子急吼吼的声音：“让一让，让一让，麻烦让一让！”

他循声看去，只见一个短发的女孩子正推着轮椅而来，轮椅上的人，不是韩非，还能是谁？

郑西河顺着坡道，将韩非送到了叶缇身边，然后冲她挤了挤眼，退到了一旁。叶缇不知韩非为何会突然出现，下意识想要把他挡在身后，却被他伸手轻轻地推开。她不解地看向他，视线中，他虽是坐在轮椅上，可整个人却有着不凡的气场，神色沉静，眸若深潭。

“韩……”

她正要说话，他却已然开了口。

“既然两个人都接吻了，”他故意停顿了一秒，“那自然是情侣关系了。”

一片哗然。

叶缇只觉得脑中有人用小锤轻轻锤过，微微震荡，却又酸酸麻麻，竟一时回味不出是什么滋味。

伴随着此起彼伏的快门声，韩非面向镜头，更加沉着地回应：“视频中的男人是我，我叫韩非，本职是一家文玩店的店主，现兼任玉叶珠宝的玉石顾问，如果大家还有什么按捺不住的好奇心，不妨直接来找我。”

说罢，他看向叶缇，朝她伸出了手。

心跳如擂鼓，又心乱如麻，短短的迟疑过后，叶缇迅速把自己的手交了出去。韩非勾唇一笑，紧紧地握住。郑西河眼明手快地赶上前，推着轮椅就撤，叶缇跟在一旁，自始至终，两人的手都没有松开。

反应过来的记者们掉头就要去追，却被孟南照一声喝止：“够了，别人谈个恋爱，你们也要穷追不舍吗？适可而止吧！”

有敏感的人听出他话里的异常，停下来问：“孟先生，其实提出解除婚约的那个人是叶小姐吧？”

“是我，”他露出一丝不羁的笑容，仿佛仍是那个风流的浪子，“我还没有进入婚姻的打算，生活还有那么多可能，我得一一试过才行。至于他们，我只有真诚的祝福。”

祝福她，梦想成真。

祝福她，得偿所愿。

他自始至终都知道，他从来都没有走进过她的心中，可即便如此，那一声短促的“我答应你”，都足够给他留下长久的甜蜜。孟岚发给他的录音还存在手机里，他第一次听到的时候，浑身血液几乎凝住，他气的不是她，而是自己的亲姑姑。气姑姑为何对她出言不逊，气她凭什么想要阻拦他的幸福。可是，等那股怒焰在身体里烧尽，他才觉得自己变成了一堆灰烬，风一吹，便纷纷扬扬，散得到处都是，渺小又无力。

他自作主张的求婚，到底有何意义？他迫不及待地去抓住，到底又能握得住什么？

真无趣啊——

这漫长的人生，真无趣。

然而，对郑西河来说，这刺激的人生，太有趣了。

前往地下停车场的路上，郑西河一直抿着嘴偷笑，本来一大早她被老板电话吵醒，心里还憋着股起床气，因为休业，她都做好了一睡不起的打算，结果却被临时叫去当司机。不过，听到目的地是玉叶珠宝公司之后，她的睡意就瞬间烟消云散了，连踩着油门的脚都轻松许多。本来老板是说来签合同的，可哪想得到，这剧情变化得这么快，令她应接不暇。对此，她的心中只有一句话：精彩，太精彩，精彩极了。

她低头看了看男女主角紧紧牵在一起的手，忍不住又要花痴了。

进了电梯，因为要转身，两人这才松了手。叶缇有些尴尬，上前按了停车场的楼层，沉吟了两秒，还是退回到他身边，说：“谢谢今天你帮我解围。”

“我不是帮你解围，”韩非依旧平视着前方，透明的玻璃门缓缓下行，“从今天开始，我们就是这个关系了。”

站在他们身后的郑西河忍不住在心中鼓起了掌：帅！

叶缇觉得耳鸣，仿佛有跑车在耳边极速飞过，她甚至想再确认一次他的回答，却又不敢去确认，怕自己真的是耳鸣。这时，电梯门开了，韩非转动着轮椅朝前而去，叶缇愣了几秒，才追了上去。

“这个关系，是什么关系？”她大声问。

她的声音空阔的停车场里回荡，韩非停了下来，调转方向，看向她难得露怯的眼睛：“我同意了。”

她一字一句地问：“同意什么？”

“我们试试。”

像那夜的蜻蜓点水，湖面上荡起一片涟漪。

他目光温柔地看向她，脑海里全是过去的帧帧画面。一直以来，都是她挡在他的面前，像个百折不挠的女战士。也是因为他，她才身陷囹圄，被围困得无路可退。他是个男人，早就应该站出来了，既然躲不过，那就索性迎上去，命运如此安排，他就顺应天命。

都朝着他来好了，哪怕万箭穿心。

耶！

郑西河偷瞄了几眼两人交会的目光，按捺着内心的雀跃，脚后跟一旋，装模作样地走开了——她得提前去热一热车。然而，刚走到车前，一道刺眼的光就闪到了她的眼。

有人在拍照。

她下意识挡住了脸，回头去看，叶缇和韩非已经朝着这边而来。

“请问，你是哪家媒体的？”叶缇维持着客气。

那人不答，反问：“叶小姐，您和这位韩先生是刚刚才确定关系吗？”

显然，他听到了他们方才的对话。

叶缇隐忍着怒气，还未说话，对方又追问：“是叶小姐移情别恋，才提出解除婚约的吗？”

“我与韩先生已经认识很久了。”

“那你们的关系发展到哪一步了？”

叶缇忍不住又想骂出“关你屁事”的脏话来，就像当初毫不客气地回击唐明珠的假胸一样。

在记者不怀善意的追问下，叶缇突然转过身，看向了同样望着她的韩非，几乎没空细想太多，她就朝他走了过去。

他仿佛知道她要做什么，嘴角噙笑，目光温柔，竟像在鼓励她。

她走过去，倾下身抓住了轮椅的扶手，轻松地一转，将两人的侧面留给了镜头。

下一秒，就在郑西河都还没预测出剧情的时候，她已经伸手将他推靠在椅背上。

他还在笑，像是在引诱她。

管他的，怕什么？她垂着眼，低下头，准确地吻住了他的嘴唇。

郑西河倒吸一口凉气，伸手捂住了嘴唇，下一秒，又急忙移动双手，遮住了眼睛。

就连摄影记者都愣住了，还是那个采访的女记者反应得快，忙不迭地催他赶快拍照。两人此时的角度实在完美，轻轻松松就是一张头版大图。

惊呼声，快门声，叶缇都听不见了，只有一颗心脏在猛烈地跳着。

与那天的意外不同，她甚至感觉到韩非的手臂轻轻环上了她的腰身，将她往前一搂，更用力地反压上她的唇。她不敢动，只笨拙地贴着他的嘴唇，柔软的触感，不安的悸动，这陌生的感觉令她目眩神摇，脑子里已经有烟花炸裂，美妙又令人眩晕。

不知道多久，可能只是一瞬，她却觉得历经千年。韩非先离开了她的唇：“叶小姐，没想到你还会玩‘车咚’。”

叶缇涨红了脸，瞪了他一眼：“接下来怎么办？”

“我的确需要想想自己接下来该怎么办，现在的我算得上是半个红人了。”

韩非扫了一眼还在忘情拍照的记者，伸手做出暂停的姿势：“给你们个独家新闻吧。”

采访记者立刻伸手按住了镜头：“什么？”

“叶缇之所以答应孟南照的求婚，不过是与我怄气。”说着，他拉开了车门，示意叶缇坐进去。

叶缇还没参透他的意思，人已经被郑西河给推搡着进了车厢，车门关上之际，她听到了韩非的声音：“详细的情况，你们可以去问孟南照本人，他应该很乐于与你们媒体打交道。”

说着，韩非撑起身体，自如地坐到了叶缇的身边。

“你干吗把皮球又踢给南照？”

韩非松了松领带，一本正经地回答：“他喜欢踢球。”

车子朝着地面稳稳开去，原本守株待兔的记者也放弃了追踪，突然安静下来的车厢内，让叶缇有些紧张。她眼观鼻、鼻观心地端坐了好一会儿，蓦地听到他低沉的嗓音在问：“你很怕我？”

她惊了一下，没完全反应过来。

“不敢看我？”语气竟是戏谑。

叶缇这才猛然想起他说的是什么，他在拿她曾说过的话来反击她。

小心眼！

Coco在看到那张偌大的头版大图后，差点晕倒在办公室里，真是一波未平一波又起，她到底是造了什么孽，要来帮这个死丫头做事啊！令她更不解的是，这叶大小姐胡闹，为什么孟大少也跟着一起胡闹？

她猛灌了一大口茶，压了压惊，强迫自己镇定下来，拨电话给叶缇。

叶缇此时正坐在梳妆镜前，鼻梁上架着一副墨镜，左右端详着，仍觉得缺了什么。

这时手机在桌面上“嗡嗡”振动，她瞥了一眼，是Coco，刚一接通，就是劈头盖脸的痛斥。

“叶缇！你赶紧给我来公司！现在！立刻！马上！”

叶缇明知道她为什么这个反应，却故作无辜：“怎么了？”

“你自己上网看！已经是微博热搜了！叶大小姐，我真的会死在你手上的！”

Coco的嗓音太大，叶缇下意识把手机挪远了一些，等Coco终于喘着气儿停下来，她才迅速开口：“Coco姐，我今天上午就不过去了，你帮我看着点。”

“喂！上午还有个重要的会要开！”

“帮我请个假！拜托你了！”说完，她就掐断了电话，将手机放在桌上。

叶缇想了想，又急忙抓起了手机，打开微博，刚刚刷新，她就看到了自己的名字。

没来得及去看具体的文字说明，注意力就被配图吸引了，图中的她正将韩非扑倒在轮椅上，不仅姿势主动，甚至相当热情。

她登时血液上涌，头也微微发晕，没想到亲眼看到这种画面，她会是这样的心情，就像偷看了什么十八禁，生怕被别人发现了什么端倪。

“啪”的一声，她把手机翻过来盖在了桌子上，抬头再看镜子，终于觉得缺的是什么了。

她打开衣帽间，翻了半天找出了一顶宽檐的遮阳帽，戴上之后，这才觉得心满意足。

下了楼，阿翘差点被她吓了一大跳。

帽子、墨镜，临出门前又找了个口罩戴上，武装得这么严实，大小姐到底想干什么？

其实叶缇也不想干什么，她就是怕有不肯放弃的狗仔追踪，应付他们太费精力，能躲得了一时，就躲一时吧。

她驱车前往梧桐巷，阳光正好，透过树叶暖意融融地照下来，她的心情也不由得舒畅了几分，一路放着音乐，时不时还跟着哼上几句。

而此时的梧桐巷内，郑西河正抓着扫帚装模作样地在门口扫地。早上韩非到的时候，她实在没忍住尖叫了一声："哇，老板，你来啦！我还以为老板你今天不来了呢。"

她记得，他当时嘴角抽了抽，然后冷冷地给了她一个白眼。

然后，她就被罚到门口扫二十分钟的落叶。

眼看着太阳越来越高，地面也已经被扫得一尘不染，她擦了擦额头上的细汗，掉头轻手轻脚地掀开了门帘。刚踏进去半只脚，她就听到了电脑启动的声音，几乎是下意识扔掉扫帚，飞扑向柜台，一把扳过了电脑屏幕。

"老板，你今天不能上网！"

韩非若有所思地看着她："怎么？"

"断、断网了！"视死如归。

话音才落，音箱发出"叮咚"一声，是郑西河的QQ自动登录上线了。她的脸瞬间黑了，尴尬地抽动着嘴角："又、又好了啊……"

"让开。"韩非的表情开始带点儿嫌弃了。

郑西河："老板，今天黄历上说了，真的不适合上网。"

韩非："……"

"有的东西你不能看，看了会受不了的。"她这副便秘一样的表情，老板怎么就体会不了呢？

韩非索性丢了鼠标，整个人靠上椅背，下巴冲着电脑扬了扬："你找给我看，我看了才知道受不受得了。"

"有、有点儿少儿不宜。"

"嗯，我很期待。"

郑西河灰头土脸地从桌子上爬下来，扳过显示屏，哆哆嗦嗦地点开了一个网页，鼠标下滑，屏幕上一张偌大的照片赫然入目，她下意识扔掉鼠标捂住了眼：“辣眼睛！”可说完，却还是偷偷张开了手指缝，观察着对面老板的表情。

老板仿佛做好了心理准备，不仅脸上没有异色，他甚至还将轮椅往前挪了挪，握住鼠标继续下翻页面，神情自若，并有点儿怡然自得，像是“吃瓜群众”在看别人的八卦新闻。

老板的心真大！

郑西河感慨着：“老板，我发誓，昨天我捂了眼睛的。但是今天网上铺天盖地都是，我实在是做不到视而不见。”

韩非“嗯”了一声，表示理解。

得到了默许后，她的胆子渐渐大了，竟趴上前凑到他身边嘀咕起来：“昨天没看着，今天才觉得有点儿不对劲，老板，你是不是第一次接吻啊？你的姿势看起来有点儿不熟练啊……”

“郑西河。”韩非抬起头盯住了她。

“老板，大家都是自己人，你也别害羞……”

“你是不是想辞职了？”

“哎呀，那架子上怎么落了一层灰啊，我就说秋天风大嘛，我去擦擦。”郑西河脚底抹油似的，一溜烟儿跑了。

这时，她听到了熟悉的高跟鞋声，心中直呼救星来了，人迅速地迎到了门外，替叶缇掀起门帘，堆起笑，鞠了个将近九十度的躬，脆生生地喊了一句：“老板娘好！”

刚刚关掉网页的韩非，不由得朝门外看过去。

叶缇进退不能，仿佛被吓住了，尴尬地杵在了门口。

“你别理她。”韩非转动轮椅，朝她迎来。

他还是穿着初见那天的黑色毛衣，袖口卷到了手臂上，手指纤长，双手交握放在身前，姿态优雅，仿佛沉香，回味悠长。

细细咀嚼着郑西河刚刚的称呼，叶缇的脸上竟不由得浮现了几分笑意，她有那么多的身份，女明星、大小姐、总经理，竟通通没有一个“老板娘”让她觉得动听。

怕韩非一眼看出她的心思，她赶紧敛了神色，将他推进店内，问：“不是在休业吗？怎么又开门了？”

“怕记者找来，没人招待，岂不是失了礼数？”

他答得一本正经，让她瞠目结舌。

韩非又补充：“开门做生意，来的都是客。”

嗯，姑且赞同吧。

叶缇脱下大衣，挂到了衣架上，旁边正是他的外套，两件衣服相互摩挲着，让她生出一股温情来。这方小小的天地，仿佛是个避风港，她只要到了这里，心就安了。正像它的名字，香格里拉，天上人间。

她想到什么，扭头问：“我记得之前西河说过你要搬店，怎么后来又没有搬？”

韩非正在整理着桌案上的线香，闻言，直截了当地答：“之前是为了躲你，谁知道你无孔不入，索性就不搬了。”

叶缇哑口无言，他毒舌起来，仍旧是毫不客气。

郑西河泡了茶送上来，低眉顺眼，转过头就钻进了内室。

叶缇失笑，从包中掏出一摞文件：“顾问的合同一直放在我的包里，Coco问过我几次，被催得没办法才来找你，你愿意签吗？”

他伸手接了过来，看都没看，直接翻到最后一页，抽出一支签字笔，“唰唰”签上了名字。叶缇看向他的签字，字如其人，笔锋有力，棱角分明。她不免多看了几眼，然后把合同收进了包中。

和邵宇峥的字迹还是有区别的。

她定了定心神，问：“你现在有空吗？得安排你去一趟公司，供货商那边催得有点儿急，我们得提前开个会，沟通一下。”

“听你安排。”他盖上笔盖，笑着望向她。

叶缇一直觉得自己沉迷于美酒，直到看到他的笑，她才知道，他比美酒更让人沉迷。

而有着比美酒还令人着迷的微笑的男人，此时正保持着那样的微笑，叫出了一直躲在内室里偷听的郑西河：“我有点事要临时出去，店里交给你了，不要偷懒，我什么时候回来，再什么时候关门。”

郑西河笑不出来了，露出一副想要哭的表情，老板那番话，摆明了就是想让她加个班。看来，扫地的惩罚还不够，威胁她辞职的惩罚也没够！

她挣扎了一下，决定是时候出卖一下自家老板了，趁着韩非去收拾的空当，她偷偷地走到叶缇身边，咬着耳朵温馨提示道：“老板娘，我仔细研究过了，我们家老板这一次很可能是初恋，所以他在恋爱技巧方面不是特别纯熟，特别是在那些方面，你懂的，”她一番挤眉弄眼，嘴角不怀好意地扬了起来，“不过假以时日，他一定可以做到炉火纯青！”

韩非出来时，气氛已经恢复了正常，直到上了车之后，他才明显察觉出叶缇的不自然。不用想，他就猜到了几分：“西河跟你说什么了？”

“也没什么……”她盯着车前方，两手抓着方向盘，纹丝不动地保持着直行。

过了一会儿，她忍不住了：“你以前没谈过恋爱？”

韩非沉吟片刻，反问：“你谈过？”

叶缇噎住了，憋红了脸：“谈过还是没谈过，有什么区别吗？”

“有啊，”韩非竟然认真回答了，“你的吻技就差了那么一点。”

叶缇转过头来，面红耳赤地瞪了他一眼：“西河说你才是不会接吻的那个，她说她有很丰富的理论知识！”话音落下，她才看到韩非正笑吟吟地看着自己，表情里一股打趣的意味，她立刻噤声，僵硬地转正头，盯着路口那个亮了很久的红灯。

过了片刻，她突然听到韩非低沉的声音：“既然如此，要不，你再试试？”

她条件反射地转过身来，韩非正深深地凝视着她，目光时不时地在她的嘴唇上流连，温柔中带着一点似有若无的挑逗。

“叶缇……”他轻轻地唤她。

“干、干什么……”她的声音有些哆嗦，甚至她还很没出息地吞了口口水。

“绿灯亮了。”

韩非首次参与会议，过程非常顺利，就连原本对他还有看法的Coco，也在听过他的一番分析和发言后，认同了他的专业能力。走出会议室，她拍了拍叶缇的肩：“好吧，姑且算你没有公私不分。”

碍于韩非还在场，Coco并没有多言，自然也没有机会发泄自己憋了一上午的怒火。听到叶缇说要送韩非回去，她也仍旧保持着得体的微笑，亲自将二人送到楼下。待车子一开走，她的脸就垮了下来：“死丫头。”

叶缇毫不在意，她轻松自在地将车驶出公司，问：“回店里吗？”

“不用，店里有西河。”

不是让郑西河一直等到他回去才可以关店门吗？那他一直不回去的话……

叶缇不敢想，男人腹黑起来的确比女人还可怕。

地址仍旧是之前他报给阿山的地址，是个单身公寓楼，离梧桐巷不远。之前送他回来时是深夜，她也没有仔细看过，如今才有机会好好看看周围的环境。

她把车停在楼下，抬头看了眼高楼，问：“你一个人住方便吗？”比如坐轮椅按电梯，比如换裤子穿鞋，比如上厕所洗澡，当然有些问题她不太好问出口。

韩非当然明白她的顾虑，一边解开安全带，一边回答：“所以我请了个助理。”

“你是说郑西河？”叶缇瞪大了眼睛，“她还是你生活助理？”

不用猜都知道她脑子里想的是什么，韩非推开车门，无奈叹息：“我是指专属司机，她会负责接送，生活方面我完全可以自理。”

叶缇立即开启了后车厢盖，迅速地下车，绕到车后将里头的折叠轮椅给搬出来张开，然后推到了韩非身前。

“来，我帮你。”她弯下腰看着他，眼睛里有一股子可爱的认真。

“不用了。”韩非淡笑着婉拒，一手抓着轮椅扶手，一手撑着椅垫，靠着臂膀的力量将自己移到了轮椅上安然就座。叶缇正准备推他后退几步，他已经转动轮椅稍稍退开，好让她将车门关好。

叶缇回头，突然瞥到了他的腿：“你没带毯子吗？”

从店里出来的时候太急，她也没留意，后来在公司连续开了好几个小时的会，天色已经将暗，凉意也更甚，她二话没说立刻脱下了自己的薄针织外套盖在了他腿上。起身前，叶缇还特地用手整理了一下外套，确保他的腿都能覆盖得到。

韩非有些讶异她的举动，眼神复杂地看着她，直到她做好一切站起身，他恢复了一贯的浅笑：“那你不冷吗？”

叶缇只穿了件高领的无袖针织小衫，手臂裸露在空气里，她不由得环抱着自己跺了跺脚：“冷，那我就不送你上去了。”说着，她就打开车门，急匆匆地想要钻进驾驶座，突然手腕被准确地抓住，接着整个人被大力拽了回去，脚下旋转，人也随着那股劲跌坐到了他的腿上。

目光一点点聚焦，她愣然盯着近在眼前的这张面孔，韩非的眉眼离她那么近，近到她都可以感觉到他的呼吸。

韩非仿佛没有留意到她微红的脸色，迅速地把那件薄针织外套重新披到了她的肩头，甚至还细心地替她把长发拨了出来，见她还在发蒙，失笑道：“你也不是很瘦啊。”

叶缇半晌才反应过来，她立刻跳起身，故作凶神恶煞状：“你比较过啊？”又没谈过恋爱，装什么经验丰富?

“回去吧，我看你出小区。”韩非笑道。

叶缇却说：“我看你进电梯。”

韩非迅速地瞥了她两眼，也不想再跟她辩，当即点了点头，转动着轮椅，正要朝楼道而去，身后的叶缇叫住了他：“几楼啊？几楼几户？”

“28楼，2802室。”

真高，叶缇仰起头，慢慢眯起了眼睛。

韩非突然有了一种不好的预感，她的表情，实在是别有意图。

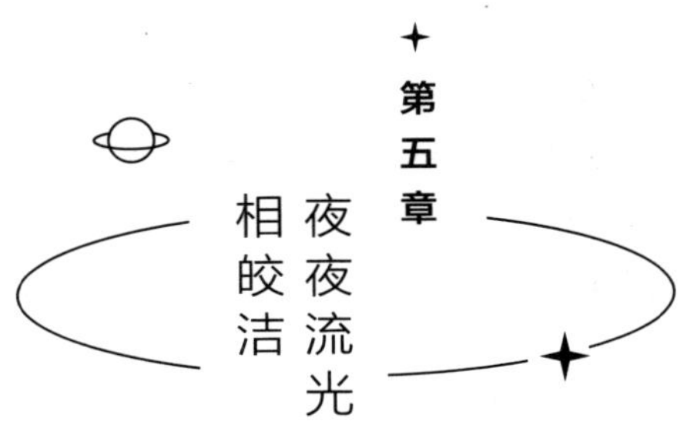

第五章 夜夜流光相皎洁

Which
Star —— Are You

门铃响的时候，韩非正在厨房里煮咖啡，听到动静，他下意识抬头看了看墙上的挂钟，七点不到，这个时间郑西河应该还没有来才对。他迟疑了片刻，转动轮椅进入客厅，从沙发上拖过羊毛毯盖在了膝盖上，这才缓慢地朝着门口移动去。

门只打开了微微的一条缝，外面的人已经伸手推开，探出一张笑盈盈的脸来："早安！"

是叶缇，拎着大包小包，开心地站在他家门外。

果然，他的预感一点儿都没错。

他蹙起眉，退后了一些。

叶缇走进屋，踢掉脚上的高跟鞋，然后赤足站在地垫上，四处张望："没有多余的拖鞋吗？"

他盯着她："你怎么会来？"

"啊，不要紧，我带了拖鞋。"她自问自答，对他的话置若罔闻，弯腰从手中拎着的一个大购物袋里翻找了几秒，然后拎出一双粉红色的拖鞋。

叶缇把脚伸进去踩了踩，感觉很舒适，而后便心满意足地走进了客厅。

叶缇相当自来熟，她完全不需要韩非介绍，很快就摸清了整个房子的构造。从入户门进来，左手边是厨房，开放式的，连接着餐厅，右手边两个并排的房间是主次卧，不过次卧被装成了书房，看来韩非从来没有想过招待客人留宿，这一点，倒让叶缇有些高兴。她绕了一圈，回到茶几旁，拎起带来的一个小购物袋，转身又钻入了洗手间。

韩非的视线一直默默地追随着她，他看着她从袋子里掏出了一条毛巾和浴巾，挂在了他的毛巾旁边，又抽出一根牙刷和一个水杯，摆在了盥洗台上。

做完这些，她又脚步轻快地回到客厅，拆开茶几上最后一个巨大的袋子，一个毛茸茸的公仔熊露了出来，她抱起它搁在沙发上，边摸着它的毛，边说："新环境，你先适应适应。"

闻言，韩非终于忍不住了："你在干什么？"

叶缇回过头，神色很郑重：“我们不是那种关系了吗？”

“哪种？”韩非有点头疼了。

“成年男女，各方面总要都试试的。”

韩非哑口无言，半晌才闷声道：“我似乎没有同意同居。”

叶缇难得见他这个样子，心里很得意，她拥着那只熊靠近沙发里：“我一个女的都不怕，你一个大男人怕什么？我只是想方便照顾你。”

韩非叹息：“我的生活完全可以自理。”

她完全置若罔闻，朝他伸出手，掌心摊开，问：“还有钥匙没？给我一把。”

韩非沉着脸，在她脸上打量半天，最后还是无奈地回到书房，从抽屉里翻出了一把闲置的钥匙给了她。

叶缇心满意足地把钥匙放进了自己的钥匙包里。想了想，她又从包里抽出纸笔，起身推着他到餐桌边停下，落座到他的对面。她把本子摊开，开始了自己郑重的发言：“既然大家认真决定在一起了，那总要彼此了解一下，你把你的身份证给我看看。对了，这个房子是你名下的吗？财产有多少？家里还有什么人？父母是做什么的？家庭背景什么样？”

看着她一副给下属开会的严肃表情，韩非不由得勾起了嘴角，眼底都浮出了笑意来：“我没什么钱，恐怕要让你失望了。”

叶缇愕然抬起头，看着他，想了想，认真回答：“没事，正好我有钱。”

从一开始的诧异，到现在完全弄明白她此行的用意，韩非已经完全心甘情愿地放弃了抵抗，他很自然地交出了自己的身份证以及这套公寓的租房合同，甚至告诉了她自己的存款余额。不过不同居这一点，他是坚持到底的。叶缇研究了半天他的身份证，最后悻悻地还了回去，趁着他收回的时候，她做出最后的挣扎：“我真的不能住在这里？”

韩非失笑：“你也看到了，我这里没有客卧。”

“不是，我是说，我可以睡沙发。”

“叶小姐，感情上的事并不需要太讲效率，有些事还是慢慢来比较好，你觉得呢？”

叶缇当然明白这个道理，但见他一副明知故问的模样，直气得牙痒痒：“韩非，你想得太多了！”

谈判失败，韩非最终妥协的就是留下她带来的生活物品，方便她随时来进行所谓的“照顾”。叶缇失势，只得败兴而归，临出门，却又想起什么：“对了，你让西河别来接你了，我想带你去见个人。”

韩非刹住轮椅，抬头看向她：“什么人？”

“我现在也没办法领你见父母，不过我还有个弟弟，算是现在身边我唯一的亲人了，我想带你去见见他。”

韩非沉吟片刻，道：“好。”

时间还早，路上并不算堵，叶缇很顺利地在半个小时内开到了医院。

在这之前，她在路边的超市里买了一套简单的模型车，叶述一直喜欢这些玩意儿，她不常来看他，想尽力让他高兴些。

乘电梯上去的时候，她还在跟韩非介绍，叶述因为患了先天性心脏病，又是叶赫祖唯一的儿子，所以从小就在溺爱中长大，性格淘气的很，小小年纪就以欺负她为乐。可是自从叶家出事之后，两人相依为命，那个小恶魔倒变成了小天使，成为她的依靠。

穿过长长的走廊，两人到了病房。管姨一见到她，仿佛见到了救世主，急忙迎上来：“小少爷又闹脾气了，什么都不肯吃，药也不吃，上午护士给他吊水，他躲来躲去就是不让扎针。”

“管姨，你去休息一会，我来跟小述聊聊。”

叶缇提起装着模型车的包装盒走过去，被子鼓成一个小蒙古包，严严实实的，纹丝不动。

她有些好笑，装作没看见，自顾自地坐到床边拆盒子，一边拆，一边跟旁边的管姨聊天："管姨，家里都是你整理的，你看看我刚买的这些模型车，和家里的没有重复的吧，我就怕买重了，这小子不喜欢。"

"不重，不重，我都没见过呢，这是什么牌子的车啊？"

"店员说是什么限量版，我也没听过，管姨你先收着，刚刚我在门口遇见护士，说不让小孩儿玩这些东西，不干净，尤其是不吃药不打针的小孩儿，免疫力更低……"

正说着，被子里冒出来一个"小狮子头"，叶述一头张牙舞爪的自然卷发，脸憋得通红，因为着急拼命地拍打着被子："谁是不吃药不打针的小孩儿啦，叫我老婆来，我要吃药，我要打针！"

叶缇见他着了道，慢悠悠地瞥了一眼过去："哟？有老婆啦？谁是你老婆？"

小狮子脸突然又红了，他探头朝门外看了看，然后伸手在嘴边"嘘"了一下："就是那个漂亮的护士姐姐，她还没同意呢。"

见他表情还真的有几分愁苦，叶缇忍着笑站了起来："好，我去帮你把她叫来，说好的吃药打针啊，你得支持你老婆的工作！"

直到亲眼看到叶述吃了药打了针后抱着玩具呼呼大睡，叶缇才松了一口气。

这时，管姨留意到一直守在门旁的韩非，那个男人目光深沉，不像是个简单的人。

"小姐，这位是？"

"啊，他是韩非，我的朋友。"

管姨笑着问好，借口去泡茶，将病房留给了他们。

韩非这才慢慢地走进来，垂眼看了看正在睡觉的小鬼。叶述缩在被子里，只露出一张小小的脸庞，眉头蹙着，像是在做梦，口中喃喃说着什么，叶缇低头去听，才辨清他是在喊妈妈。

"他妈妈五年前卷了钱跑了，连儿子也没带走。"她回头解释给韩非听。

韩非一直没有多言，管姨回来后，他便安静地坐在一边，听主仆二人低声交谈。

不知是不是动静太大，吵醒了叶述，小鬼头静悄悄地睁开了眼。

“叶缇，他醒了。”韩非轻声提醒。

叶缇回过头，果然看到叶述正揉着眼，又抓了抓鸡窝一样的自然卷，声音里还带着未醒的睡意喊她：“姐姐。”

“睡好了吗？”他睡得很短，叶缇担心是自己打扰了他。

叶述摇摇头，眼睛滴溜溜地四处转，直到看到他的玩具，这才满足地咧开了嘴。

叶缇接替了管姨，亲自帮他穿衣服。叶述乖乖坐着，百依百顺地伸着胳膊套衣服，突然，他想起什么，眼睛里也放出光来：“姐姐，我妈妈来过了，她来看我了。”

叶缇的动作停了下来，面前的小鬼头笑得露出了大豁牙，抓着她的手一阵摇：“我就说妈妈没有忘记我吧，她不会忘记我的！”

“当然，妈妈不会忘记你的，你是最听话的小孩，她最喜欢你了。”叶缇深吸一口气，顺着他的话说了下去。她为他把毛衣开衫套好，又替他翻出病号服的领子，整了整，开口：“小述，你好好听话，乖乖养病，等病好了，我就接你回家。”

叶述眼睛一亮：“妈妈也在家吗？”

“嗯，妈妈也在家。”

离开之前，管姨送他们到了电梯口，欲言又止，最后还是为难地开口：“小少爷做梦总是会梦到夫人，我也没法跟他解释……”

“管姨，如果梦到妈妈能让小述开心，你就由着他去吧。”

她知道叶述为什么会闹，不是因为无聊，是因为寂寞，别的小孩都有爸爸妈妈陪着，他却没有。他只有一个管姨照顾，就连她这个姐姐，也很少陪伴在他身边。

五年前，她恨他，恨他的存在破坏了她的家，恨他夺走了父亲的宠爱，恨他把自己变成了一个孤儿，可是现在，他们相依为命，成为彼此唯一的依靠。曾经那个令人厌恶的小屁孩，不知道什么时候变成了她的小尾巴，傲娇又乖巧的小尾巴。

电梯门缓缓合上，一路下行，韩非突然开了口：“叶缇。”

“嗯？”她随口哼出声。

“这五年，你一个人，过的是什么样的生活？”

他的声音一如既往地低哑，可这句话，却令叶缇听得一阵鼻酸。她深呼吸，笑了笑：“也没什么，有很多人在帮我，管姨、Coco姐，还有南照。”

“你恨吗？”

叶缇扭过头，有些诧异：“恨什么？”

韩非的脸上是讳莫如深的沉静，他问这些话时并没有看着叶缇，而是盯着前方紧闭的电梯门。电梯门上倒映出来的叶缇，尽管嘴上说着没什么，可身体却显出疲态地靠在了电梯壁上，双脚交叉，头微微垂着。

这时电梯抵达一楼，门开了，韩非收回视线，转动着轮椅往外走，叶缇急忙跟上，扶住轮椅，又问：“你刚问我恨什么？”

韩非却已经恢复了云淡风轻：“命运吧。”

叶缇认真想了想，推着他继续往外走：“既然是命运，那恨也恨不来，我只能接受。”

她把韩非扶上了副驾驶座，收好折叠轮椅放进后备厢，然后启动车子。车子走了没多远，她突然听到韩非低低地叫自己：“叶缇。”

她看向他。

“其实，命运是掌握在自己手里的，不同的选择，会走向不同的道路。”

叶缇看着他的侧脸，有些恍惚。

他目光湛湛：“选错了，还会有下一次选择的机会，人生的道路很长，有的是机会重新来过。”

一路上，叶缇都在思考韩非这句话的意思，路过莱茵阁时，她才发现已经到了饭点。

“我请你吃饭吧，我们还没一起吃过饭。”

韩非也看到了莱茵阁，想到那日她想要请客，却被他一口回绝，心里不禁浮上几丝歉意，所以这一次，他没有再拒绝。

反倒是叶缇在说完后迟疑了几秒：“算了，去餐厅吃饭被拍到就不好了，我们还是买菜回家自己做吧。”

她继续向前开了一截，没过多久，一家大型超市就出现在了路边。韩非不禁蹙眉，超市门口人来人往，他并不觉得比去餐厅安全。不过，他并不在意。

叶缇把车停在地下车库，利落地跳了下去。她本来还想要帮忙推着韩非，却在看到购物推车的时候，放弃了这个想法。

“超市人多，你小心点，跟紧我。”她推着一辆小推车，雀跃地踩上了推车的横栏，向前滑行了好长一截。韩非不紧不慢地跟着，看着她欢快的身影，不由得勾起了嘴角。

到了果蔬那一区域，叶缇兴奋地回头问他：“你爱吃什么？”

“我不挑食。”

“真好养！”她眉开眼笑地转过去挑食材，手里掂着一个西蓝花，想到什么，又转过头来，脸上多了点尴尬，“我忘了，我不会做菜……”

“……”韩非愣了半天，实在不知道该怎么接话。

倒是叶缇自顾自地又乐了起来：“我们涮火锅吧，我正好也想吃火锅了。”她又愉快地哼起了歌，将食材一件一件放进了推车里。

回到韩非的单身公寓，两人就明确地分了工，涮火锅的确简单许多，只需要洗菜和切菜就可以了，叶缇负责洗，韩非自觉承担了切的任务——他不太相信她的刀工。

两人配合着把一大购物袋的食材都处理妥当，餐桌上的电火锅里已经“咕嘟咕嘟”地开始冒泡了。叶缇把盆盆碗碗都端了出去，洗干净手，抽出一个买来的一次性围裙，展开来准备给韩非套上。

韩非蹙起眉：“我不用。”

“火锅汤会溅到身上的。”她好言相劝，作势又要去套。

韩非直接转着轮椅想撤，被她一把按住了扶手：“为什么不用啊？”

“丑。”

叶缇低头看了看手里拎着的围裙，想了想，也是，便又重新塞回了抽屉里。

伴随着食材的变熟，浓郁的香味扑鼻而来，她不禁食指大动，一边捞起火锅里的菜，一边开口：“我做的火锅好吃吧？”

韩非望了望她，说：“难道不是火锅底料的功劳吗？”

叶缇迅速把原本准备夹给他的肥牛卷掉了个头，搁进了自己的碗中。

一天的奔波疲惫，都在这顿热辣辣的火锅中，消散得无影无踪了。韩非把餐桌收拾干净，把锅碗扔进了洗碗机，然后擦了手回到客厅。叶缇正抱着她之前带来的那只大毛熊，懒洋洋地瘫在沙发上翻杂志，韩非到了她身边，将剥好的一小碟橘子递了过去。叶缇顺手拿了一瓣塞进嘴里，紧接着龇牙咧嘴起来：“酸！”

“刚上市，还没到甜的时候。”

叶缇吸着气，迅速又拿了一个：“张嘴。”

韩非不动，在抗拒。

“快，你自己尝尝！”

迟疑片刻，韩非放弃了抵抗，恋人之间互相投食，理应是正常的事。他微微张开了嘴，有些不自然，却故作镇定，目不斜视地看着她将那瓣橘子塞进了他的口中。

是真酸！可他面不改色，并相当认真地给予了评价：“好。”

于是，那一小碟的橘子都被叶缇投喂进了他的嘴里。

韩非见她心情不错，似不经意般地提起了一个人：“最近孟南照联系过你吗？”

叶缇合上杂志，坐直了身体：“没有。”

“可能他那边也忙得抽不开身。”

“我应该和他好好聊一聊的。”叶缇自语，从求婚到解除婚约，再到她突然公布新的恋情，事态的发展完全出乎预料，而她和孟南照还没有认真坐下来商量过对策。

韩非略略沉吟，看向她脖颈处露出的一截红绳，突然问了一句：“他的那位姐夫，还有没有为难过你？”

“江捍东？”她有些讶异。

“嗯，那次莱茵阁有过一面之缘，你似乎对他没什么好感。”

岂止是没有好感，是听到名字就一阵恶寒。她拼命地摇了摇头：“能避多远就避多远，我可……”说着，她卡住了，眼底浮出疑虑来，“不对，那天我接到他一个电话……”

“他说什么？”

叶缇转过头，不解地看向他：“他让我炒掉你，省得夜长梦多，这之后，我们在仓库的视频就恰好被曝光了……”

韩非与她对视，仿佛是在跟她确认，她突然懊悔地拍了下膝盖：“我居然还怀疑孟南照！”

“都是怀疑，没有证据，切勿轻举妄动。”

“可是他有什么目的？”

韩非耸肩：“也许只是想激怒孟南照。”

叶缇将信将疑，却又找不到疏漏，江捍东的确和孟南照关系恶劣，曾经也三番两次在孟岚面前诋毁孟南照，一个是亲侄子，一个是亲女婿，为了夺得孟岚的信任，江捍东也是用心良苦。

茶几上的碟子已经空了，韩非没再继续这个话题，伸手取过碟子，转身向着厨房而去。一阵水流声后，他静默了下来，就到这个程度吧，这个程度，已经足以让她保持警惕了。

就在韩非以为暂时会持续一段太平日子的时候，又出事了。

管姨打来电话，说叶述不见了。

这离他们上次见叶述，仅仅过了三天。

叶缇想着男孩子难免贪玩，一定是在哪里玩得忘记了时间，或者是偷偷溜到什么地方去了，调监控一定可以查得到。一路上，她就这么安慰着自己。到了病房门口，她一眼就看到管姨正痴痴呆呆地坐在病床旁，眼圈泛红，已经是哭过了的。

“管姨？”她急忙走过去。

管姨一惊，立刻站了起来：“大小姐，是我不好，我没看好小少爷……”

“你别急，慢慢说，到底怎么回事？”

“上午小少爷吃完早饭就又睡了个回笼觉，我看没事，就出门去买点生活用品，可回来的时候小少爷就不见了！我以为他是去串门找哪个小朋友玩了，可找了一圈都没找到。刚有个护工说，她看到小少爷被一个中年女人接走了，小少爷还喊她、喊她‘妈妈’……”

“妈妈？！”叶缇愣住。

温心语已经失踪了五年，没有人知道她的去向。一开始为了叶述，叶缇还花了很大的精力去找她，但最后都没有结果，渐渐地也就放弃了。一个消失了五年的人，怎么会突然出现？叶缇不愿意相信，可又联想到叶述之前提过妈妈来看他了，难道那不是做梦？是温心语真的出现了？

直到看到监控里出现的那个身影，叶缇才终于确认，那就是温心语。五年了，她的变化并不大，那个身形叶缇一眼就认了出来。可是她为什么要带走叶述？难道是良心发现？终于想起自己还有一个儿子？

走出医院，她在门口立了会儿，其实现在她也不知道去哪里找，何况叶述还是他的妈妈带走的。如果是从前，她一定会第一时间打给孟南照求助，可是现在，她好像不会立马想到他了。掏出手机，她正犹豫着要不要打给韩非，不是需要他帮忙，只是想和他说说话。她还在犹豫，韩非却正好打来了电话，她立刻按下了接通键。

电话那头一阵轻笑："这么快？"

她也不由得呵了一声："手机正好拿在手里。"

"有事？那我等会儿再……"

她急忙接："没事，你说你的。"

韩非又笑了一下："西河说有个新到的玩意儿挺适合你，有空过来看看。"

"手串？"她只能想到这个。

"一个小酒杯子。"

嗜酒这陋习，倒传到郑西河耳朵里去了。

叶缇正想自我辩解几句，这时有电话打了进来，她让韩非等一等，接通了那个陌生的电话。

电话那头先是一阵沉默，叶缇"喂"了好几声，那头终于有了声音："叶子。"

是个女人的声音，叶缇起先还没听出来，可过了几秒，她脑中突然有什么一闪而过，当即就喊了出来："温阿姨？"

"没想到你还能听出我的声音。"

叶缇没时间和她寒暄，开门见山："是你带走了叶述？"

"是，你别着急，我正是为了这件事找你的，半小时后有时间见个面吗？就你一个人来。"

叶缇等不了半小时，她提前去了温心语定好的咖啡馆，找了个角落里的位置，点了一杯摩卡，焦急地等着。上午咖啡馆里的人并不多，周围也很安静，只有两三个店员在轻声细语的交谈，可叶缇静不下来，频频朝着门外看去。

很快，店内响起一阵轻微的风铃响，有客人来了。叶缇立刻站起来，迎了上去。五年没见，温心语还保持着纤瘦的身材，但气色却比从前差了许多，似乎只化了点淡妆，衣服也朴素多了，没有了从前的优雅从容，想来这五年，她过得并没有当叶太太时滋润。

“你来得挺早。”温心语款款落座，只要了清水，喝了一口，便搁下了。

叶缇看了看她，皱起眉来：“叶述呢？”

“他是我儿子，你放心，我不会伤害他的。”

“那你想做什么？你想带他走？”

温心语低着头，摩挲着玻璃杯的杯口，半晌，才说话：“不，我不想带他走，我只是需要点钱。”

“那么多的钱你都花光了？”

温心语：“我一个女人，也没有什么挣钱的本事，总会有坐吃山空的那一天。”

叶缇沉吟，心中慢慢盘算着：“那你要多少？”

“不不不，我不是找你要钱，只是有人托我办点事。”

她没有把话说明白，叶缇盯着她，捏着咖啡杯的手却不由得收紧了。

温心语又低头喝了口水，这才清了清嗓道：“叶子，虽然我不是你亲生母亲，但好歹一起相处了那么多年，感情总是有的。我当初对赫祖也算是全心全意，照顾他，照顾你们一大家，可是他很多事情都不肯告诉我。你是他女儿，就算你们动不动吵架，甚至闹翻了要离家出走搬出去住，但他对你都是真心的。生意上的事，他有时候还会问问你的意见，却从来不会对我透露什么，叶子，你告诉我，他进去之前，有没有交给你什么重要的东西？”

“重要的东西？”

“类似于账本，或者优盘、芯片之类的东西？”

叶缇盯着她，嘴唇嗫动着：“我不懂。”

温心语抬起头，观察了下她的表情，说：“看你也不像是在说假话，不过可能也是时间隔得太久你不记得了，你可以回去好好回忆回忆，或许就能想起什么了。”

说着，她站起身，拎着包打算告辞。叶缇立刻站了起来：“阿姨。”

温心语停住，转过身来，朝着她笑了一下，叶缇却心中一塞，总觉得那笑容里都是难言的疲倦。她撑着桌子，慢慢地开口：“我会回去好好找找你们想要的东西，但叶述是我弟弟，也是你的亲生儿子，你不能为了钱出卖自己的儿子。”

温心语没再说话，走到吧台处，买了单，推门而出。

叶缇又坐了二十分钟才收回心思，匆匆赶回叶家老宅。

阿翘买完菜回到老宅的时候，几乎以为家里遭了贼。大门敞开着，走进去，地垫上的鞋也被踢得乱七八糟，客厅里，沙发上的抱枕被扔得到处都是，茶几的抽屉有几个也是大开的。她吓了一跳，菜篮子都扔到了地上，赶紧扭头去找家里唯一的男性，园丁兼司机的阿管。阿管是管姨的儿子，因为顾念和叶家的感情，叶赫祖入狱后，他和管姨一起留在了这里，帮叶缇分担些家事。阿翘领着阿管重新走进屋子，两人悄悄地在一楼打探着，检查了餐厅，又检查了厨房，这时听到了二楼的动静，阿翘心一惊，以为是小偷潜入了大小姐的房间，光是大小姐的首饰珠宝，那就已经值不少钱了。

阿管顺手抄起一个高尔夫球杆，悄悄地往二楼去，刚到卧室门口，里面的人也正好推门而出，三人一碰到，同时尖叫了起来。直到阿翘瞪大了眼，惊愕地喊了一句：“小姐？”

叶缇惊魂甫定，捂着胸口大喘气：“你们吓死我了！”

阿管立刻把球杆藏到身后，尴尬地直挠头：“我们还以为家里来小偷了呢。”

“你们来得正好，人多力量大，帮我找找有没有什么账本或者类似优盘、芯片的东西，都收集起来交给我。”

阿翘和阿管一头雾水，却还是跟着一起翻箱倒柜起来。

叶缇下楼，给自己倒了一杯冰果汁，“咕嘟咕嘟”一口喝干，这才坐回沙发上喘口气，犹豫了片刻，还是打电话给了孟南照。

“叶子？”孟南照的声音里透着惊喜。

他们的确有一段时间没有联络了，大概都觉得有些尴尬。

叶缇并没有时间来缓解二人的关系，她单刀直入地问：“南照，你记不记得我爸爸入狱的时候，有没有留下什么嘱咐？或者有没有留什么东西给我们？”

“东西？”孟南照的心“咯噔”了一下。

叶缇“嗯”了一声，把叶述的事情一五一十地告诉了他：“温心语找我要东西，可我实在不记得有什么东西了。”

孟南照当即驱车赶了过来，跟她细细分析，却没唤起叶缇的任何记忆。最后只能盲目地在家里翻找了一通，也没有什么结果。

午饭时间过了，眼看就要到傍晚了，阿翘赶紧做了个几个菜，让两人先填饱了肚子。

叶缇担心叶述，不知道温心语打算怎么解决这件事，如果她交不出东西，她会把叶述还回来吗？还是会把叶述带走？可她似乎也并不想把他带走。

叶缇的太阳穴开始一抽一抽地疼，她用手指重重地压了压，扭头看向厨房：“阿翘，你去把上次开封的那瓶红酒拿来。”

孟南照本还想拦着她点儿，但又知道自己拦不住，便由着她抱着酒瓶子一杯接着一杯地喝。

酒喝到一半，叶缇打了个酒嗝，突然想到了韩非的电话，他还让她有空去看看那个小酒杯子呢。她的眼神迷离起来，竟觉得孟南照的脸也变得奇怪了。

他的眼神怎么那么哀伤，充满了心疼。

是在心疼她吗？她有什么好值得心疼的？现在的她很开心。

真的很开心啊，如果叶述能安全回来，爸爸也能马上出狱，一家团圆了，她会更开心的。

孟南照轻抚了一下她的头发，将她杯中剩下的酒一饮而尽：“酒能促进睡眠，你好好睡一觉，小述的事就交给我处理。”

叶缇也不知道听没听清，只连连点着头，嘴里咕哝着，自己也不知道在说些什么。

“叶子。”孟南照眼神复杂地看着她。

她意识清醒得很，就是反应有点迟钝，半天才“嗯”了一声。

孟南照知道她能听到，便说：“叶子，我说娶你，是想要保护你，至少你若是我的妻子，他们就不会伤害你，可是我知道自己没有那个运气……”

叶缇的脑子拼命转了一下，捕捉到了重点：“他们？”

孟南照的眼圈泛红，也不知是不是喝多了：“叶子，我们真的不能回到从前了吗？”

叶缇平静了下来，身体里涌出一股燥热，她哼了哼，没说话。

她知道，他说的从前，是遇到邵宇峥之前，但时间哪能倒带呢？错过了就是错过了。

孟南照走后，叶缇反倒睡不着了，尽管脑子里还有酒精在作祟，但思维还是挺清醒的。

窗外下起了雨，她翻了个身，在黑夜里缓缓睁开了眼睛。她脑子里突然闪过一个念头，于是坐了起来，重新穿好衣服，将阿管也叫了起来。

“我喝了酒，不能开车，你送我去一个地方。”

“大小姐，这么晚了……”

“是，很抱歉打扰你了。”她理了理风衣的衣领，感觉到秋意有些浓了。

阿管亲自驾车把她送到了目的地，下了车，雨有些大了，她出门出得急，也忘了带雨伞。

阿管从车里拿出备用伞递给她，叶缇没接，直接把风衣套到了头上：“你回去后用吧，我就这一截路，跑进去就好了。”说着，她跑进了雨中，很快就钻进了楼道里。

寂寂的深夜，伴随着淅淅沥沥的雨声，楼道里更显安静。她乘电梯上行，走到了那间屋外。

本来是想敲门的，但又觉得时间太晚会打扰到他。犹豫片刻后，她从口袋里翻出了钥匙，直接插进锁孔里打开了门。

门里黑漆漆的，想来主人早就睡了，她换掉湿的鞋子，踩着她之前留在这里的拖鞋，轻手轻脚地摸索着到了卧室。

叶缇试了试，门竟然没锁，她不由得心跳加速起来，推开门走了进去。

卧室的窗帘没有拉，微弱的光线照进了房内，她看到了床上隆起的线条，韩非在睡觉，轮椅放在了床边。

她深吸一口气，轻轻地走过去坐到了轮椅上。

叶缇就这么呆呆地坐着，借着窗外的灯光盯着韩非双眸紧闭的脸，她突然感觉脑中的某根弦绷断了。

她像是梦呓一般，喃喃地说着叶述的失踪，说到温心语，说到自己和父亲的关系，还有邵宇峥。

她的人生突然发生变化，都是从邵宇峥出现开始。她说邵宇峥是刻意接近自己，就为了能得到父亲犯罪的证据，可是自己被骗了却还是恨不起他来。又说起温心语想要的东西，她实在不知道是什么，过去了那么久，父亲也已经入狱，难道还有什么事没有解决吗？孟南照口中的他们又是谁？她很害怕，害怕眼下平静的生活都是假象。

最后说累了，她停了下来，又望向了那张睡梦中的脸，忍不住伸出手去，想摸摸他，却在半空中顿住了。

她不敢。

“你真的不是邵宇峥吗？”

最后的尾音伴随着一声哽咽，她立刻捂住嘴，生怕自己哭出来。她转动轮椅，让自己背过身去，睁大眼睛盯着窗外，想把那点眼泪给憋回去。突然轮椅一动，她吓了一跳，人还没反应过来，就被转了回去，面对着韩非看向她的深邃眼眸。

不知道韩非是什么时候醒的，此刻的他一只手撑着上半身，一只手按在了轮椅的扶手上，将她一点点地拉近。

他没穿上衣，被子又滑了下来，整个人几乎都是赤裸的。叶缇的心脏狂跳了起来，眼看两人越来越近，她下意识捂住了嘴，这回不是怕哭出声，而是怕、怕他……

韩非依旧凝视着她，看到她的反应，不禁笑了，伸手拉下了她的手腕，倾过身子凑过去。

叶缇惊得闭上了眼，却等来了他粗糙的手指触觉，他在抚摸她的脸，用长了茧的拇指摩挲着她的眼。

“叶子，也许曾经的邵宇峥让你哭过很多次，但是现在的我，不会让你流一滴眼泪。”

叶缇睁开眼，与他四目相对，内心的震撼久久不能平息。

是的，直到这一刻她才确认，韩非是认真的，他不是迫于她的威逼利诱，也不是为了帮她解围，他是真心要和她在一起，尽管她还没有想清楚他为什么会同意，甚至在清楚地知道了邵宇峥的存在后，他依然做出了这个决定。

她反手握住了他的手，然后借力将自己的上半身倾了下去，她有点儿慌，但又觉得此时此刻，她特别想做这件事，反正从一开始也是她先主动的。她盯着他抿住的唇线，一点点地低下头去。

韩非一动不动，在和她几乎快鼻尖贴着鼻尖时，冷不丁地皱起眉：“你喝酒了？”

叶缇尴尬地停在了那里，进也不是，退也不是，只能倒吸一口气，咬牙切齿地问：“你是不是偷听了我很多话？你一直在装睡是不是？”

韩非没答话，将床边靠着的一对拐杖竖了起来：“我去给你做点吃的。”

叶缇顺杆子爬了下来，匆匆站起身，替他打开了卧室的灯。她也不敢和他再对视了，像兔子一样逃到了厨房，她打开了厨房的冰箱，然后愣住了。

“你又不会做菜，一边儿坐着去。”韩非拄着拐杖走了过来，把她挤到一旁，从冰箱里拿了番茄和鸡蛋，然后慢慢地进了厨房。

下面条的时候，韩非扭头看了看客厅，叶缇正窝在沙发里发呆。其实从她用钥匙开门进来的时候，他就已经醒了，也不知道为什么自己要装睡，听到她说了那么多的话，更不便突然醒来打断她。后来，后来听到她要哭了，他便忍不住了。

做好面，他端着送了出去，喊她：“过来吃。”

叶缇立刻滑下沙发，拖鞋都没来得及穿，光着脚就凑了过来。是一碗颜色鲜亮的番茄鸡蛋打卤面，闻到味道就让人胃口大开，她急忙拉开椅子坐了下来。她今晚吃得不多，光顾着喝酒了，现在正饿得前胸贴后背。她吃得专心投入，忽然一条毛巾落到了她头上，遮住了她的视线。她伸手想拽，一只大手随后按了下来，拿着毛巾替她擦着头发。

“你没带伞？”他的语气里有点儿责备。

叶缇心虚，点了点头：“走得太急，忘了，司机送我来的，没怎么淋雨。”

韩非没再追究，一边让她赶快吃面，一边轻轻揉着她的发丝。大概是吃了热的东西，所以叶缇才觉得身体都开始发热，他离得那么近，尽管身上已经套上了T恤，可她还是觉得他跟没穿似的，月色中，他半裸的样子实在是太惹人遐想了。

半裸？

她突然停下了筷子，都怪自己“色欲熏心”，之前想方设法让他一脱干净，现在他真的脱了，她却忘记了去检查他的身体！刚刚的机会多难得，他正好袒露着胸口，如果自己留点心，一定可以看到那里有没有什么异常！

可回忆起刚才那幕，她的脸又红了。

韩非略一用力：“想什么呢？”

她吃痛地夺过毛巾："我自己擦！"

韩非沉默了一会儿，抬头看了眼钟："三点了，回去未必还有出租车，我试着叫一辆看看。"

他掏出手机点开了叫车软件，叶缇急忙抢了过来："我不走。"

他挑起眉。

"这么晚了，你还赶我回家，是不是太狠心了？"

"我送你回去。"

"韩非！你是不是男人！"

韩非笑了："我是哪一点引起了你的怀疑？"

叶缇憋坏了，她实在摸不清他的套路，深更半夜，孤男寡女，正常的逻辑不应该是干柴烈火吗？他怎么反倒避之不及？

"反正我不走，我困了，我现在就要睡了，你家沙发挺舒服的。"说着，她就推开碗，自顾自地走到沙发旁，一猫腰趴了上去。

过了一会儿，叶缇偷偷抬头瞄了一眼韩非，他还坐在餐桌旁，正看着她若有所思。两人视线对上，她立刻低下头，抱着大熊盖住了自己。

韩非缴械投降了："你去卧室吧。"

她不动，装死。

"你知道我弄不动你的，你去卧室，我睡沙发。"

她慢慢钻出脑袋来："真的？"

那一副小人得志的表情太欠揍，韩非没理她，收拾了碗回到厨房里。再出来时，客厅里哪有叶缇的身影，倒是沙发上摆好了枕头和被子，而卧室的门，已经紧紧锁上了。

雨下得很温柔，不紧不慢，宛如情人的呢喃。叶缇拥着薄被一动不动地蜷在床上，韩非的气味还在，大概是因为常用熏香，所以床品上也染了一些沉香的味道，她一点儿也不介意，反倒是很喜欢，深深地嗅了几口。

再次醒来时，已经天光大亮，手机铃声正不断地响着。

她看了眼时间，没想到自己现在的睡眠质量提高了这么多，几乎中途都没醒过。她接通电话，阿翘语无伦次地说：“小少爷！大小姐，小少爷回来了！”

她立刻从床上跳了下来，也忘记自己身处何处，顶着一头乱发就冲出了房间，下一秒，她停在了门口。韩非已经起来了。他洗了澡，头发还滴着水，上身套着一件深灰色的V领针织衫，下面穿着条浅色的运动长裤，尽管还拄着拐杖，但整个人却神清气爽。反观自己，刚起床可能还一脸的油光，头发也乱如鸡窝，关键是身上的真丝衬衫已经被睡得皱巴巴的，别提多邋遢。

韩非扫了她一眼：“快去刷牙洗脸，早饭一会儿就好。”

她捂住了嘴：“我不吃了，叶述回来了。”

其实两人离得挺远，她捂嘴的动作有点夸张了，可她生怕自己不那么清新的口气会有损形象，不过当她立在洗手台前时，她才发现自己的形象已经完全崩塌了。她沮丧地洗了个澡，又想给自己的头发吹了个造型，可那身上那件真丝衬衫皱巴巴的已经挽救不了了。她走出洗手间，径直到衣架旁取下自己的风衣套上身，把衬衫裹了个严严实实。

韩非已经打包好三明治，又递给了她一盒牛奶：“要我陪你去吗？”

“不用不用。”她连忙拒绝，怕自己到时候更不好解释了。

回到叶宅，幸好大家的关注点都在失而复返的叶述身上，并没人留意到她一天未换的衣服，以及风衣里藏着的那件皱巴巴的衬衫。她换了鞋匆匆走进客厅，那个小鬼头正举着什么绕着茶几一阵疯跑，她有些生气，却还是掩不住心疼地喊他：“小述？”

叶述回过头，献宝一样地把手里的玩具捧给她看：“姐姐你看，这是妈妈给我买的飞机，我就说妈妈回来了吧，你们还不相信我呢，她还陪我在游乐场玩了一整天！”

叶缇低头看了看那架仿真飞机，幽幽地问：“那你妈妈人呢？”

“妈妈说她还有很重要的事要做，过几天再回来看我！”小家伙高兴地说，举着飞机，开心地又跑开了。

叶缇看着他的背影，沉思片刻，走到沙发边上，坐在了孟南照的身边：“她怎么愿意放人的？”

孟南照的目光也紧紧跟随着叶述，闻言，只是轻声地回答：“温心语到底是小述的亲生母亲，她不会对小述怎么样的。我们找到她的时候，她带着小述住在小旅馆里，环境很差，她似乎真的没什么钱了。这次突然回来，她不就是为了钱？我给了令她满意的一笔钱，还承诺帮她在国外安顿好一切，她同意了这个交易，这才把叶述交给我。”

“就这么简单？”叶缇有些难以置信，想到什么，她又问，“她跟我说过有人托她帮忙，这件事就不了了之了？她说的那个人又是谁？”

孟南照侧过头来，伸手揉了揉她的头发，语气轻柔，仿佛在抚慰：“她是骗你的，只是找了个借口来谈个好价钱，根本就没有那个所谓的重要东西，她知道你找不出来，所以她才有机会抬价。我本来也觉得奇怪，可再盘问，也的确问不出什么线索了。叶子，你放心，不管以后还会发生什么事情，有我在，一切都交给我处理。”

他的表情郑重而严肃，仿佛在许下什么诺言，叶缇动了动嘴唇，没有接下去。

这时门铃响起，她回过神来，望向门口，阿翘正迎了访客进来：“是郑小姐。”

是郑西河，之前见过一次，阿翘已经记住了。叶缇有些惊讶，连忙站起身来：“你怎么会来？”

郑西河瞥见沙发一旁的孟南照，只淡淡扫了一眼，便当没看见似的，笑嘻嘻地走向叶缇：“我家老板命我送东西来，我想着肯定是你昨晚落下的。”她说着，从背着的双肩包里掏出了一个小纸袋，捋整齐了，双手交还到叶缇手中。

叶缇压根没有任何印象，好奇地打开。刚把里面的物品拎出来，她就傻眼了。那是一个丝带扣领结，真丝的，正是她身上那件衬衫上的配饰，可能晚上睡觉的时候掉在了床上，起床时也压根没有留意到。

她脸上一热，本能地想把它塞回去，可郑西河已经眼疾手快地接了过去，眉眼一弯，笑了："我给你系回去吧。"

说着，她已经用手拨开了叶缇的风衣衣领，领口敞开，那件皱巴巴的真丝衬衫也随之露了出来。叶缇手脚僵硬，听到了背后孟南照走过来的脚步声，她一动不动，由着郑西河将领结重新系好。

孟南照冷不丁开口了："昨晚落在哪儿了？"

叶缇还没想好怎么回答，郑西河倒心直口快地帮她答了："我老板家呀。"

孟南照目光犀利地扫过去，冷笑："你老板？"

郑西河置若罔闻，忽地想起什么，又看向叶缇："对了老板娘，我还把上次要送你的小礼物带来了，是个小酒杯子，老板跟你提过吧？"

她翻出一个木盒子，小心翼翼地打开，那是一个青铜的小酒杯，看起来有些年头了。刚呈到叶缇面前，一旁的孟南照又冷哼了一声："老板娘？"

"南照……"叶缇想要跟孟南照解释。

可有些不悦的却是郑西河："老板娘，你家是不是有苍蝇？好烦啊。东西我都送到了，我就先回去了，有什么事你直接找我家老板就好了。"她提起双肩包背 到身后，眼角的余光又瞥了瞥一脸冰冷的孟大少爷，努了努嘴，扭头哼着曲儿离开了。

叶缇收好酒杯子，转身交给阿翘收好，刚想松一口气，却听到了孟南照发哑的声音："叶子……"

她抬起头看着他，对视好久，才努力让自己勾了勾嘴角："不是你想的那样，我只是借住了一晚。"

"我不是娱记，叶子，你不用想方设法敷衍我。"

“……”

孟南照又像是想到了什么，自嘲地笑了出来：“罢了，你们之间的事，我没有资格过问。”

“南照……”

她想多解释几句，却什么都说不出口。

孟南照很快恢复了镇定，目光投向趴在地毯上玩飞机的叶述，说道：“叶述安全回来，你也不用再担心了。周六有一场舞会，请柬我已经放在茶几上，到时候别忘了参加。”

“舞会？”

他抬起漆黑的眼眸：“是要携伴侣的，你可以邀上韩非。”

韩非腿脚不便，又如何参加舞会。

叶缇下意识抿住唇，即便心中有些不悦，也并没有去追究他的用意。

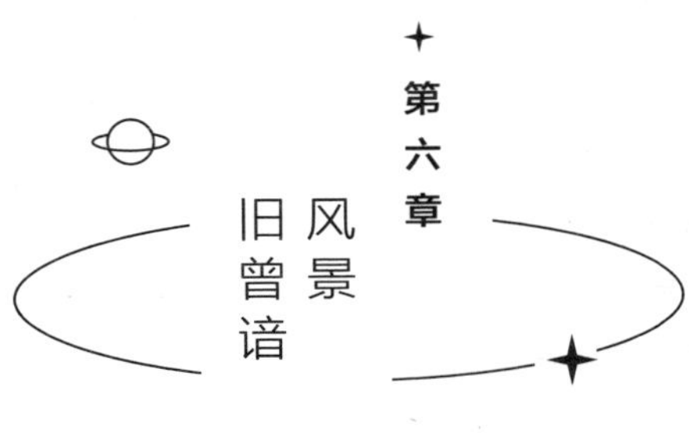

第六章 风景旧曾谙

Which
Star —— Are You

谁也没有料到，就是这场原本故意令人难堪的舞会，却成了韩非与叶缇的一场惊艳盛宴。

原本，这种觥筹交错、衣香鬓影的场合，叶缇已经习以为常。男人们高谈论阔，女人们争奇斗艳，其实，毫无趣味。舞池中灯光闪烁，裙角蹁跹，她默默收回视线，从服务员手中取过两杯香槟，掉头朝着人群外走去。

韩非正坐在那里等着她。

他难得穿得正式，衬衫西装，领口还系着一个银色的领结，是用来和她那一袭银色的珠片长裙搭配的。

她递了一杯香槟过去，问："无聊吗？"

他摇摇头："挺有趣。"

"很快你就会觉得无聊了。"

她喝了一口香槟，想到平时的自己，在这种场合，她往往都是流连于五颜六色的美酒之中。不过这一次，她难得没有沉醉在美酒之中，反倒是守在韩非身边，一边聊着天，一边小口地啜饮。酒这种东西，大口喝是畅快，小口喝是情怀。

不远处的孟烟鹂恰好看到了人群之外的叶缇，忙拉着江捍东一起朝着他们走来。叶缇听到声音，捏着酒杯回过头。孟烟鹂穿着一袭私人定制的水绿色长裙，裙摆摇曳，身姿曼妙，她向来温婉清丽，这清新脱俗的颜色更是锦上添花，让她相当惹人注目。

然而，当叶缇看到孟烟鹂身边的江捍东时，原本扬起的嘴角，瞬间僵了几秒。

"叶子，你没有和南照一起？"

"我有男伴，"叶缇斜斜倚着轮椅靠背，语气轻松地说，"忘了介绍，这是韩非，这是烟鹂姐。"

孟烟鹂这才留意到一旁矮坐在轮椅上的韩非，略有些尴尬，朝他抱歉地笑了下。她是第一次亲眼看见这个新闻中的男主角，除了腿脚不便之外，他的样貌和气质，其实并不比南照差，甚至更因为身体的特殊，多出了一种异于常人的坚韧和落拓。可是，南照是她弟弟，她总是偏心的。

可是南照呢？她还一直没看到他。这一次，叶缇没有做他的女伴，那他会带谁出席？

她有些担忧起来，寒暄几句，便和江捍东转身离开。

叶缇终于觉得周围的空气恢复了清新。她坐了回去，将韩非没有喝的香槟挪到自己面前，光明正大地喝了一口，然后跟他说起孟烟鹂。就在这时，江捍东半途折返了。

她蓦地站了起来："你怎么回来了？"

"好久不见了，叶子不愿意与我聊天？"

"烟鹂姐呢？"

江捍东挑了挑眉，道："遇到了几位姐妹，她们的话题，我参与不进去。"

叶缇毫不客气："我同你，也没有什么共同的话题。"

"我是来找韩先生的。"

他说着，举着酒杯朝韩非身边走去。叶缇想拦，却听到他已经开了口："韩先生，久仰大名。"

韩非微笑着："不是我们第一次碰面了，江先生。"

江捍东思索了一下，恍然大悟："哈，是，上次在莱茵阁。上次叶子还在追你，没想到这么快你们就确认关系了。"

"是我耽误了，要不然更快一些的。"

江捍东挑眉多看了他几眼，觉得有点儿意思了。

"我听烟鹂提过，韩先生现在是被聘为玉叶的玉石顾问了对吧？我刚好对这方面有些兴趣，所以想找个机会和韩先生好好聊聊。"

韩非静候下文，就连叶缇也觉得稀奇起来。

"我们孟叶两家合作多年，这次给玉叶供货的那个腾冲人恰好我也认识，你们不是要亲自去腾冲验货吗？我是打算凑个热闹，去找找好货自己玩儿。”

叶缇阴下脸来，公司的事她向来不对旁人说，显然又是孟南照透露了消息出去。她下意识地拒绝，脱口而出两个字：“不行！”

江捍东笑了：“叶子对我还有这么大意见吗？你们好几个人同行，多我一个也不算多，我不会添乱的。何况，韩先生在，你还怕我欺负你？”

韩非也笑了：“是，江总又怎么会为难一个女孩子呢。”

“你看，还是韩先生善解人意。”

“江总也只是和我们顺路罢了，多个人多个照应，何况江总也认识那个供货商，说不定还能帮得上忙。”

叶缇冷着脸，僵持着，江捍东朝她摇了摇杯子，用一贯的风流劲儿哄着：“小叶子，还生我气呢？看在韩先生的分上，就带上我吧？来，我敬你一杯，望您大人有大量，成全了我这次行吗？”

叶缇不动，江捍东再接再厉，回头看到乐团正奏响了新的曲子，赶紧把酒杯搁置一旁，躬身来到她的面前，一只手放背后，一只手伸出相邀：“我记得这首曲子是叶子你喜欢的，不如赏脸跳一支舞吧？”

舞池中已经滑入了几对，叶缇瞥了一眼，看到了对面站在甜品台旁边的孟烟鹂。孟烟鹂也看到了叶缇，两人相视一笑。

“你去请烟鹂姐跳吧。”说着，她站起身，略略整理了一下裙摆，然后走到了韩非的面前，学着江捍东的动作，一手放背后，一手掌心朝上伸到了他的面前：“韩先生，赏脸跳一支舞吧？”

吃了闭门羹的江捍东抬了抬金丝边眼镜，轻笑一声：“你可在为难韩先生了。”

韩非轻快地回答：“不为难。”他笑着握住了叶缇的手，还将她滑落到脸庞的发丝拨回了耳后。叶缇顿时忘记了身边碍眼的第三者，两眼直直地看着韩非，只听到他问：“你看过电影《纵横四海》吗？周润发坐着轮椅，和钟楚红来了一段惊艳的轮椅之舞。”

“啊，我知道！”叶缇的眼眸中闪烁着光。

韩非忍俊不禁：“我技术可没那么好，你得带着我。”

叶缇反握住他的手，笑着将他拉进了舞池。叶缇的银色长裙，宛若夜空中的一弯银月，她仿佛人间精灵，伸着纤长的脖颈，扭动着腰肢，钻石耳坠随着她的动作都快要飞出去，在灯光的映照下，仿佛星辉斑斓。她翩跹起舞时，韩非就在一旁转动着轮椅配合，她舞回来与他携手时，便是简单的进退舞步，踩着一样的节奏，你进我退，你退我进，互相追逐，缠绵缱绻。

当晚，各大门户网站和社交平台，全被二人这段轮椅之舞的照片刷屏了。

一时，新闻满天飞，梧桐巷的小小店铺里，郑西河正托着腮帮子坐在电脑前刷着网页，憋不住笑出了一脸桃花红，而一旁的正主倒置身事外，手持着一把镀银如意灰压，专注地打着香篆。全手工甜白釉炉里那层薄薄的香灰，正在被韩非细细地压平整。置香篆，敷香粉，正主倒挺沉得住气，还在一丝不苟地理着香粉。郑西河瞥了他一眼，也没敢发出别的动静了，关键的启篆，她可不敢坏了事儿。韩非轻轻地打拓，拎起香篆的那一刻，郑西河咧嘴笑了，香炉里留下一朵莲花，完整连缀，赏心悦目。

“老板，快点。”她小声提醒，顺便猛地吸了一口气，仿佛已经闻到了檀香的香气。

韩非放下工具，拿起点香器点燃一端，一缕白烟从香炉顶端缓缓升起，盘旋着扩散开来。这时，门帘被掀开了，新闻中的另一个正主突然出现，打破了这一室的宁静。

一身风衣牛仔裤和麂皮短靴，头发也干净地扎在脑后，露出一张素净的脸，语气也是轻快的：“韩非，我们走吧。”

郑西河这才瞥到她身后拖着的行李箱，不由得瞪圆了眼睛，走？私奔吗？

郑西河正激动着，韩非却已经绕了出来，嘴角勾起，声音里带着笑意：“去哪里？”

"出差，我已经帮你收拾好行李了。"

他家的钥匙她是有的，一大早就自作主张跑去收拾好了他的洗漱用品和衣物，也不管齐不齐全。

韩非看着自己的行李箱，有些啼笑皆非，这大小姐做事向来"肆意妄为"。他低头看了看自己沾了香灰的手，道："我去洗个手，等我。"

再从内室出来时，他已经穿戴整齐，将钥匙扔给了一旁默默旁观的郑西河："临时出差，我家冰箱里应该还有牛奶和三明治，麻烦帮我扔掉，记得顺便帮我浇浇花，店里就交给你了。"说着，他潇洒转身，朝着叶缇而去。

司机等在了门外，行李箱也装进了后备厢，后来塞轮椅的时候困难了点，空间不太够用，韩非坐在后座，抱歉一笑："带我出差，实在添了很多麻烦。"

车子一路开往机场，司机帮他俩换了登机牌，叶缇买了咖啡走回来，一杯递给韩非，一杯自己慢慢地吹气。韩非举了举手里的登机牌，问："其他人呢？"

叶缇尝试着喝了一口，烫，倒吸了一口气回答："我们俩提前去。"

韩非挑眉，拨弄着多出来的两张："不是去腾冲？怎么到了昆明又去迪庆？"

叶缇回眸，嫣然一笑："来一场说走就走的旅行。"

任性！

三个小时的飞行，飞机抵达昆明，转机到迪庆，也不过一个小时。原本一路上还雀跃不已的叶缇，突然就安静了起来。迪庆的机场很小，飞机落地，就看到了窗外连绵的高山，云雾缭绕，还没下飞机，似乎就感觉到了清冽的气息。

乘客都下得差不多了，她还没有动静，韩非提醒，她才恍然回神，起身时又撞到行李架，吃痛地捂住了脑门。她神思不定，一路默默地推着行李箱，韩非转动着轮椅陪在身边，自然也保持着缄默。出了机场，她定住，深深地吸了一口气，眼睛里似乎蒙上了一层雾气。她扭头深深地看了一眼韩非，然后慢慢地扬起了嘴角。

风从她的背后吹过来，撩起她耳边的碎发，韩非低低问："冷吗？"

其实有点儿冷，她裸露的脖子上起了一层鸡皮疙瘩，可还是摇了摇头："不冷，我激动。"

韩非没追问她为什么激动，她又自说自话地蹦了几下："工作这么久，终于能出来玩会儿了！"说着，她转身面向了不远处的连绵高山，举起手臂，大喊了一声，"香格里拉，我回来啦！"

出租车载着二人前往独克宗古城，司机师傅操着一口极不普通的普通话，说着古城灾后重建的事，叶缇一直认真地听着。她一直想着有机会要回来一次，拖着拖着，就看到了新闻，一场大火烧掉了古城。本以为这是上天的旨意，让她放下，让她走出来，可是你看，两年后，重建后的古城照常开放，也依旧美丽。

她不愿放下。

车子停在了古城外，便不能再开进去，旅店的老板提前等着，眼疾手快地接过司机卸下来的行李箱。叶缇扶着韩非下了车，将拐杖交到了他手上，老板见了，不免多看了几眼，叶缇蹙眉瞅着他："能帮忙搬下轮椅吗？行李箱我自己来拿。"

此时是香格里拉的淡季，古城里游客也少，何况又近傍晚，天黑得早，路上的人更少。叶缇艰难地提着行李箱，看着周围并不陌生的环境，一股惆怅涌上心头。她走得慢，韩非当然走得也慢，他跟在她身边，蓦地问："为什么来这里？"

叶缇停住脚步，突然反问："你的店为什么叫香格里拉？"

韩非沉默，还没来得及回答，她已经做出了解释："五年前，我来过这里，想再来看看。"

旅店的门头很小，起名“驿站”，踏进去，一只不知什么品种的小狗摇着尾巴凑了上来。年轻的老板笑着说：“它叫高粱，以后你们想去哪儿，它能领着你们去。”

叶缇跟高粱打了个招呼，在柜台前放下了行李箱，一边等着登记入住，一边环顾着旅馆。当年她住的是五星级的酒店，没住过这种特色的小旅馆，所以现在看着有些新鲜。一楼是公共区域，她看到有一对小情侣正依偎在一起看电视剧，中间正烧着炭火，发出“刺啦刺啦”的响声。二楼是个环形的设计，正好围绕着楼下的这片公共区，楼梯和栏杆边上都插着风马旗。窗外，是一座高达二十余米的巨型转经筒，转经筒上的灯点燃了，远远看去，黄灿灿的格外引人注目。

她的脑子里突然就响起了自己的声音：“请问龟山公园怎么走？”

接着是一个男人的声音：“你是要去看转经筒吗？”

是的，我要去看巨型转经筒，没想到遇到了世界上唯一的你。

她垂下眼眸，半晌才发现年轻的旅店老板叫了她好几声，老板将二人的身份证还到她手上。她低下头，又看了眼韩非的身份证，多瞥了几眼，最后还是物归原主。

老板帮忙把行李箱和轮椅送到了楼上，她跟着也先上了楼，韩非落在最后。等到了房间门口，他停住了，靠在门边，看着老板跟叶缇交代嘱咐，等老板下楼离开后，他才重新竖起拐杖，作势也要走。

叶缇刚好走进门，见他没跟着，回头说：“进来呀？”

韩非看着她：“你故意的？”

她故作不解：“什么？”

韩非扫了一圈房间，用眼神做了回答。

叶缇装作恍然大悟，走进去，指了指两张并排的榻榻米：“标间嘛，两张床啊，你怕什么。”

韩非深深看了她一眼，思量片刻，索性沉着地跟了进去。

窗帘拉开，正好又看到了那座巨大的转经筒，还有隐隐约约的乐声。她回过头，从床上拿起自己的斜挎包，道："走，我们去找点儿吃的。"

韩非正在收拾行李，闻言，抬起头来："我们在这儿待几天？"

"看心情。"

叶缇背上包，转身往外走，韩非唤住："温差大，你带件衣服。"

她没听，"咚咚咚"地跑下了楼。

等韩非翻出一条她带的披肩赶下楼时，她正乖乖地坐在公共区域的炉火旁等着，手里捏着一本画册，一边翻，一边往楼上瞅两眼。二人视线刚好对上，她笑着站起来："我好饿，你快点。"

嘴上嫌弃着他慢，出了门，却又耐心地跟在他身边。

"要去看转经筒吗？"韩非突然问。

叶缇猛地停下脚步，深深地看了几眼身边的男人，他神色从容，目光冷静，临街店家的灯光正好照在了他的脸上，勾勒出柔和的线条。她抿了抿嘴，笑了："太饿了，先去吃饭吧。"

很快，叶缇就把那样微妙的心思抛开，一路上像个导游一样跟韩非介绍着，说到兴奋处，她突然停了下来。韩非扭头看她，她回过身四处打量着："你有没有感觉有人跟着我们？"

他拧起眉，也环顾了一圈，这条小巷里只有他们二人，就连街边的小店都安安静静的，除了音乐，没有别的声响。

"走吧，不是饿了吗？别胡思乱想。"他扳正她的脑袋，示意她往前走。

叶缇却不乐意："喂，我好歹还算是个明星，虽然过气了，但未必不会有狗仔对我感兴趣。"

韩非失笑："也未必是狗仔，也许是绑架犯？"

叶缇顿住，表情僵硬地看着他："我真的被绑架过。"

还是在五年前，她被绑票，是邵宇峥豁出命去救回了她。

她眼睛里的光亮了，随即又暗了下去，韩非用力扯了扯她即将滑下去的披肩，口吻相当严肃：“你还吃不吃饭了？”

叶缇选了一家玻璃窗上写着腊排骨火锅的店，天气冷，吃点儿“咕嘟咕嘟”的火锅正合适。老板是个中年的汉子，有些羞涩，把菜单交给他们便匆匆走了。叶缇向来对钱没概念，勾菜单的时候相当豪迈，幸好被韩非适时制止，这才收势合上了菜单。韩非吃得少，他简单地挑了些菜，就着一碗白米饭慢慢地吃，吃好了便看着她吃。叶缇点了青稞酒，喝得有些多，屋子里暖融融的，玻璃窗上蒙着一层雾气，时不时“啪嗒”一声滑下来一颗水滴，像眼泪似的。

她趴在桌子上，头枕着手臂，看着锅里冒着的热气，隔着那团热气对对面的人说：“那天我是在这里拍戏，休息的时候想去看看那个转经筒，结果迷路了，路边突然有人开了门，捂着我的口鼻将我绑了进去，我以为是遇到坏人了，其实是他认错人了。我就问他龟山公园怎么走，他说你是要去看转经筒吗……”

韩非正色望着她：“你怎么知道他不是坏人？”

叶缇抬起头来，因为喝过酒，又因为室温高，她的脸红扑扑的：“因为他是邵宇峥。”

韩非没再回答，继续听她喃喃地说着话：“都说香格里拉是一场梦，我也这么觉得，天上人间嘛，我也跟着做了一场梦。后来，这里一场大火烧掉了所有，我也以为烧掉了我的回忆，原来没有，看，都可以再重现的。”

韩非伸出手，盖住了她的酒杯：“好了，你喝多了。”

叶缇借着酒劲，一路装疯卖傻，回去的路上一会儿高声唱歌，一会儿背起台词，还非拉着韩非跟她对戏。韩非知道她酒量好，但她心情不好，索性也由着她去，她让他说什么，他就应付着说什么，惹得过往的游客纷纷侧目。她很放松，他仍保持警惕，每个路过的人，他都留心多看了几眼。

在旅馆前的巷子口，叶缇瞥见了一个卖橘子大娘，她停住脚步，手一指：“我要吃橘子。”

韩非拿下巴点了下："去买。"

"你买。"

"我买，"他无奈，"你去挑。"

叶缇蹲下去，认真地挑拣起来，路灯正好笼罩在她身上，融融的一层黄光。韩非靠在一边等着，忍不住摸口袋，摸了半天，有烟，没火机，在机场给扔垃圾桶了。他环顾四周，这边不是古镇中心，人少了很多，店铺关门也早，不过就要到旅店门口了，等会儿去找老板借个火吧。他把烟塞了回去，掏了钱夹出来，付款，拉着叶缇走人。

公共区域正好没人，叶缇拎着橘子坐到了火炉旁，踢掉了麂皮靴子，盘腿坐到软垫子上。炉火"刺啦刺啦"地响着，她换了个舒服的坐姿，掏出橘子剥皮，一阵清香弥漫开来。橘子很新鲜，汁水很多，但一口咬下去……她皱起了脸："酸！"

韩非从她手上拿过一瓣塞进嘴里，嗯，是酸。

"我要去找大娘算账，她跟我说保证甜的。"说着，她便利落地穿好了鞋，起身往外走，这时门外走进来一对年轻男女，是来住宿的。叶缇脚步一停，便被韩非顺势拎了回去。

"你要怎么算账？"他问。

她把那袋橘子往垫子上一扔："她说不甜不要钱。"

韩非笑出了声："你不是说你不差钱吗？"

"这不是钱的问题，我们生意人，讲究的是诚信！"

他脱口而出："无奸不商。"

叶缇瞪圆了眼睛，想再辩几句，却被他塞了一瓣温热的橘子堵住了嘴。刚才争辩的时候，他顺手掏了个橘子搁在火炉边上，这时橘子热了，倒是暖烘烘的，好像也没有之前那么酸了。叶缇被点醒，准备多烫几个，不小心扯到了塑料袋，橘子滚落到地上。她低头一个一个捡起来，重新坐直身子，正好是背对着韩非的姿势。她把橘子重新放进袋子里，手里还剩最后一个，这时她感觉到背后有人靠近，韩非的手臂从身后绕过来想拿她手里的橘子，她一回头，没料到他已经靠得那么近了。他目光灼灼地盯着她，眼睛里仿佛有炉火在烧，在空气里“噼里啪啦”地炸出了一连串火花。

叶缇已经不记得是自己先鬼使神差地凑了上去，还是韩非先低下了头，当嘴唇相贴时，她只觉得自己像是火炉上的那个橘子，被烧得温热而滚烫。胸闷气短，呼吸艰难，突然，一股更加滚烫的热流淌过，伴随而至的是浓烈的血腥气味，叶缇伸手一抹鼻子，指间都是血。她脑袋里开始“嗡嗡”作响：完了，太丢人了，她怎么流鼻血了！

韩非眼疾手快地从桌子上拽了纸巾捂住她的鼻子：“上楼去，别乱动，先躺着。”

她捂着鼻子匆匆往楼上跑，正好撞见刚刚办理入住的那对情侣，他们仿佛也看到了刚才那一幕，此时的表情似笑非笑，大概也是在忍着。她低下头，一溜烟儿上了二楼。韩非取过拐杖，缓缓地站起了身，他看着叶缇的身影进了房间，这才收回视线，落在了正在往二楼走的那对情侣身上，慢慢眯起了眼睛。

房间里没有空调，柜子里只有多出来的两床薄被，等韩非回来时，就看到叶缇正裹着两床被子躺在榻榻米上昏睡着。她鼻子里塞着纸巾，两颊通红，眉头也因为不适而紧紧地皱在一起。他走过去，把拐杖靠到一旁，轻轻地叫她：“叶缇？”

她没动静，他只好伸手拍了拍她的脸，她难受地哼了一声，像是醉酒，又像是高烧。

他干脆将她拽了起来，用力在她手臂上掐了下。叶缇吃痛，艰难地睁开了眼，看到是他，含糊地问：“你回来了啊？”

韩非递过去一个小瓶盖，盖子里是两粒白色的药丸：“先把药吃了，吃了再睡。”

“什么药？”她倒还挺警惕。

“你有点高反，如果吃药不管用，还得送你去卫生所打点滴吸氧。”

她想了想，难怪自己流鼻血，这样一来也不算太丢脸。不过这么想着，叶缇的脑子又清醒了几分，但她忆起那个短暂的吻，身上又热了起来。韩非起身去倒水，哪里看得到她脸上的千变万化，等慢慢挪回来时，却瞧见她的眼睛正熠熠发光，像嗅到了猎物气味的猛兽，按捺不住兴奋和跃跃欲试。

“吃药。”他把杯子搁到榻榻米边的地上。

她垂下眼眸，乖乖地把药丸送进嘴里，伸手去拿杯子，才喝了一两口，却突然手滑，杯子摔落下来，没碎，但热水泼了一床，床单湿了。她抬起头，一脸懵地看着韩非，无辜的样子还真让人发不了火。

“床单湿了……”她说。

韩非盯着她，半晌才应：“我去让老板给你换个床单。”

她立刻掀起床单，用手指戳了戳床垫：“床垫也湿了。”

韩非又扫了一眼她故作无辜的脸，举手投降：“你睡我那张。”

“那多麻烦，挤一挤就是了。”

话音才落，她的笑就憋不住了，咧嘴笑了几秒，又瞬间收住，迅速跳到另一张榻榻米，抓起被子蒙住自己：“有点恶心，先睡了。”

呵，她还知道恶心。

等他洗漱完毕，检查好门窗，朝着那张湿了床单的榻榻米走去的时候，另一边的叶缇突然坐了起来，拍了拍身边留出的空位，一脸道貌岸然：“上来啊。”

韩非看着她，隐隐觉得太阳穴有些疼。

两人面面相觑，叶缇重新躺了回去，还往旁边让了让，留出了更多空间。

“假如我高反晕过去了，你离得近，能第一时间发现。”她嘀咕着，觉得自己找的这个理由挺合理。

韩非站了好一会儿，然后默默地去关了灯，摸着床沿躺了下来。叶缇伸手去探，他隔得还挺远，探了半天，探到了他的手腕。

“睡觉。”他从鼻子里哼出俩字，身体动也没动。

叶缇摸到了他腕间的佛珠，好奇地捻了捻，问：“一共有多少颗啊？”

韩非没搭理她，双眸紧闭。

叶缇便自顾自地数了起来。

他只以为她一时兴起，没想到竟坚持数了好久，温热的手指时不时地触碰到他腕间的皮肤，让他一阵心烦气躁，猛地抽回了手臂。

叶缇突然被打断，愣了：“我刚数到多少了？”

他用手臂撑住，翻过身来面对着她。黑暗中，视野并不是很清晰，但通过气息，他能感觉到她近在咫尺。他浑身紧绷，声音却故作轻松：“一百零八颗，一共一百零八颗。”

叶缇感觉到他翻了身，也能感觉到他说话的气息。他离自己很近，幸好没有开灯，她才敢贪婪地看着他模糊的脸庞。那么像的一张脸，眉毛、眼睛、鼻子、嘴巴，她靠着记忆去回想，手慢慢地往前伸去，触碰到了他的胸口。

他一惊，肌肉一紧，她的手指也跟着一抖，蜷回去，又慢慢伸展开来。

他穿的是背心，但关了灯，什么都看不到。她大了胆子，用指尖轻轻地划过他的皮肤，他迅速捉住了她的手，声音低哑：“你在干什么？”

“为了长远打算，先试试你那方面的能力。”

韩非哑口无言，半晌才将她的手扔了回去：“不劳你费心。”

叶缇本来就是故意要流氓，想遮掩自己的尴尬，没料到他回了这么一句话，登时来了点精神：“真的啊？腿脚不碍事儿啊？”

他正面躺着，两眼盯着天花板，沉着气，本打算装聋作哑，却没想到她小人得志地追问了一句：“你试过？”

高高扬起的尾音还没落下，叶缇就感觉到身边的床榻一阵晃动，黑暗里，压根看不到他是如何迅速翻身的。叶缇只感觉韩非的双腿分跨在了她身体两侧，他的上身下倾，气息喷到了她的脸上，低低的嗓音里带着点嘶哑：“你真的要试？”

他只有一条腿撑着，所以两人的下半身贴得特别近，她压根不敢动，怕不小心碰到了不该碰的地方，那种小心翼翼，令她整颗心脏都提了起来，浑身冒出一层鸡皮疙瘩，就连脚趾都蜷缩了起来。原本还要流氓的她，反倒被他将了一军。叶缇两手紧紧地攥着被角，恨不得立刻高原反应昏厥过去。

夜色里，韩非缓缓勾起了嘴角，嘴里吐出一句“活该”，遂翻身回去，将被子整了整，也替她掖好了被子。叶缇保持着紧攥被角的姿势，直到睡意来袭。

那晚，她居然睡了个好觉，还是个非常奇怪的梦。她梦到自己变成了一条美人鱼，没有腿，只有一条巨大的尾巴。韩非好手好脚地立在岸边，见她浮在水面，伸手一提，把她提了起来。她摇摆着巨大的尾巴坐在他的身边，有些兴奋，睁着眼睛看着他低下头，然后轻轻咬住了她的下嘴唇。

为什么只咬住了下嘴唇?

洗脸的时候，她盯住镜子里的自己，顿时瞪大了眼睛。也不知道是虫子咬的，还是上火的缘故，她的下嘴唇上肿了一个巨大的包，嫣红嫣红的，连口红都省了。

高粱懒洋洋地躺在一楼的炉火旁，客人都出门了，老板也在柜台后面玩手机，就剩它一只狗，无聊得眯着眼睛打盹儿。突然二楼楼梯有了动静，它不乐意地睁开眼，看到昨天才入住的那位女客“咚咚咚”地下楼了。好家伙，这防风措施做得真好，墨镜口罩，整张脸遮得严严实实的。

过了一会儿，楼梯上又发出“咚——咚——”的声音，节奏有点慢，它又望了一眼，是那个四条腿的男人，也是奇怪，他昨天还绷着脸，今天倒仿佛心情不错，嘴角噙着笑，看来昨晚没干好事。

应该不会让自己领路吧，它想着，垂下头去。

叶缇本已经走到门口，突然想到什么，绕到了公共区域的炉火边，看到昨晚的橘子还在这，她伸手抓了两个塞进包里。准备走时，瞥见了高粱，友好地打了个招呼：“早上好啊。”

高粱半掀了掀眼皮，算作回应了。

都是大爷。

叶缇白了它一眼，扭头看到韩非跟下来了，便顺手把那袋橘子都给提上了，交到他手上：“帮我提吧，路上吃。”

“不是酸吗？”

她拉了拉口罩，声音含糊：“也不是特别酸。”

这一次，她熟门熟路地把韩非领到了龟山公园，一路上行，就到了转经筒前。这巨大的转经筒，筒身上全是浮雕图案，上端是四大菩萨，下端是佛家的八宝图，筒内还藏有经咒、六字真言和多种佛宝，转经筒总重约六十吨，要转动它，得费不少力气。眼下已经有不少游客加入了队伍，十几个人合力，推着转经筒缓慢地转动。

韩非看向她：“你不去祈个福？”

她一路走过来，身上已经微微出了汗，愣了会而，便摘下了披肩和墨镜，全塞进包里，堆在了韩非的脚边。她走上前，伸手触摸到了冰凉的筒壁，想了想，又摘下口罩放进了口袋中。身边有游客在互相交谈，据说转满三圈，就可以消灾祈福，吉祥如意。她在心里念着，三圈，转三圈。

不远处的韩非静静地看着她，她不像别的游客，会对着镜头凹造型，脸上堆砌着夸张的笑容。她不笑，一点表情都没有，甚至有些严肃，头微微垂着，额头上因为认真用力出了一层汗。一头黑发用簪子简单地盘起，额前的碎发落了下来，迎着风拂动着。韩非心中一动，从裤兜里掏出手机，按下了拍摄键。

就在这时，身边一个人影晃过，身手敏捷地拎走了她搁在他脚边的包，待他反应过来，那人已经跑下了阶梯。他眯眼看了看那个背影，心沉了下去，抡起一根拐杖朝着对方准确地扔了过去。拐杖击中了那人的小腿，他一个趔趄跪倒在地，又很快爬了起来，却没有继续往前跑，反倒掉转头朝着韩非疾奔而来。韩非拧住眉，握紧了另一根拐杖。那人戴着鸭舌帽和口罩，根本看不清面容，他迈上阶梯回到韩非的身前，一个飞腿，试图去扫韩非的下盘。

韩非只剩一根拐杖和一条可以用得上力的腿了。那人动作太快，他无法躲开，但顺势倒地的时候，韩非把手里那只拐杖朝着那人的背狠狠地敲了下去。

叶缇转满三圈，热得直想学高粱狂吐舌头，她把散落的发髻重新扎了一遍，这才看到韩非突然倒地。她来不及多想，匆忙跑了过去，到了近前，才看到一个年轻的男人正抱着她的包掉头狂奔，她心里顿时明白这是碰到了小贼。她扶起韩非，确定了他的腿无碍后，转身就想追，韩非一把抓住她的手腕："别去了。"

她挣脱开，一阵风似的追下了阶梯。

周边的人都在看，有人说报警啊，有人说没用吧，但没有人出手相助。韩非皱眉，叹了一口气，紧跟着下了阶梯，但哪里还有叶缇的身影。

他烦躁起来，脚步越来越快，出了广场，宽宽窄窄的巷子又多了起来。这时角落里冲出来了一人，戴着鸭舌帽和口罩，正是刚才偷包的小贼，冲出来就朝他出手。韩非下意识地用手臂去挡，但那人显然知道他的软肋，招招都朝着他的下半身进攻，用各种腿功拼命扫他的下盘。

小贼？呵，韩非冷笑。

那人连番攻击，他不避，也避不过，倒是正要往后倒时，韩非突然听到不远处叶缇的声音："韩非小心！"

话音未落，他便重重往后栽了下去，靠在了一家店面的木门上。那人伸出手就要劈下来，叶缇不知从哪儿冒了出来，大喝一声冲了过来，直直挡在了韩非身前。他一惊，伸手想将她推到一旁，却没料到那"小贼"并不打算动叶缇，来不及收手就索性一把揪住了她的头发，将她丢了出去。

"稀里哗啦"一阵响，接着是叶缇一声重重的闷哼，韩非和那人同时扭头看了过去，只见叶缇整个人撞上了店门口的一个巨大花瓶，花瓶碎了，叶缇就躺在那碎片中，脸上全是血，也不知道伤到了哪里。韩非吓得拼命叫她的名字："叶缇？叶缇你说话！"

这时店老板终于听到动静了，骂骂咧咧地跑了出来，一眼看到了碎掉的花瓶，再一看，一个满脸是血的人正躺在自家门口。店老板瞥见了同样愣在门口的“小贼”，喊道：“你什么人，我报警啦！”

那人突然回过神来，慌不择路地掉头跑了。

叶缇被店老板送到了附近的医院，她人是清醒的，就是一直不吭声，韩非问她伤到哪儿了，她死死咬着牙关不回答。韩非沉着脸，双拳紧握。护士本想找他问问叶缇的基本信息，见他一动不动地坐在那儿，浑身都泛着一层寒气，也就没敢上前来问。

韩非坐了会儿，然后出了门，从口袋里摸出烟盒，掏了一根叼在嘴里。他一直没买火机，这会儿看到旁边有人，便上前借了个火，狠狠吸了几口，这才掏出手机拨了个电话。这件事触到他的底线了，他不能坐视不管了。

叶缇没打麻醉，本来伤口就疼得麻木了，缝针就更没感觉了。见她一直抿嘴不发声，医生为了安抚她，就跟她开玩笑，说自己手艺好，小时候学过裁缝。叶缇为了表示礼貌，敷衍地咧了咧嘴。

推出手术室，她一眼就看到了韩非。

韩非紧紧地盯着她，用审视的目光将她从头打量到脚。还好，就额头上划的口子大些，见骨了，缝了针，脸上都是些小伤口，不打紧，养养就好了。

叶缇迎着他的目光，心里一紧，开口问：“丑吗？”

他摸了摸她的头发，柔声道：“不丑。”

他知道她最注重这张脸，而且她从来就没有丑过，在他眼里，她躺在床上磨着牙、不刷牙不洗脸的时候，都是不丑的。

“韩非。”

她又轻轻地叫了一声。

他的视线从吊瓶上收回，这才低下头来望着她：“嗯？疼吗？”

她摇了摇头，眼睛也有点肿，得眯着眼皮子看他。想了半天，也不知道自己想说什么，只好笑了下：“我好像已经习惯喊你韩非了。”

他看着她，许久没有说话。

下午她发起烧来，迷迷糊糊地说着梦话，韩非叫来护士，说是没事，可能还是有点高反，尽量避免伤口发炎就好。韩非放下心来，坐在床边看着她。其实今天早上，是他先醒过来的，睁眼过后的第一反应，就是扭头看了看她。嗯，磨着牙，没刷牙没洗脸，皮肤泛着点油光，头发也乱七八糟的，想到她张牙舞爪像一只母老虎的样子，忍不住失笑。她披着母老虎的皮，筋骨也不过是一只猫，被踩着了尾巴，最多炸个毛，再挠你一爪子，不痛不痒。

现在她是只蔫儿了的病猫了。

他伸手拂过她额前的头发，探了探温度，感觉似乎降了点。他正要收回手，却突然被她一把拉住了袖口。韩非以为她醒了，看了看，她还是昏睡的，只是紧紧抓着他，不肯撒手。他只好耐着性子去哄：“我不走。”

她听不到，依旧紧紧地抓着他。

后来，他的手有些僵了，腿也坐得麻了，他试图掰开她的手指，强行将手臂抽回，但动作太大，似乎扯到了什么东西。那东西掉到了床上，他低头一看，是一只怀表，表链正被叶缇紧紧攥在手里，他想拿回来，无奈怎么拽也拽不动。他盯着那只怀表，良久，伸手按了按太阳穴，深深地叹了口气。

病房门被用力推开，来人正要喊，韩非已经转过身，用眼神警告他闭上嘴。

孟南照收住声，有些无措地站在床边，看着韩非将叶缇的手放进被子里，然后掖好被角，又调了调吊瓶的速度，这才退出去，将位置让给了他。韩非仿佛是个男主人，这让孟南照感到有些不适。

韩非等在病房外，揉捏着自己的手臂，酸酸麻麻的。

没一会儿，孟南照就走了出来，韩非起身，拿起立在墙边的拐杖，一步步往走廊外走。孟南照跟了上来，很快超过他走在了前头，两人出了医院大门，仍旧保持了很久的沉默，突然孟南照停住脚步，猛地回过头来，一个左勾拳，被韩非稳稳架住。

四目相对，一双眼底全是恨意，另一双却是森冷。

孟南照收回手，蓦地笑了：“邵宇峥，好久不见。”

拄着拐杖的人目光平静地回视。

“我很好奇，你怎么没有死。”笑意渐渐隐去，那股恨意又破土而出。

韩非坦然笑道：“为了叶缇，你试探我也花了不少时间。”

“邵宇峥，你根本没有资格出现在叶缇面前！”

孟南照怒了，只要涉及到叶缇，他总是无法控制住自己的情绪。然而孟南照的愤怒，却激不起面前这个男人一丝一毫的波澜，他依旧沉默着，从容而平静。他凭什么从容？凭什么平静！他有什么资格再来招惹叶缇？

“你不应该再出现了。”他咬牙切齿，竭力做到了克制。

韩非低头，似乎是有些自嘲地笑了笑：“有些错，需要去弥补，有些错，应该受到惩罚。”

“你弥补得了吗？五年前你给叶子造成的伤害还不够吗？”

“可是现在躺在医院里的叶缇，是因为你才受伤的，你派人跟了我们一路。”

哑口无言。

是，是他的过失，叶缇不应该被误伤的。可是自从看到那张火炉旁两人亲吻的照片后，他就按捺不住了，所以才提前了行动，没想到这一切脱轨了。

孟南照努力让自己冷静下来：“你保护不了叶子，虽然你已经退出，又隐姓埋名，但查到你太容易了。”

“你可以？”韩非笑了，“你觉得孟岚会轻易罢手？伤害她的人，一直是你们孟家。”

孟南照的脸色都白了：“你知道什么？”

韩非不紧不慢地掏出根烟，抬眼问他：“有火吗？”

他点燃火机，风太大，火苗瞬间就灭了。他又打着，另一只手捧着，双眼盯着韩非的脸凑近，烟着了，红红的火星明明灭灭。孟南照没立即说话，干脆也点了根烟，靠在车旁，看着韩非。

终于，韩非开口了，眼睛却看着远方："你们想要的东西一直在我手里。"

孟南照手一抖，长长的烟灰断了。

"我可以把东西给你们，只要你答应我一个条件。"

孟南照有些难以置信："你不要？"

"我不要，"韩非低头抽完最后一口，然后在地上踩灭，"你也查到我已经退出了，那玩意儿对我毫无用处，我要的是别的东西。"

孟南照观察着他的神色，良久，开口问道："什么条件？"

"不要告诉叶缇。"

孟南照掐灭烟，直起了身："成交。"

话音刚落，韩非已经拄着拐杖往医院里走，孟南照迅速跟上去，还没来得及问，他已经做出了回答："那个东西，现在正在叶缇手上。"

病房门轻轻推开，一室宁静，病床上的人还在熟睡，发出绵长的呼吸声。韩非站定在床边，深深看了她几眼，她眉头依旧微蹙，梦里也并不踏实。目光下移，他看到她手中依旧紧紧攥着的怀表，他弯腰挑起表链，尝试着拉了拉，一下，不动，再用力，床上的人突然松开手，翻了个身，面朝着里面去了。

韩非轻轻地叹了口气，将怀表打开，里面是一张小小的照片，是叶缇和叶赫祖的，那时的叶缇还小，穿着公主裙，咧着嘴露出大豁牙，笑得很开心。

他转身，拎着怀表送到孟南照的眼前。孟南照记得那只表，小时候见叶缇当宝贝一样到处显摆着，后来出国留学，她也几乎每天随身携带。后来，后来似乎就没有了印象，是再也没见过了。

韩非轻轻揭开那张照片，抠下来一枚小小的芯片，交到了孟南照的手上。

孟南照愕然："这五年，这东西一直在你身上？"

韩非看了一眼叶缇，目光柔和了许多：“是她送给我的。”

窗户不知道什么时候被护士开了条缝，风灌了进来，纱帘猎猎响着。床上的人依旧背对着他们，睡得很沉。孟南照恋恋不舍地收回目光，将那枚芯片收进了钱夹中，迟疑了许久，这才识趣地开口：“我出去抽根烟，等她醒了，我再来。”

他退出病房，将门掩上。

韩非坐到床边，伸手探了探叶缇的额头，还好，已经不烫了。只不过，她一直没有醒过来，可能是累坏了，或者并不愿意醒过来。他伸手将她堆在脑后的乱发理顺，然后将她的手重新塞回被子里，掖了掖被角，这才起身离开。

轻轻的一声咔嚓，门落了锁。

病床上的叶缇却突然睁开了眼。她盯着窗外，天空是一如既往的湛蓝高远，阳光盛大，同她第一次来的时候一模一样。

那已经是五年前了。

她缓缓合上眼，一梦就是五年。

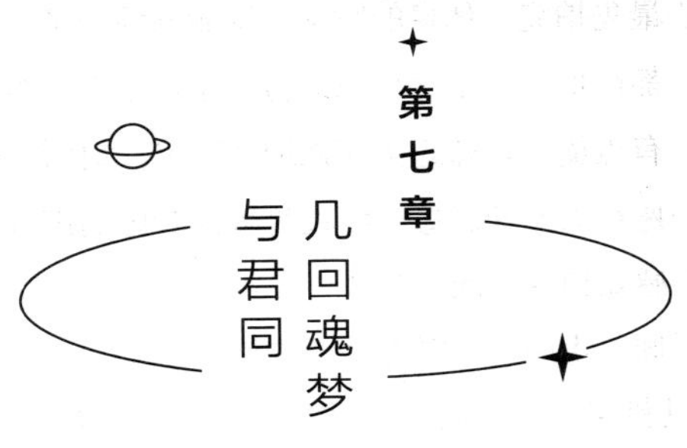

第七章 几回魂梦与君同

Which
Star——Are You

叶缇遇见邵宇峥，是在五年前。

香格里拉一如现在这般清清冷冷，旅游淡季，鲜有游客。剧组选在了独克宗古镇，拍一段女追男的旷世奇恋，叶缇不是女一号，她是来打酱油的。玩票性质的三流小明星，媒体是这么宣扬她的。她向来不理会这些，因为喜欢演戏而演戏，她没有过多在乎别的东西。

那天她的戏份最先拍完，休息的时候，她偷偷地瞄了一眼围观的人群，有很多人在拍照，但都在拍男女主角，她的粉丝不算太多。她捧着保温杯，小心地啜了一口热茶，有点烫，她仰起头深深地倒吸了一口气。就在那个刹那，她看到了不远处的那座巨大的转经筒。耳边是剧组吵闹的声音，可她的心里突然静了下来，仿佛能感知到飘落而下的那一片片雪花。

她借口去洗手间，走向了人群外。

独克宗古镇里巷道太多，她朝转经筒的方向走，弯弯绕绕，却还是迷了路。

天是阴的，下着细雪，她围紧了披肩，深呼吸了一口。清冽的空气中还有路边饭馆飘出的腊排骨的香味，她又吸了吸鼻子，突然想来一杯青稞酒。

迎面走来几个黄卷发白皮肤的年轻男孩，齐齐朝她招手问好，她笑着点头，心情愉悦起来。

走到巷口，她停住了，周围的景象太熟悉了，她绕回原路了。

雪花静悄悄地飘下，她停在巷子中央踟蹰，判断着方向。这时，突然一道黑影闪过，悄无声息地捂住了她的口鼻。叶缇浑身冒起了鸡皮疙瘩，整个人仿佛被冻住了，几秒之后，她才想起来挣扎，却发不出半点声音。

她被拖进了附近的藏族民居里，旋即，又被重重地甩了出去，后背靠上墙壁，一阵生疼。她吃痛地皱起眉，睁开眼，下一秒却愣在了原地。

面前站着的男人，一身劲装，眉宇之间皆是严峻之色，她依稀觉得有些熟悉。

“对不起，我认错了人。”

男人率先开了口。他松开了握住她手腕的手，退后一步，目光沉沉，确有愧疚之色。

叶缇反应过来，揉着酸痛的手臂，有些不悦："你是什么人？"

男人不答，反倒打量起她来："你是演员？"

叶缇抿住嘴唇，警惕地看着他。

他竟突然笑了起来："以为我对你有兴趣？"

她被噎住，往日的伶牙俐齿此刻竟半点都发挥不出了。她憋了半天，只憋出了一句："我没有。"

男人没了兴致，向前跨了一步，替她拉开了门："刚刚不好意思，你回去吧，我就不送你了。"

叶缇一口气咽不下去，总觉得就这么走了有点不甘，可是留下来又能做什么？她迟疑着，脚步却还是迈出了门外，男人伸手就要关门，她立刻停住，一只脚堵在了门里。

男人的眉毛拧了起来。

"我警告你，不许偷拍我的照片！"

一片死寂，男人的眼神里写满了"神经病"三个字，叶缇却尴尬得快要憋出内伤。她僵持了一会儿，慢慢地收回了腿，梗着脖子加了一句："我是认真的，被我发现，会追究你的责任。"

"啪"的一声，门被关上了。

她站在门外，恨不得钻进地洞。这时，又有路人经过，有年轻的女孩子看见她露出惊喜之色，却又不敢上前，只和同行的伙伴咬起耳朵。她保持着微笑，脖颈拉长，微微露出半个下巴。

完美!

待女孩走出巷口，她顿时垮下脸，掉头猛拍身后的门。

"你到底想干什么？"男人见又是她，表情有些僵。

叶缇咬了咬下唇，硬着头皮问："请问龟山公园怎么走？"

“你是要去看转经筒吗？”男人眯起眼睛，声音里带着一丝戏谑的笑意，“迷路了？”

叶缇不答，权当默认了。

男人走了出来，立在她的身边，伸手指向右边：“顺着走，第一个路口左转，第二个路口，走中间那条道，然后一直走到底。”

“第一个路口左转，然后第二个路口什么？”

他又重复了一遍。

“哪条道？中间？”

男人沉默了，叶缇却乐了，她正想跟他道个谢，“谢”的音还挤在唇齿之间，门又被“啪”的一声关上了，她瞪圆了眼睛，难以置信地看着紧掩的门，却只见墙头上几根荒草在风中飘摇。

她兴致很高地逛了一遍龟山公园，夜色中，巨大的金色转经筒仿佛笼罩了一层圣光，让人心生敬畏。

回到剧组，已经入夜，大部队去聚餐，她索性回酒店睡觉。酒店就在古镇外，不算很好的星级酒店，不过胜在安全。助理被她劝去聚餐了，她独自回了酒店，用围巾裹住半张脸，怕被人认出。

走廊里安安静静的，她插入房卡时，突然一个身影从门内闪出，她尖叫出声，叫亮了感应廊灯。

灯光下，一个男人伸手捂住了她的嘴：“嘘，是我！”

叶缇半个魂儿都没了，半晌才聚焦了目光。惊魂甫定之下，这才看清来人是谁。

“孟南照，我再警告你一次，未经我的同意，你不要随便出入我的房间！”她扯开围巾，从冰箱里取出瓶水，大口灌着，慢慢冷静了下来。

罪魁祸首靠在冰箱上，一副从容的模样。

“神经病！”叶缇推开他，飞快地踢掉高跟鞋，再脱去大衣，随手扔在了贵妃榻上。孟南照一路跟着，帮她摆好高跟鞋，再将大衣挂进衣柜，最后他端来一杯温水，坐到了她的身边："来，喝口水压压惊。"

叶缇扫了他一眼，不想动。

"给你请的保镖明天就到，你不用再这样提心吊胆了。"

她努了努嘴，算作回答。

第二天，孟南照特聘的贴身保镖按时抵达了酒店。挂了电话，孟南照将先前剥好的鸡蛋推到她的面前，一边叮嘱她吃，一边交待："是让保镖在大厅等，还是让他上来？"

叶缇正对付着眼前的早餐：万年不变的全麦面包，以及一杯脱脂奶。面对孟南照推过来的那个鸡蛋，她挣扎了很久，最后还是只吃了蛋白。控制饮食，是女演员的必修课。吃完最后一口鸡蛋白，她擦了擦嘴，回答："让他先上来吧。"

门铃很快响了，助理悄悄地跑去开门，叶缇正闭着眼睛敷面膜，耳朵里并没有听到别的脚步声。

然而，保镖却已经到了她的身边。

"叶小姐。"

她猛地皱起了眉，这声音有点熟悉，她揭开面膜，一扭头，呆住了。是前一天才在古镇里偶遇的奇怪男人，此时竟西装革履地站在她的面前。两人四目相对，她的脸上全是惊愕，他却一脸坦然，仿佛二人从未见过。

她站了起来，却发现自己脱去了高跟鞋，竟然只到他的胸口，身高差距太大，她几乎得仰着头看他："怎么是你？"

孟南照在一旁读报，听到这句，"咦"了一声："叶子你认识？"

"不认识！"

她又重重地坐了回去，重新拈起那张面膜，试图往脸上贴，可贴来贴去，总是对不准位置，最后索性放弃，撕下面膜丢进了垃圾桶。

"你叫什么？"她没好气地问。

镜子里映出男人的脸，叶缇看见他眼底闪过的一丝戏谑的笑意，她猛地回过头，与他直视，只见他静静地看过来，说：“邵宇峥。”

邵，宇，峥。

她几乎是咬牙切齿地记在了心里。

身为一名演员，她极其擅长网络搜索，不论是什么样的关键词，她总能找出各种关于自己的报道和言论。她不怕别人黑她，但不能黑得无凭无据。

可是，关于邵宇峥，她却搜不到任何有用的信息。

冬日的暖阳照在古镇的石板路上，叶缇怕紫外线，躲在了遮阳伞下。她也借着这遮挡，偷偷摸摸地举着手机上网。奇怪，这个怪胎不上网？除了同名同姓，她根本搜不到任何社交信息。

真土，连个微博都没有。

她悻悻地关掉页面，发了微信给孟南照，很快有邮件提醒，邵宇峥的履历发了过来。

她点开，一点点滑动着屏幕往下看，特级保镖，经验丰富，身手了得。嗯，她信，那天他把她拽进民居里的时候，她就见识过他的本事。

她偷偷掀起眼皮子，看向了遮阳伞外的邵宇峥。他一直守在不远不近的地方，身姿挺拔，气质凛然，不像剧组里的男人，要不就是糙得不像话，要不就是奶油腔调，比起美来能赢过她。

人模狗样。

她小声地说了一句，接着又笑了起来。

孟南照的微信又来了：“叶子你放心，这保镖可是我千挑万选找来的，你好歹是珠宝大亨叶赫祖的女儿，又是公众人物，如今四面埋伏，敌人虎视眈眈，保护你的安全，是我义不容辞的责任。”

神经病！

她在心里默默地翻了个白眼，突然感受到一道注视的目光，她环顾四周，恰好对上邵宇峥投来的视线。他没有移开，坦然地遥望着她，隔着鼎沸的人声，还有来来回回移动的摄影机。

叶缇觉得有什么奇怪的声音在心里响了一下，像是琴弦被拨动了，又像是珠子掉在了地上。

或者，只是天边又落下了一片雪花。

这部戏里叶缇的戏份不多，很快她的戏份就拍完了。跟剧组的人一起吃了个散伙饭，她便收拾行李提前离开了。一行人抵达机场，候机的时候，她打量了一下坐在身后一排的邵宇峥。

他在看书，不是电子书，是一本厚厚的纸质书，封面上隐约看到英文。她有点好奇，毕竟已经很少看到读书的男人了。

“喂。”

邵宇峥似乎没有听到，仍旧沉浸在书本中。

叶缇不愿再叫一声，伸手将扎头发的发圈扔了过去，准确地落在了他的书页中。邵宇峥抬起头来，似乎是因为被打断，他的表情有些不悦。

“你在看什么？”她指了指。

他将封面立了起来，离得有点儿远，她眯起了眼睛。

下一秒，邵宇峥将书翻了过来，叶缇差点就咬到了舌头，那包着英文封皮的底下，竟是一本黑白漫画！

她为自己冒出来的那一点点欣赏之意感到羞耻。

邵宇峥则勾起嘴角，露出了满意的笑容。

三个小时后，飞机顺利抵达威城。邵宇峥拖着行李，跟在她身后，如影随形。孟南照安排了司机来接，等到了那辆保姆车时，叶缇对邵宇峥说：“好了，多谢这些日子的照顾，你不用跟着我了。”

邵宇峥径直拉开了副驾驶座的门，长腿一跃，关上了门。

“喂？我说你不用跟着我了！”叶缇愣住了。

邵宇峥调整了一下后视镜，看向她的眼睛："合同没到期，我必须恪尽职守。"

保姆车朝着城郊飞驰而去，半个小时后，车子停在了一座别墅前。叶缇没等邵宇峥，自己扛下了行李，脚步飞快，匆匆前去开门。这座别墅，她一个人住，因为叶赫祖有了新的老婆孩子，她只是个多余的人，所以她不愿回老宅。倒是孟南照多次表示想要搬过来，都被她果断拒绝了。她习惯了一个人，所以当邵宇峥提着自己的行李箱跟上来时，她下意识把他的行李箱扔了出去。

灰色的行李箱顺着阶梯滚了几滚，最后躺在了草坪上。

邵宇峥立在阶梯上，没动，冷冷地看着叶缇。

叶缇突然有点儿发怯，只能故作镇定："我习惯一个人住，你找别的地方住吧。"

她说着便要关门，邵宇峥迅速伸手撑住了门框："叶小姐，这附近没有合适的居所，我只能勉强自己和你同住一个屋檐下，只有这样，我才能保证你不会出任何意外。我要对我的雇主负责，更要对我的工作负责。"

他理直气壮得让人无法反驳。叶缇急得想跳脚："孤男寡女，难道这还不是最大的意外吗？"

"你放心，"邵宇峥吐出一口气来，"我说过的，我对你并没有兴趣。"

简直是奇耻大辱！

叶缇猛地拉开门，邵宇峥猝不及防地向前倾去，但他及时稳住了身子，停在了叶缇面前。他的呼吸毫无波澜变化，倒是面前的人难掩激动："我才不需要你的兴趣，邵宇峥，我是雇主，你不能违背我的意思。"

他想笑，却还是忍住了："孟先生才是我的雇主。"

叶缇深呼吸，命令自己冷静下来："明天我就让南照把薪酬转给你，你被解雇了。"

周围安静了下来，叶缇看到邵宇峥的目光渐渐变暗，接着，他配合地退出了门外，走下阶梯，捡起了草坪上的行李箱。

叶缇猛地甩上了门。

可是她胸口有一股莫名其妙的情绪，怎么也散不掉。

她将行李摊在地上，懒得去整理，只拣了睡衣出来，走到浴室去泡澡。窗帘拉起，音乐放上，红酒醒着，浴缸里漂满了玫瑰花瓣。她躺了进去，舒服地呼出一口气来。这时，客厅里的座机突然响了起来。她从水中坐起，迅速地思考了一下，大概是孟南照。下飞机后，她忘记了开手机。

她裹上浴巾去接电话，头发上的水珠子顺着她的步伐滴落一地。

“喂？南照吗？”

那头却是一个陌生男人的声音幽幽响起。

“你今天穿着黑色大衣真好看。”

擦着头发的动作一滞，她抓紧了话筒：“你是谁？”

“明天我过生日，你穿一件红色的好吗？”

话筒掉了下来，叶缇浑身是汗，可又觉得浑身冰冷，牙齿都在打架。她手忙脚乱地翻出手机，匆匆地开机，压根没有看清最近的通话记录，随便翻出一个就拨了出去。她不记得自己语无伦次地说了什么，脑子里一片空白，她紧抱着自己缩在沙发上，不敢动，怕听到任何的声响。

不知道过了多久，或许只有几分钟，却这几分钟又漫长得可怕。门铃响了起来，叶缇一直绷紧的神经仿佛突然断掉，她恐惧地战栗起来，双手捂脸，拼命地尖叫出声。

“砰”的一声巨响，门被踹开，邵宇峥大步冲了进来。

他在门外等了很久，没有人来开门，隐约还听到了尖叫。他没有办法，只能砸坏门锁进入房内。

房间里所有的灯都开着，风吹着窗帘缓缓摆动，桌子上的座机，电话线被拔掉了，而沙发上，叶缇将自己抱成了一团。他深吸了一口气，环顾四周，检查了每扇窗户和房间，最后走到叶缇的身边：“发生什么事了？”

叶缇抬起脸，湿漉漉的都是泪，下一秒，她哽咽着投进了邵宇峥的怀抱：“我好怕，我真的好怕……”

邵宇峥怔住了，女孩子才沐浴过的芬芳就在鼻尖，潮湿的头发凉凉的，贴在他的脖颈，让他感到一阵发麻。他没有挣脱，只是笔直地站着，向来坦荡的他，此时却有些无措：“我在这里，你别怕了……”

叶缇趴在他的肩上哭到力竭。

许久，她松口了，当晚就让邵宇峥住了进来，住在她的隔壁，只要有任何响动，他都能第一时间听到。

叶缇重新淋浴后，在睡衣外套上一件开衫，捧着一杯咖啡走向客厅，邵宇峥在那里检查线路。

“今晚，谢谢你了。”

他的动作停了下来，扭头看见她的咖啡，欣然接过：“不用谢，那是我的工作。”

叶缇垂下眼，细细想来，的确也是，他的工作就是保护她的安全。想到这里，她坦然了：“那安全的事都交给你了。”

邵宇峥点了点头，继续检查线路。这座别墅什么都好，就是没有一点儿监控设备，一旦发生意外，很难去找证据。

叶缇没再管这些了，她独自坐在卧室，听着客厅里来来回回的脚步声，竟生出一丝心安来。她翻出手机，想写点什么，发在微博也好，或者个人的朋友圈也行，可是写写删删，最后只发了一个表情，保平安。

这时，突然响起敲门声，她没反应过来，心中一惊，下意识就问：“谁啊？”

还能是谁？门口的邵宇峥哭笑不得。直到门缝里露出叶缇警惕的眼睛，他才木着脸，将手里的东西递了过去：“这个送给你防身，小而且锋利，又方便携带，适合女孩子用。”

叶缇低下头，那是一把轻巧的匕首，刀鞘上有着精致的暗纹。她伸手接过，抚摸着纹路的走向，匕首上似乎还有他的温度，这微妙的触感竟令她不由得耳根发烫，幸好灯光昏暗，她裹了裹开衫，低声说道："谢谢你。"

邵宇峥笑了一下，转身走进隔壁的房间。

叶缇给自己放了一个长长的假，不接剧本，也不参加活动，一是为了休息，二是为了避开那个恐怖电话。别墅里的座机更换了号码，甚至私人手机也换了新的，旧的那个交给了助理，关于工作的消息由助理全权处理。

她像个米虫一样宅在家中。

邵宇峥与她同吃同住。

那晚之后，邵宇峥将房间的各个角落都安装上了监控设备，一开始叶缇还觉得理所当然，可渐渐地，她觉得有些不适起来。

"喂，厕所也要装的吗？"她站在洗手间外，盯着站在坐便器上安装设备的男人。

邵宇峥轻轻松松搞定设备，拍了拍手，跳了下来："洗手间正是死角，通常坏人喜欢躲在这里。"

叶缇突然一阵发寒，四处环顾一圈，灯光亮如白昼，才不会有什么坏人。她瞪了邵宇峥一眼，恶狠狠地说："喂，我要洗澡，你现在出去！"

"对！"邵宇峥恍然大悟，"浴室里也应该装一个……"

"邵宇峥！"

男人笑着退了出去，替她掩好了门。

淅淅沥沥的水声传了出来，他吐出一口气，走进了她的卧室。卧室不大，只摆着一张圆形的软床，床品全是粉色，想来她还是个未长大的少女。他四处摸索着，检查着房间里是否有什么机关，地毯式搜查一遍之后，他放松了警惕。还好，她应该只是遭遇了变态粉丝，不是什么穷凶极恶之人。

他正要关灯退出门，正对面的百叶窗外闪过一丝光线，是马路上有车经过。他想了想，重新走了进去，打算在百叶窗那里再安装一个监控，同时还在她枕边的墙壁位置，也装一个警报器。

他沉浸在缜密的思考中，没有留意到门外的脚步声。叶缇洗好了澡，却忘了屋中还有异性，像往常一样随意地包着浴巾就走进卧室，下一秒，她花容失色地叫了出来："你为什么进我的房间？"

邵宇峥回过头，怔住了，短暂的一两秒之后，他迅速地转回去，仿佛什么都没有看到一般，镇定自若地回答："这是二十四小时警报器，一旦有异常，就可以按下它，我随叫随到。"

"我是问你为什么没经过我的同意就进我的房间？"

他沉默了一会儿，然后起身走向她，眼睛看着她沐浴后泛红的脸孔，说："你要不要先穿件衣服？"

叶缇低下头……

"色狼！"

邵宇峥缓缓扬起了嘴角，步伐轻松地走了出去。

叶缇双臂环抱立在卧室中央，被热气熏过的脸更烫了。她迅速换好衣服，走了出去，客厅里没有人，厨房也没有，她掉头朝着隔壁他的房间而去，猛敲了几下，门开了。

她撑住门，质问："你到底是在监视我还是保护我？"

邵宇峥眉梢一扬，一脸"你说呢"的表情。

叶缇深呼吸，指向客厅里的各个角落："说真的，我第一次在这么多监控镜头下生活，如果你不是孟南照严格考核选来的，我一定怀疑你比那些变态粉丝更变态！"

"你忘了，"他强调，"我对你没有兴趣的。"

叶缇被噎得哑口无言，半晌，她才咬牙切齿地说："未经我的允许，不要随意出现在我的面前，我不太想看到你！"

可惜，她醒来打开卧室的第一眼，就看到了立在门外的邵宇峥。

她吓得差点一口气没提上来："你想干什么？"

“警察到了。”

她这才留意到客厅里的两名穿着制服的警察。恐吓电话的事，邵宇峥第一时间报了警，当晚有警察过来询问一些细节，不过因为来电是用公用电话打来的，因此并没有找出打电话的人。这次邵宇峥请他们再过来，是想再详细地了解一些情况。

孟南照也在得知消息后，改签了机票，提前飞了回来。

“你们太大动干戈了，其实就是一个电话。”

“邵宇峥说，你吓坏了。”

叶缇不由得瞥了一眼邵宇峥，他倒置身事外，独自走向露台。他又在干什么？职业病吗？非要把她家里的角角落落都检查一遍吗？她有点好奇，孟南照到底给他开了多少的酬薪呀，她三番两次地羞辱他，他还这么认真。

“叶子？叶子！”孟南照再一次叫她。

她蓦地回过神来：“嗯？”

“我说，伯父六十岁的生日，你应该没有忘吧？”

是啊，叶赫祖的寿辰就在下周了，她就算再逃避，也躲不过这一场相见了。太阳穴隐隐作痛，可能是因为前一夜失眠了。

孟南照见她脸色异常，知道触碰到她的心事了，也有些心疼，低头去拉她的手：“等忙完伯父的生日宴，我们的订婚仪式也要提上日程了，叶子，我会好好照顾你的，护你一生一世。”

情话听得多了，每一场戏都有这样的台词对白。她垂下头，漆黑的发丝顺着脖颈滑落，孟南照心中一动，俯下头，想去亲吻她的头发。叶缇轻巧地避过，后退几步，身体挨着沙发扶手半倚着，一副鬼灵精怪的表情：“到处都是监控。”

从露台走回来却碍于画面太尴尬而驻足的邵宇峥，就在同一时间，忍不住笑了出来。

叶赫祖的六十岁生日那天，孟南照临时被生意缠身无法出席，叶缇仿佛失去了臂膀支撑，更加没有勇气去面对未知的刁难。邵宇峥从后视镜里看到她眉间的忧虑，向来不多嘴的他多嘴了："有事你就按警报器，我会冲进去救你。"

叶缇忽地抬起头，看到邵宇峥同一时间转过来的面孔，她"噗嗤"笑出声来。

"你难道会帮我揍那对狗男女吗？"

邵宇峥眨了眨眼："如果这是你的命令，我会照办的。"

叶缇深吸一口气，独自踏上老宅的阶梯。邵宇峥不远不近地跟着，仿佛为了应景，他也穿着一身灰色的西装，气度非凡，看上去很难与保镖联系到一起。走到玄关处，叶缇停了下来，叮嘱站在阶梯下的他："你在门外等我，不要走远。"

"好。"他微微仰着头，下巴轻点，是对她的承诺。

叶缇渐渐放松下来，尝试着勾了下嘴角，还行，不算太僵硬。老宅的管姨瞧见她的表情，柔声说道："小姐别担心，老爷今天心情不错。"

她抿了抿嘴，跟着走了进去。

长长的餐桌一头，叶赫祖端坐着，鲜花遮住了他的脸，只看得到他微倾的上身，是在和一旁的温心语说话。叶缇的脚步放慢了，她看到温心语脸上洋溢着的幸福表情，而那样的表情，本应属于她的母亲。

"爹地——"一声稚嫩的童音传来，接着，一个身穿菱格马甲套装的小男孩，挣脱了阿姨跌跌撞撞地跑向餐桌。

"述儿！"叶赫祖胡子都快飞起来了，他匆忙起身，朝着小男孩伸出了手臂，"小心点，别撞着柜子。"

小男孩扑向了他的怀里，温心语笑着打趣："有什么话要跟爹地说吗？"

"有！"小男孩双手攀住叶赫祖的脖子，口齿清楚地念，"爹地生日快乐，年年有今日，岁岁有今朝！"脆生生的童音，令人不由得心都软了。

可叶缇笑不出来，她仿佛看到了二十年前的自己，扎着冲天小辫儿，脚蹬小皮靴，趾高气扬地坐在叶赫祖的肩上。那时候，他有着和现在一模一样的表情，一边哈哈笑，一边紧紧抓住她的双脚："小叶子，你可要坐稳啦。"

"稳啦稳啦，爸爸——"

"爸爸——"她艰难地喊出声。

正在同叶述逗乐的叶赫祖抬起头来，眯起眼打量着她："还记得回家？"

家？不，她早已没有家。

可是她不敢回答。

温心语露出慈爱的笑容，上前来拉她："叶子，怎么不早点来，还可以陪我们说说话。"

有什么好说的？质问温心语为什么要夺走她的父亲？

她练习了无数次的微笑，没有成功。

席间不知道是谈到了什么话题，好像是叶赫祖让她退出演艺圈，收心回来帮他打理生意，温心语在一边跟着规劝。她大概是红酒喝得有些多，忍不了温心语笑里的虚假，三两句后，她重重地放下了高脚杯："阿姨，你不会真的想我回到玉叶吧？"

"怎么不会？"温心语看了一眼叶赫祖，"你爸爸年纪大了，正是需要你的时候。"

"我回来了，可就不会轻易离开了，"说着，她静静地看了一眼正在玩乐高的叶述，"到时候再让我把玉叶让给别的人，我恐怕不会愿意的。"

温心语一惊，站了起来："你想哪儿去了？小述还小，就算他长大了，他也不会跟你抢什么的，你是叶家的长女，是所有人都认可的继承人，我和小述只要能陪在你爸爸的身边，能留在叶家，就已经心满意足了。"

没有人说话，负责布菜的管姨都屏住了呼吸，叶赫祖正一口一口地嚼着牛排，看似慢条斯理，却又有些咬牙切齿。气氛冷到冰点，叶缇却将小汤匙丢进了碗里，声音幽幽的，尾音扬起："哦？是吗？"

叶赫祖将刀叉"啪"的一声扔在了盘子里，他按捺着怒气，取下餐巾擦拭着嘴角。叶缇抬眼去看他，风雨欲来。她还没来得及换一口气，叶赫祖的声音已经响起："你是想来毁了我的生日家宴吗？"

她咬住嘴唇。

"你从小到大，任性妄为，恐怕是我对你太过放任自流了！你妈妈如果还在人世，定会痛心疾首！"

"你不要提她！你没有资格提她！"

"放肆！"叶赫祖的拳头重重砸向餐桌，席间顿时一片死寂，紧接着，叶述发出惊恐的哭吼。他一边大哭，一边艰难地组合着字句："妈妈，妈妈你快让她滚出去……滚出我们家……"

叶缇摇摇晃晃地站了起来。

叶赫祖愤怒地大喝："你今天要是走出这个门，那就永远不要回来！"

她苦笑了一下："那不正合你们的意？"

说着，她从椅子里绕了出来，经过哭闹的叶述时，她留步多看了一眼，小小年纪，却张牙舞爪。这张牙舞爪的小老虎看到她，竟嫌恶一般扭开了头："离我远一点，没人要的可怜虫！"

呵，她挤出一丝凄惨的笑容。

十五分钟后，大门重新被推开。

邵宇峥循声抬起头，只见叶缇满脸泪光跑下了阶梯。她的裙摆从地上拂过，银白色的鱼尾，闪耀着耀眼的光芒。他急忙追上去，一把抓住她的手腕："怎么了？"

叶缇用力挣脱，不愿开口，不敢开口，怕一开口，所有的委屈都会冲出来。

邵宇峥重新抓住她，命令她转过来看着自己。

叶缇想躲，挣扎间，脚下一崴，高跟鞋掉在了地上。她不管不顾，赤着脚往外跑，像是零点时分逃跑的灰姑娘。

邵宇峥皱起眉，蹲下身拾起鞋子，抬眼看，叶缇已经跌跌撞撞地跑到了马路中央！

一辆车闪起车前灯，照在她银白色的裙子上，邵宇峥大惊，几步冲上前去，一把将她拖进怀里，把她紧紧地控制在自己胸前。车子从身边擦过，他呼出一口气，低下头，叶缇躲在他的怀里不停地颤抖。

傻瓜。

他一声叹息，扶着她走回路边。

叶缇身子发软，重重地向地上坠去，邵宇峥急忙拉住她："别急，等一下。"

他脱下外套，仔仔细细地垫在地上，然后拉着叶缇坐了上去。叶缇抱住双腿，将下巴搁在膝盖上，表情可怜兮兮，像是流浪的小猫。邵宇峥目光深沉，默默地把那只遗落的高跟鞋摆在她的身边。

他没有再追问，留足够的时间让叶缇冷静。

夜越来越深，寒气升腾，月色也跟着惨淡起来。叶缇的睫毛颤了颤，在惨淡的月光中，她问："为什么爸爸不爱我？"

邵宇峥看了看她，低下头，盯着自己摊开的粗糙掌心，问："你恨你父亲？"

叶缇点点头，旋即，又拼命摇头："我想恨他，我是真的想恨他的……"

掌心上的茧已经磨得很厚，邵宇峥无意识地摩挲着，不痛也不痒，有点麻木了。可是身边的这个女孩子，却是生动的，一颦一笑，甚至是哭哭闹闹，她有梦想，有恐惧，有快乐，也有忧愁。他觉得心里发堵，大概是因为叶缇还在哭。他很少看见女孩子哭，他身边的女孩子都是铿锵玫瑰，从来不掉一滴泪。

他有些烦躁，不由得蹙起眉头："好了，别哭了，你怎么这么能哭？"

叶缇一愣，抬起脸泪眼婆娑地盯着他："女孩子都是水做的你不知道啊？"

邵宇峥忍不住失笑，这个理由，他竟然无法反驳。

月色中，叶缇怔住了。邵宇峥其实很少笑的，偶尔笑起来，还是那种轻视戏谑的意思，让人又气又恼。可是今晚的邵宇峥很不一样，他笑得那样无拘无束，是真正发自内心的，没有顾虑，放下了警惕。

叶缇的眼泪还挂在脸上，口中却不由自主地喃喃说道：“邵宇峥，你笑起来好帅啊。”

邵宇峥的笑容顿时僵住，叶缇的目光单纯又直接，赤裸裸地烧灼着他的脸。他皱了皱眉，避开她的视线，起身时，急忙踢了踢她的高跟鞋：“快点穿上，我带你去个地方。”

“去哪里啊？”她仰着头，还是不想动。

“去了就知道了。”

他不肯看她，好像是不敢。叶缇眨了眨眼，朝他伸出手去：“你拉我。”

“……”

“快点呀，我腿麻了。”

真的没办法，邵宇峥叹一口气，伸手抓住了她的手。

车子一直开往海边，夜幕已深，海面上还漂浮着渔民出海的船只，五颜六色，像彩色的月亮。邵宇峥把车停了下来，打开车顶，夜风灌了进来。叶缇仰起头，深深地吸了一口气：“好多好多星星啊！”

墨色的苍穹之中，点缀着星星点点的亮光，伸出手去，好远好远啊。

邵宇峥放下座椅躺了下去，学着她的口气感慨：“好多好多叶缇的眼泪啊。”

叶缇哭笑不得，伸手作势要去打他，邵宇峥配合地往后躲，夜色中，他的眼睛也是亮亮的，那么温柔，满脸笑意。叶缇的动作渐渐停了下来，头顶上的星光璀璨，她心跳加速，有什么话就要脱口而出：“邵宇峥。”

“嗯？”

“……你接过吻吗？”

邵宇峥的眼神忽地一闪，叶缇已经豁了出去。她颤抖着闭上眼，试图向他靠近。她的脸在夜色下，有着莹润的光泽，邵宇峥垂下眼，屏住了呼吸。

"叶缇，这是合约内明令禁止的事，我不希望自己因为违约被辞退。"

他几乎是咬着牙才说完了这句话，叶缇陡然睁开了眼睛。

就在那个刹那，天空中划过一道银白的弧线，叶缇尖叫出声："是流星！"

幸好是流星。

邵宇峥闭了闭眼，再睁开，目光沉重。他抿住唇，跟着抬眼看向苍穹，捕捉到转瞬即逝的光亮，心想着，流星雨来得真是时候。

叶缇提前结束了自己的假期，并在助理的安排下，接了一个酒会的邀请。她知道，如果自己再和邵宇峥共处一室，那么一定会憋出病来。

酒会上，她满腹心事，一不小心贪了杯，喝多了。

有男演员主动献殷勤，搀扶着她送出酒店。她头脑发昏，压根没有看清男人是谁，只是下意识地拒绝："我自己能走，你不用扶我。"

"你喝多了，我送你回家。"男人的气息喷在她的耳后。

她打了个战栗，觉得恶心，又有些意兴阑珊。

僵持之间，有人快步拾级而上，脱下西装搭在她裸露的肩上，然后将她带入自己的臂弯："不用麻烦你了，她会跟我走的。"

叶缇微微蹙眉，想反驳，却又偃旗息鼓。

邵宇峥微揽着她走到车旁，拉开车门，叶缇跌跌撞撞地爬进后座，整个人像是泄了气的气球，蔫蔫儿地瘫下了。

"想吐吗？"

叶缇没什么动静，她酒量很好，只是酒不醉人人自醉。

邵宇峥深吸一口气，耐着性子："喝水吗？"

"你烦不烦人啊！"她吼了一声，把脸埋到一边。

邵宇峥沉默了一会儿，关上车门，回到了驾驶座上。车子没开多远，身后的人突然坐直了身子，他扫了一眼后视镜，只见叶缇竟然朝着他的座位爬了过来。邵宇峥急忙抓稳方向盘："你在干什么！不要乱动，快点坐回去！"

叶缇不管不顾，双手从后面攀上了他的肩膀："邵宇峥，你回答我，香格里拉的那一次，你没有认错人对不对？你一定知道是我，所以才故意引起我注意的对不对？你早就喜欢我的对不对？"

她的气息里还有红酒的余香，醇厚浓郁，邵宇峥突然心烦意乱起来，两眼迅速观察了一下路况，脚下深踩油门，车子迅速疾驰向前。

叶缇见他对自己不理不睬，顿时不乐意了，抱着他的肩膀摇晃起来："你为什么不说话，你回答我啊，你不敢回答了对不对？你心虚了！"

车子突然失控打弯，后面有车要超，两辆车瞬间撞到了一起。邵宇峥急忙猛踩刹车，叶缇由于惯性被甩向前方，顷刻间，邵宇峥已经伸出手臂将她揽住。

叶缇红着眼看着他："你担心我？"

"你是不是有病！"邵宇峥立刻收回手，气急败坏地吼出声，叶缇失去支撑，栽向座椅靠背。

这时对方司机过来敲车窗，邵宇峥铁青着脸降下玻璃，正在两人交涉的时候，叶缇突然拉开了车门。邵宇峥匆忙回头，她已经跑下车，身影汇入车流之中。

"叶缇！"他想追，却被对方司机缠住，只能立刻拨她的号码，却已经关机了。他狠狠拍了一下方向盘，骂了一声该死。

他在别墅里等了一夜，而她彻夜未归。

房间里是一片陌生的死寂，灯未点，满室漆黑。依稀可从月光中辨得清男人的轮廓，他席地而坐，身上依旧是白日里的西装，指间有明明灭灭的红点，烟雾缭绕。他夹着烟送到唇边，深深地吸了一口，接着剧烈咳嗽起来，差点呛出眼泪。另一只手里捏着一个手机，屏幕亮了又暗，暗了再亮，唯一的声音永远是“您拨打的电话已关机”。

抽烟其实很好学，他索性一根接着一根，挨到黑夜过去。

等到第二天中午，叶缇的手机依然处于关机状态，邵宇峥警觉起来。他找出叶缇逃下车时所在路段的监控，按图索骥，一点点地排查，最后他的目光停在了一个画面上。

叶缇不是离家出走，她被路过的一辆面包车强行带走了。

邵宇峥当即冲出了门。

半个小时后，他顺利地找到了那辆面包车。

在一条老旧的小巷之中，林立的筒子楼里已经鲜有人住，他一步一步走进去，能听到身边有野猫“喵呜”一声逃窜开。那辆面包车就停在巷子尾，旁边是一道生了锈的铁门，上了年头，锁已经坏了。他试探地推了推，铁门响起刺耳的声音，他眉头一皱，迅速环顾周围，还好，并没有动静。

正值午时，院子里并没有什么人，院子中央有一个压水井，“滴滴答答”地往下落着水。他贴着墙根走进屋门，静悄悄的，只能屏息凝神，捕捉着一点一滴的异常。

这时，他听到了叶缇的哭声，很微弱，仿佛用光了气力。

仔细去辨，他迅速找准了方向，摸索到一个角落里的房间，猛地撞门而入。“砰”的一声响，床上的人吓得“啊——”地叫了起来，邵宇峥迅速上前，捂住了她的嘴：“嘘——是我，邵宇峥。”

叶缇蜷缩着坐在这个一米二的单人床上，手脚都被捆住了，脸上的妆也早就哭花了，浓黑的睫毛膏裹着眼泪，顺着她的脸颊画出狼狈的线条。

“邵宇峥……”她发出几声破碎的哽咽。

邵宇峥心中一酸，悔恨不已，立刻脱下外套将她紧紧裹住，然后低头去解捆住她手脚的绳子。

叶缇泪眼婆娑地盯着他，丝毫都不肯放松，生怕这是一场梦。在她醒醒睡睡的片段里，她梦到了无数次邵宇峥，而现在，他真的来了。

她笑了笑，声若游丝地道："我以为你不会来了……"

"对不起，"邵宇峥喉头一紧，"是我没有保护好你。"

这时门外突然有脚步声传来，有人下楼梯，捧着饭盒走到了房间门口，正自若地经过，下一秒，又迅速地退了回来，难以置信地瞪着邵宇峥大喊："来人啊，有人来救人了！"

邵宇峥顺手抓起床边的台灯砸向门外，在那人跳着闪躲的片刻，他已经拉起叶缇，目不斜视地大步朝外走去。二人才来到大厅，四面八方已经瞬间涌出了不少人，邵宇峥把叶缇掩在身后，手脚利落干脆地解决掉扑上来的第一个人。接着，厮打的范围越来越大，赶来的人也越来越多，邵宇峥有些寡不敌众，叶缇又突然被人抓住了，他一时分心，背后被什么钝器狠狠击中了。

"邵宇峥！"叶缇惊呼，声音里满是恐惧。

听到她的声音，他身形一晃，迅速抓住椅背稳住，下一秒，他掉过头来，踢飞了抓住叶缇的男人，拖住她夺门而出。

有鲜血浸湿了他后背的衬衫，叶缇盯着那摊鲜红的血迹，一边跑一边哭，觉得末日就已经降临。那么多的血，伤口该多疼啊，她觉得那疼痛就是在自己身上的，疼得她胸口发闷，呼吸不畅。

邵宇峥心烦气躁，头也不回地骂道："别哭了！有力气哭，不如留着力气跑路！"

叶缇抽抽搭搭地被拖着往前跑，视线里，邵宇峥的背几乎全都湿透了，她忍不住又哭了："孟南照不是说你身手了得吗？"

"你能不能安静一会儿！"他咬牙切齿地说，下一秒，目光就瞥到了巷口的一家服装店。他回头看了一下追上来的人群，灵机一动，迅速将叶缇推入店中，同时从橱窗的模特身上扯下一件大衣披上身，低下头，捧住叶缇的脸深深地吻了下去。

有烟花在脑子里炸裂，她明明睁着眼，可视线里是一团白雾，什么都看不清了，只有一道又一道的白光闪动着。他的动作明明那么僵硬，她却浑身血液沸腾，嘴唇上的触感滚烫得仿佛要烧着，她像被点燃的烟花，“噼里啪啦”一路炸开，直到最终燃尽。

这个突如其来的吻，几乎让她的灵魂都出了窍。几秒，或者一个世纪，邵宇峥已经抬起脸。叶缇痴痴地看着他的侧脸轮廓，微微长出的胡茬，紧抿的双唇，她吞了吞口水，伸手摸了摸自己的嘴。

邵宇峥感觉到了她异样的目光，但他无心去分辨，那些追上来的人都守在店外，并不敢明目张胆地冲进来。他放下心来，这才留意到叶缇潮红的脸。他垂了垂眼，松开手退后几步，走到收银台买下了那件大衣。

叶缇紧紧地跟上去，怯怯地，伸手攥住了他的衣角。

他问到了另一个出口，领着她逃了出去。

长长的一段窄小通道，二人一前一后，都没有再开口。耳边只有两人匆匆的脚步声，以及疾奔过后粗重的呼吸，吹来的风都是无声的，吹着叶缇的头发，扑簌簌地打在她滚烫的脸上。

“对不起。”

她突然听到他开口，旋即，她便明白了过来。她不想说没关系，好像就认定了那是个误会，可是又不能去质问“凭什么”，毕竟他才刚刚救了她一命。

邵宇峥的伤势不轻，后背上有一道极深的伤口，皮肉都裂开了。叶缇看得一身冷汗，鸡皮疙瘩都起来了，她哪里见过这样的阵仗，就算见过，也都是片场里特效化妆师的“杰作”。

见她犯怵，邵宇峥轻轻笑了下：“你出去吧，我自己可以处理。”

“你够不到的，还是我帮你吧。”她盯着他的后背，从医药箱里取出来酒精和药水。她坚持要亲自帮他清理，用剪刀把他的衬衫剪破，然后用手一撕，布料裂开，邵宇峥的后背全部裸露出来。邵宇峥的身子一僵，没再动弹。

叶缇温软的手指在他的背脊上划来划去，戳得他心口发颤，后悔自己一时心软，没有坚持将她赶出房间。那异样的煎熬，堪比背上的伤口，发痒，发红，就要溃烂。

幸好，这段煎熬的时光终于过去了。

叶缇收拾好医药箱，提着想要送回房间，邵宇峥眼尖，一眼看到她小腿上早已干了的血迹。他一条腿滑下沙发，朝前一迈，伸手拉住了她的手臂：“别动，你受伤了。”

他的声音低沉，让叶缇心里一紧。她停了下来，缓缓地回过头，邵宇峥已经蹲在她的身边，温热的掌心拂上了她小腿的皮肤。

一阵战栗。

她打了个哆嗦，下一秒，人就被抱起，送回了沙发上。

其实她的伤不碍事，只是被绑在床上的时候，绳子太紧，勒破了她的皮肤。她的皮肤本来就白，所以显得那道淤痕格外触目惊心。

邵宇峥重新打开医药箱，用镊子取了一块酒精棉，小心翼翼地擦拭，一遍又一遍。她蜷在沙发上，细微的疼痛让她不由得往后缩了缩，邵宇峥抬眼望着她：“疼？”

她摇了摇头，轻轻地咬住了下唇。

“你忍一忍，很快就好了。”

他重新低下头，迅速却又轻柔地给她抹上药水。叶缇看着他的头顶，情不自禁地浮出了笑意。她轻轻地晃动着小腿，问：“邵宇峥，你为什么要当保镖啊？”

这突如其来的问题，让邵宇峥一时招架不住，他想了想，索性简单回答：“养家糊口。”

叶缇若有所思：“哦，那你父母是做什么的？有没有兄弟姐妹啊……”

“没……”

他根本没来得及回答，她就连珠炮一般问了下去：“那你有没有女朋友啊？”

“……”

叶缇笑弯了眼睛："那我当你的女朋友好了……啊，疼！"

邵宇峥吐出一口气，站了起来："谁让你乱动。"

叶缇咬着嘴唇，狠狠瞪了他一眼。

就在那一眼里，她突然看到了一丝异常。邵宇峥的衬衫被剪得破败不堪，几乎是挂在身上的，前胸处也露出了大片的皮肤，她看着那片古铜色的皮肤，皱起了眉头。

"这是什么？"

邵宇峥顺着她的视线低头一看，她的手指正指向他的胸口，那里有一道长长的刀疤，顺着前胸一直划到了腋下。

"被刀捅的，昏迷了两个月。"

叶缇倒吸一口气："这可是心脏的位置！"

她小心翼翼地伸出手指，像弹奏钢琴，轻轻地在他的胸口移动着。他一把抓住她捣乱的手指，努力稳住自己的气息："没事，就当我死过一回了，以后也不怕再死一次，"他盯着她的眼睛，忽地勾起嘴角，"我有九条命的。"

叶缇瞪圆了眼睛，他稀松平常的口吻，仿佛在说别人，抑或是与他无关的事，她不许他这样看轻自己。她突然伸手捂住了邵宇峥的嘴，他一愣，她已经将脸贴上了他的胸口，声音软软的，像化开的蜂蜜："邵宇峥，你一条命都不可以丢，我不准你死，你不喜欢我，我就一直雇佣你，你要保护我一辈子。"

话音未落，叶缇的眼泪就扑簌簌地下来了，那泪水里既有委屈又有甜蜜。

邵宇峥浑身僵硬，那温软的身体就伏在他的胸口，那里受过伤，却在此时此刻，被温柔席卷。半晌，他才清了清嗓，慢慢地说："叶缇，你真是我见过的最傻的女孩子。"

就算变成傻瓜也没关系，她愿意永远都这么傻。

天花板上的水晶灯折射出七彩的光芒，如同她脸上滚落的泪珠，她突然就想起那天晚上的星星，邵宇峥学着她的语气说，好多好多叶缇的眼泪啊。她一点都不后悔，她觉得她活了小半生，到了今天，终于做了最勇敢的决定。

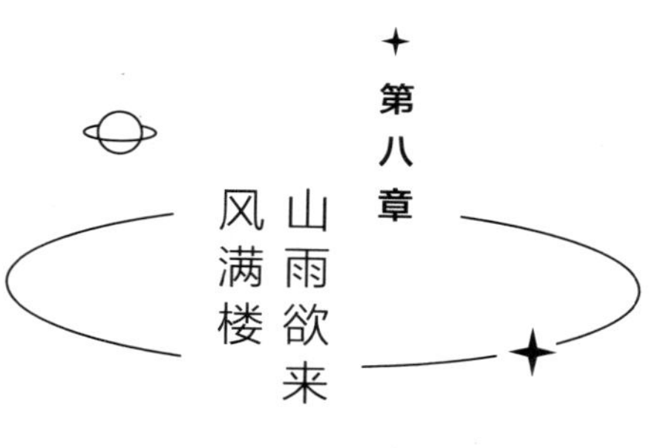

第八章 山雨欲来风满楼

雨淅淅沥沥，缠绵而又温柔。

叶缇缓缓睁开了双眸。

病房里的暖气温度刚刚好，烘得叶缇双颊通红。她眼神朦胧，仿佛刚从一场大醉中醒来。

“做梦了？”他问。

“嗯。”她笑了起来。

“梦到了什么？”

她眨了眨眼，炙热的目光看向了一旁的韩非：“梦到了我一生中最美好的时光。”

韩非伸出手，轻轻地摸了摸她的头：“睡吧，再睡一会儿，明天我们要回昆明了。”

他仔细地替她掖好被角，掏出手机看了眼时间，起身打算离开。

“韩非！”

他回过头，叶缇撑着身体坐了起来。

“我可以等的。”

他不解：“什么？”

“没事，”她又笑了一下，脸和唇都是一片嫣红，她说，“我不着急，我还有很多时间。”

静悄悄的空气中，响起了吊瓶里滴落葡萄糖液的声音，韩非站了一会儿，然后垂下头，微微点了点，仿佛是在同意，却又像在思考，旋即，他拉开了病房的门，慢慢地走了出去。

后半夜，一夜无梦。

叶缇再次醒来，阳光透过白色纱帘照进房间，她拥着被子起身，却在看到床尾的身影时，结结实实吓了一大跳。

孟南照被她的惊呼声叫醒，揉着眼抬起了头。他就这么枯坐了好几个小时，浑身的肌肉都僵硬了。

“你怎么在这里？”他并没有透露过要来迪庆。

孟南照一边转着脖子，一边揉着手臂，起身朝她走过去：“韩非告诉我你受伤了，昨晚就到了，看你睡着，没有叫醒你。”

她有点心疼地埋怨：“干吗不加个床。”

这里的医院环境不比威城，又是仓促间被送过来的，无法讲究太多。

“没事，我就是想看着你，没想到睡着了。”

他眼底发红，的确是疲倦至极，叶缇有所耳闻，最近他挺忙的。眼下他又抽空飞来看望她，的确让她有些心软。

护士来检查一遍她的伤势，确定没有大碍后，同意了她的出院请求。她洗漱完毕，更换了自己的干净衣物，等了又等，手机也看了又看，没有他的消息。孟南照在第五次看到她去开门往外观望的时候，终于沉不住气了：“在找韩非？”

“嗯，你见过他了？”他夜里才到，韩非应该早就离开了。

“没有。”他摇了摇头，垂下了眼睛。

叶缇按捺不住了，拨通了他的号码，那边很快响起熟悉的声音，低低沉沉，令人心醉：“我在旅店退房，你的行李我都收拾好了。”

“那我在医院等你。”

“高粱一直跟着我……”

谁？高粱？叶缇愣了半天才想起来，高粱是那只狗，正眼都不给一个的中华田园犬。

“它跟着你干什么？”她蹙起眉来。

那头迟迟疑疑，半天才蹦出一句话来：“它在你的大衣上撒了一泡尿。”

“扔了它，快点扔了它！”

正在床边凉外卖米粥的孟南照，就这样看着原本还忧心忡忡的叶缇，突然变成哭笑不得又满脸欢欣的小女孩模样。他知道，能让她重拾笑脸的，只有那个人了。

他默默地坐了下来，替她掰好筷子，又擦了擦塑料的勺子，这才看到她收了手机走过来。

“坐下吃早饭吧，”他将筷子递给她，“有你爱吃的生煎包。”

她心满意足地落座，一场高烧之后，真的是胃口大开，仿佛能吃下一头牛。孟南照看着她一面满足的模样，放下了筷子：“叶子，等一起回昆明之后，我就返回威城了。”

她抬起头，嘴里含着的半个生煎包掉了下去：“你不跟我们一起去腾冲吗？”

“不去了，公司里还有急事要处理，你去腾冲要好好跟着韩非，别走丢了，我抽不开身，照顾不了你了。”

叶缇没有留意到他话语中的失落，只点了点头，乖乖地应了：“嗯，你忙你的吧，不过再忙，也要按时吃饭。”

孟南照深深地看着她，心里又酸又涩的。

“对不起。”他突然开口说。

“嗯？对不起什么？”

他自嘲地笑了一下：“就是觉得没有保护好你，曾经跟你承诺的，我没能做到。”

叶缇以为他指这次受伤的事，想说没事，脑子里却闪过一个声音，她想起邵宇峥说过同样的话。她笑了笑，轻轻回答：“没关系。”

三人在迪庆小小的机场会合，叶缇一眼就看到了韩非。他一手执着拐杖，一手拖着他们两人的行李箱，箱子上还系着一个塑料袋，她老远就看到了，里面装着她之前买的橘子。

她匆匆迎上去，接过行李箱，木着脸问：“我的大衣扔了吗？”

韩非忍俊不禁：“让旅店老板送到干洗店了，洗干净后会寄回你公司。”

她又瞅了一眼塑料袋：“你还带着这个干什么？”

他顺着她的视线看过去："看你爱吃。"

她蓦地想起了那个吻，脸一热，匆匆提着橘子走了回去。

一个小时的飞行，重回昆明。孟南照要转机回威城，不得不在这里同他们告辞。叶缇将那袋橘子递了过去，说："给你飞机上吃。"

其实心里想的是，眼不见为净。

韩非显然洞察了她的用意，嘴角勾了勾，转身走开了几步，把空间留给了他们二人。

孟南照其实有许多许多话想说，可到了这个时候，偏偏什么都说不出来了。末了，他只是上前一步，轻轻地揽住她的肩："我走了。"

在他撤退的那一秒，叶缇抓住了他的袖口，她感觉到了他紧绷的身体："孟南照。"

他低下头，直看向她的眼底。

"你还在怪我吗？"

他笑了，伸出手掌拢住她的脑袋，稍稍用力，按在了怀里："不怪你，我哪里有资格去怪你。"

叶缇在他的怀中睁着眼，隐隐觉得不对劲，却以为他只是失意。

孟南照在回程的飞机上，短暂地小憩了一会儿，太阳穴那个地方一直疼得厉害，可如果不休息好，他恐怕很难有足够的精力去面对接下来的挑战。在迪庆机场登机前，他在厕所里接了个电话，孟烟鹂在那头哭岔了气。

飞机落地，司机早早候在出口，一路风驰电掣载他回到孟宅。

隔着老远，他就听到了一阵哀乐，他眉头一拧，差点湿了眼眶。孟烟鹂披麻戴孝等在门外，眼睛不知道看向哪里，一脸恍惚。

他疾步走过去，握住了她的手："姐。"

她的手冰凉冰凉，整个人都是战栗着。她抬起那双宛如死水一般的漆黑眼眸，直到确认面前的人是谁，这才憋出一声哽咽："南照，你回来了……"

孟岚的遗像摆在大厅中央，亲近一些的家眷和老员工正在叩拜，消息还没有放出去，孟烟鹂在等着他回来做决定。

孟南照接过她准备好的孝衣，几步走到遗像前，双膝着地，一跪不起。

孟岚的死实在是太突然了。孟南照知道她身体抱恙，最近也时常出入医院，甚至于江捍东都曾提醒过，说她的身体状况不太好。是他的过失，他把所有的心思全部放在了叶缇的身上，从而忘记了身边的亲人。

他不是没有怪过孟岚，怪她专制独断，决定了他的人生方向，怪她不近人情，为了生意，草率地拿女儿的幸福去交换，更怪她三番两次为难叶缇，甚至伤害她的性命。

可是，他又感激她，没有孟岚，便不会有现在的孟南照。

咚、咚、咚——

孟南照磕了三个响头。

孟烟鹂红着眼睛拉他起身，他咬着牙站了起来，一眼瞥见人群中神态自若的江捍东。他捏紧拳，推开孟烟鹂，直直走了过去，一把扭住江捍东的手腕，将他拖出了人群。

"嘶——轻点，我的孟大少。"

孟南照猛地收回手臂，将他摔在了墙上。江捍东吃痛地倒吸一口气，挑起眉，咒骂："你他妈有病啊！"

"姑姑去世前，你在哪里？"

江捍东揉着手腕，冷笑起来："你倒应该问问你自己，那个时候你在哪里？"

孟南照脸色铁青，没说话。

"自己飞去泡妞，你有脸来质疑我吗？你自己看看手机，你秘书给你打了多少电话，你接了吗？姑姑等你等到最后，你于心何忍？"

孟南照紧抿住唇，伸手从裤袋里摸出手机，在通话记录里找到了一行未接来电，总共五个，是秘书小董的私人手机号。那个时候他正在陪床，惯例是不接公事电话的，可哪里想得到，这么重要的事，江捍东居然让小董来通知他。

孟南照的掌心出了一层薄汗，他握了握手机，把它重新塞回了裤袋里。

江捍东满意地看着孟南照的反应，撑着墙站直了身体，整理着袖口，慢条斯理地说："姑姑死不瞑目，她要你找的东西，到死都没有看见，你啊，真是让她失望透了。"

孟南照尚留在裤袋中的手，摸到了那枚芯片，他怔住了，不发一言。

不远处，孟烟鹂正在召唤他们二人，江捍东立刻换了一张脸，重新露出笑容，可从牙缝里挤出来的话，却仍旧冰冷至极："你刚问我母亲去世前我在哪里，没错，正如你的眼线所言，我去了叶缇家里，你没办到的事，我得尽心尽力去办，你没能力找到的东西，我恰好有那个能力。"

说着，他重新立起衣领，大步朝着人群中走去。

孟南照立在原地，握紧了口袋中的芯片。

送走宾客后，偌大的孟宅陷入了死一般的沉寂。

孟烟鹂最后一点气力都消耗殆尽了，她半眯着眼，倚在江捍东身上，眼窝发青，显然是严重缺乏睡眠。而江捍东也解开了两粒纽扣，懒洋洋地瘫在沙发上，手中捻着一根灭掉的蜡烛灯芯，一边搓，一边落下灰尘。孟南照立在沙发后，靠着沙发靠背，双手插袋，不知在想些什么。

这时有匆匆脚步声传来，众人纷纷抬头，一个身着西装、戴着黑框眼镜的男人走了进来。

"严律师。"江捍东站了起来，与他握手。

来的人是飞凡集团法务部的部门经理，也是孟家的法律顾问。

孟南照依稀明白了什么，他看到了他手中握着的牛皮纸袋。

"孟小姐，孟少，还有江先生，孟董在病重时找我立下了遗嘱，现在这份遗嘱就在我手中的文件袋中，现在我按照孟董的要求，将遗嘱念给你们听。"

孟南照伸手做出了"等一等"的手势："等姑姑入土为安之后吧，遗嘱的事不着急的。"

江捍东淡淡地扫了他一眼，眼中露出几分讥诮，一旁的孟烟鹂提不起精神，只是附和着孟南照点了点头：“嗯，今天太累了，改天吧。”

“抱歉，”严律师抬了抬眼镜，正色道，“我也是按照孟董的遗愿，毕竟，夜长梦多。”

他仿佛在暗示着什么，孟南照不免皱起了眉，孟烟鹂也微微坐直了身体，她看了一眼自己的丈夫，又看向一旁的弟弟，最后，她作为一家长女发话了：“好的，那有劳严律师了。”

大厅里灯火通明，水晶灯照得屋内亮如白昼，用人们都被遣回了房间，只留下了他们四人，各怀心事地等待着一场冰冷的分割。孟烟鹂一边揉着太阳穴，一边想，母亲只有她和南照两个亲人，如果做不到公平相待，那无非是谁多一点、谁少一点，她都无所谓的，毕竟南照那么辛苦。可当听完所有的条款后，她愣住了，长长的指甲差点戳破皮肤。

“你说什么？母亲把所有的资产都留给了我？”

“严格说，是您和您的丈夫。”

孟烟鹂难以置信地看了一眼孟南照，他的脸隐在灯光背后，看不清什么表情。她匆匆站了起来：“不可能，南照不可能什么都没有，他为公司付出了那么多！没有功劳，也是有苦劳的！”

严律师有些为难地抬了抬镜框，思索片刻，说：“可能孟董也有自己的顾虑吧，虽然孟少姓孟，但他毕竟是外人……”

“他是妈妈的亲侄子！不是外人！”

江捍东及时拉住了她的手：“嘘，别着急，我们先看看遗嘱上是不是真的这么写的。”

孟烟鹂反应过来，一把夺过文件，翻了几页，脸色更白了。

大厅顿时又陷入了沉寂，不知道过了多久，孟南照终于从光影背后走了出来，他还是双手插袋的姿势，看起来万分从容：“烟鹂姐，这是遗嘱，不会假的，你和姐夫早早休息吧，我出去一趟，看看公司里有没有什么影响。”

“南照……”

孟烟鹂拉住了孟南照的手臂，他冲她皱了皱鼻子，是在逗她笑，孟烟鹂的眼泪扑簌簌落了下来。她虽然难以置信，却也在内心深处认同着，孟岚不喜欢孟南照，他从小到大，孟岚几乎都在为难他。

孟南照心中一软，急忙伸手去擦她的眼泪：“好了，别哭了，明天还有很多事要忙，我今晚就睡在公司了，你别给我留灯。”

说着，他垂下手，转身要走。经过江捍东时，孟南照拍了拍他的肩，用力地按住：“照顾好她，否则我会找你算账。”

他的口吻故作轻松，听着像是亲人之间的玩笑。

只有江捍东在应承下来的同时，冷冷地勾起了嘴角。

孟南照独自一人开车回到了公司，把自己关在了办公室里，没有亮灯，在一片漆黑中，一根接着一根地抽着烟。

他习惯了自己被孟岚轻视，正是她那样的态度，一点一点激着他走到了现在。从还未毕业就接触管理公司的事，到现在，五年了，他不敢谈尽心尽力，却也敢说问心无愧，然而这一切，都被这一纸遗嘱否定了。严律师说得对，自始至终，他都是个外人。

没有拉严的百叶窗外，有夜航的飞机飞过，他想着，叶缇此时此刻应该在腾冲了吧，和她最在乎的那个人一起。

就这样吧，让她置身事外吧，开开心心的，她难得给自己放一个假。

他如今什么都没有了，更没有底气去兑现给她摘星星的承诺了。

挨到天亮，他才摸出手机，电量快要用尽了，但他还是拨出了那串号码。

叶缇接电话的语气很轻快：“喂，南照？”

那头闹哄哄的，他问：“你在哪儿？这么早就起来了？”

“我在花市呢，赶早就能碰到新鲜的。”

叶缇将手机夹在肩窝，歪着头，蹲在一家花店的门口挑选着鲜花。

韩非提着个布袋子，里面已经装了好几束花了，波斯菊、白玫瑰、绿桔梗，她是想回家开派对吗?

“好了，我不跟你说了，我下午的飞机去腾冲，今天先在昆明到处逛逛。”她匆匆挂掉电话，将挑选好的十几枝绣球花抱在怀里，脚跟一旋儿，就到了韩非跟前：“好看吗？”

她的脸遮在绣球花后，比花还要好看。

韩非这么想着，便也这么说了，叶缇讶异地瞥了他一眼：“你倒学会了油嘴滑舌。”

他接过绣球花，小心地放进布袋。

走出花市，天已大亮，整个城市已苏醒。有野导游抱着广告牌凑过来询问，叶缇认真地研究了一下，回头问：“我们去看海鸥吧？”

小面包车载着几个游人，朝着滇池驶去，同香格里拉不同，这里的风全是春天的气息，温暖的，柔和的。叶缇看着窗外，行人和游客，一眼就分得清清楚楚。她来去这么多次，第一次放慢脚步，好好看一看这座四季如春的城市。

“以前经常出差经过昆明，却从来没有好好玩过，听Coco提过这里的海鸥很美，今天终于有机会去见一见。”

“红嘴鸥。”他纠正。

很快，叶缇就见到了传闻中的红嘴鸥，从贝加尔湖，穿越俄罗斯和大半个中国，来到了这座美丽的城市。大群大群的红嘴鸥，展翅翱翔于湛蓝的天空之下，盘旋在滇池之上。叶缇买了点鸟食，蹲在湖边喂食，有胆子大的扑棱着翅膀降落，停在了她的手上。

“咔嚓”一声，有小贩拍下照片，将相机的屏幕翻过来给她看：“拍张照吧，你看多漂亮。”

叶缇本能想拒绝，视线掠过韩非，瞬间变了主意：“好，你帮我们拍张合影。”

她把韩非强行拉了过来，两人并肩站着，就在小贩喊着“三，二，一”

的时候，她又突然叫停，转身将韩非手里的拐杖撤掉，然后一把抱住了他的手臂。

“好，非常好，就这个姿势！”小贩迅速拍下，走过来给他们过目。

叶缇忍俊不禁，韩非的表情简直就是啼笑皆非，她指着屏幕说：“有点傻。”

“哪里傻，看看你们多恩爱，要不，我多拍几张，好不容易来一趟，多点纪念。”

韩非拾起拐杖就走，那速度，叶缇一个健全人恐怕都追不上。她冲着小贩抿嘴笑了下，说：“不用了，你快冲给我吧，就这一张就行了。”

那张照片，她小心翼翼地用丝巾包着放进了布袋子里，感觉沉甸甸的，稳稳的幸福。

这是她和他的第一张照片。

弥足珍贵。

下午两点，公司里其他几位同事全部抵达昆明，大家互相问候的时候，叶缇“咦”了一声，江捍东竟然没来。

一位负责行程的姑娘说，江捍东临时改变主意，没有按照约定时间到玉叶和他们会合，她曾打过电话询问，只是一直没有联系上。为了不影响计划，他们只得先飞来昆明。

“不要紧，他不来正好。”省得影响她的心情。

到达腾冲，已经将近四点，一行人寄存了行李，便匆匆驾车赶往县城里的玉石交易市场。刚好碰到市场开放日，到处都是地摊小贩，遍地的玉石，令人目不暇接。一行人避开热情推销的小贩，走进了市场里的一家临街小铺。

一位穿着马褂、扎着短辫的男人正坐在柜台里，手里捧着一盒快餐，柜台上搁着手机，屏幕还是亮的，他正跟人视频聊着生意。叶缇熟门熟路地走进去，同男人用眼神示意了一下，然后转身对韩非低声说：“段忠义，人称段老板，有一个毛料交易公司，还有三个珠宝店，他一年至少要在缅甸矿山待上两个月。”

韩非了然地点了点头，环顾四周。

店面很小，毫不起眼，但他知道，柜台下、保险柜里，放着价值连城的宝贝玩意儿。店铺里隔了个里间，应该是会客室，仔细听，里面传来了打牌的声音，显然还有别的客人在。

“他们都是有毛料放在我这里代售，整天过来等客户，有兴趣进去看看吗？”

段忠义扒完最后一口饭，关了视频，从柜台后站了起来。

叶缇上前与他握了握手，介绍起韩非：“我们新聘请的顾问，韩非。”

段忠义走出来，领着他们走到里间，几个打牌的男人齐齐回头，以为生意来了。段忠义笑了：“他们不买毛料，就来看看。”

小小的仓库里，地上随意堆着一些基本已经开了口和切了面的毛料，每堆毛料的旁边都有一盆清水和一盏台灯。“这是给客户看石头的时候用的。”段忠义说，接着又领他们来到紧靠着仓库墙壁边的一排铁制的文件柜前，柜子里放的也是毛料，“这里面的毛料价格要相对高一些。”

叶缇扫了一眼，问：“我们的货呢？”

“别急 ，先给你看一些好东西。”

段忠义小心翼翼地打开柜台后面的保险柜，从里面拿出了一个绒布包，包里是几只翡翠手镯：“新来的货。”

韩非接过，放在手里仔细掂量着。

“这些的镯子单价应该都在二十万左右，全部都是从一块石头上弄下来的，那块石头只花了我十多万。”段忠义得意地说道。

韩非笑了一下：“这些你不打算卖吧？”

“是，翡翠的价格还有很大的上涨空间，我准备把它们放一放。”

叶缇突然想到韩非说过的话，无商不奸，她笑了一下，催促起段忠义：

“好了，我们的时间不多，去验验咱们的货吧。”

玉叶订的这批货，包括了手镯和吊坠，大点儿的还有一些玉雕，雕工精美，栩栩如生。韩非带着几个鉴定部的同事去验货了，叶缇留在了外面，想着下半年的玉石玉雕展览，到底要出什么样的作品才能和唐永丰抗衡。

一个钟头后，一行人说说笑笑地走了出来，段忠义带头走在前面，韩非的步履缓慢一些，跟在了他后面。叶缇站起来，问：“如何？”

“可以直接签合同了。”韩非答道。

段忠义伸手打断：“不急，明天还有一批新货，想给你们再挑挑，不如合同明天再签。”

他说话不疾不徐，口头禅仿佛就是“不急”，脸上挂着生意人乐呵呵的笑，叶缇也没再多想。

“也行，我们明天晚上的飞机，刚好来得及。”

叶缇说着，意欲告辞，一行人快走出店外，韩非突然停住了。他的视线投向柜台后的货架上，上了锁的玻璃门后，摆放着一个不大不小的玉如意，线条流畅，光彩夺目。

“韩先生有兴趣？”段忠义留意到他的目光。

“什么价？”

“什么价都卖不了，”段忠义仍旧乐呵呵的，“这个可是留给林教授的。”

韩非眯起眼睛：“林教授？”

“对，也是你们威城的，没听说过？”

他神情严肃：“听说过，曾与家父就职于同一个学院，不过几年前辞职了。”

段忠义哈哈笑了：“你看，就是这么巧。”

韩非微微颔首，多看了那玉如意一眼，转身朝店外去了。

叶缇跟了上去，很快就有小商小贩围了过来，她走到韩非身边，说：“要不要四处看看？也许能碰到喜欢的。”

一行人在此散去，叶缇紧跟着韩非，他在攒动的人群中走得更缓慢了，时不时因为被碰撞而不得不停下来。叶缇几步上前，握住了他的手。

韩非转过头来，眉峰上挑，好看得令她一阵眩晕。

“怎么了？既然是男女朋友的关系，手拉着手逛街不是很正常？”叶缇故作镇定地道。

他望着她，嗓音低沉：“那你握紧了。”

他虎口处的茧磨着她细嫩的手心，麻麻痒痒的，她忍不住深吸一口气，觉得有什么东西飘浮到空中，又缓缓地落下了。

韩非什么都没看中，倒是叶缇，饶有兴趣地停在了一个赌石的地摊前。

“真要试？”

“一刀穷，一刀富，一刀穿麻衣，”她念着这俗语，笑了起来，“就试一次，大不了倾家荡产，我跟你私奔。”

韩非领着她挤进人群，望着遍地的石头，叮嘱一句：“别太贪心。”

小贩是个缅甸人，操着一口奇怪的口音，见叶缇的装扮，已经盘算着是个大生意，忙推荐了一个众人都在议论的石头：“这个，五十万，赌不赌。”

叶缇正想还价，被韩非及时制止：“你要还了价，就得真的买了。”

这是这里玉石交易被默许的规则，叶缇迟疑了片刻，扭头问：“那要不要这个？”

“我可不会看这个。”

也是，否则早就发家致富，走上人生巅峰了。

叶缇想了想，伸手指向旁边一个小的石头：“那个呢？”

“那个，这个数。”缅甸人比出一个手势，八万。

“五万，成交，OK？”在叶缇的心理预期之内，于是她试着压价。

缅甸人大概也是狮子大开口，很快就与叶缇达成了一致。叶缇低头去翻钱包，韩非已经递过去了一张卡，她蹙眉：“干吗？”

“算我送你的。”

五万也不算是小数目，她也搞不清韩非到底有没有钱、有多少钱。她想拒绝，却听他轻笑了一声：“男人给女人花钱，不是天经地义？”

大庭广众之下，她也不想推来推去，于是没再纠结，抱起了那块小石头。

那块石头完全被皮壳包裹住，既没切面，也没开口，按照行话，那是一块标准的“赌石”，风险很大。她掂了掂，心里想着，要是切开后赌涨了，里面真的有高品质的翡翠，那她可就赚大了。要是没有，那也无妨，权当是一次投资打了水漂，她做玉石生意这几年，还没玩过这个。

“现场解吗？”那缅甸人也有点跃跃欲试，想看看结果。

叶缇看到一旁的解机，一咬牙，道：“解！”

切石头的解机上盖着盖子，人们是看不到石头被切开的情况的，开解的时候，叶缇除了等待，只能祈祷自己能有一个好运气。解机发出轰鸣声，叶缇紧张得手心出汗，有点期待，又有点怕，紧攥着韩非的衣袖，大气都不敢喘。

十多分钟后，解机的轰鸣停了下来，缅甸人上前掀开解机盖的那一刻，叶缇屏住了呼吸。

那块拳头大小的石头已经被切成大小不等的两块，剖面转过来，有围观的人叫出声：“有绿！”

叶缇清楚地看到，石头的剖面上有一小片淡淡的水绿，她还没反应过来，又有人说：“哎呀，可惜了，不值五万。”

缅甸人从地上的水盆里捧了水，抹在石头的切面上，随后拿起一把手电筒，照向了切面。叶缇终于看明白了，她花了五万买下的这块赌石，里面倒真的有翡翠，只不过品相不好。

“没关系，刚好可以加工个小首饰。”她毫不在意，小心翼翼地接回了石头。

有人围上来，介绍自家的毛料加工厂，叶缇跟着去了。一路上，那大姐都在说她听说过的关于赌石的故事，叶缇左耳进右耳出，只听韩非问：“你想做个什么？”

她低头看了看那片水绿色：“你觉得呢？”

韩非估摸了一下大小，说：“做个玉环吊坠？”

“做个戒指吧？”她促狭一笑，“你送我的。”

两人跟着到了这家翡翠毛料加工厂，院子里，随意堆着许多已经没有多少价值了的边角料。工厂被泾渭分明地分成了三个区域，一间出售翡翠成品，一间厂房是专门切石头的，还有一间是进行简单的打磨加工。

翡翠片很快被切了下来，叶缇将它放在水里洗干净，然后举过头顶，借着屋外透进来的光线端详着。有工人好奇地问她花了多少钱，她笑着收回手：“花多少钱都值，它在我心里价值连城。”

她将那枚翡翠片留在了加工厂，预约第二天去取货，她从中午到现在什么东西都没吃，现在满脑子都想着酸辣辣的米线。

走出加工厂，韩非替她拦了辆出租车，自己却没有上去。叶缇抵着门问：“你不上车？”

“我去见个朋友。”他答。

叶缇拧眉：“没听你说在这里有朋友。”

“你没听说的多了去了。”他伸手关上门，目送着叶缇被车子载走。

司机车开得倒是利索，叶缇默默翻了个白眼，回头去看，韩非的身影已经越行越远。这时司机问：“小姐，你去什么地方？”

“不知道你还开这么快？”她嘟囔着，从包里翻出手机，将她搜索出来的一家店铺页面将手机递了过去。

米线店里顾客很多，她排队买单，拿着序号找到了个座位，一对小情侣刚刚吃完，正要离开。她等在一边，饿得肚子直叫，鼻子里都是酸酸辣辣的香味，闻一下，更是前胸贴后背。这时，口袋里的手机响了，她没留意，一心都在米线上。

服务员收拾干净桌面，她立刻放下自己的序号牌，等了几分钟，有小妹端着偌大的瓷碗过来了，清淡的汤底，看不到辣椒，可刚喝一口，她就立即呛出声来，胃口大开。叶缇吸溜米线时，手机又响了，这回她听见了，掏出一看，竟是阿翘。

“阿翘？怎么是你？家里出什么事了吗？”

“大小姐……”那头居然传来哽咽声，断断续续，欲语还休。

叶缇急了，放下筷子，匆匆走出喧闹的小店：“你别哭，慢慢说，到底怎么了？”

“您还是尽早回来吧，孟大少他快撑不住了，”电话那头阿翘憋不住哭了出来，“孟董去世了，他每晚都不肯回去，非要睡在咱们客厅的沙发上，明知道小姐你不在，他却坚持来……”

叶缇倒吸一口气：“姑姑去世了？”

“已经三天了。”

晴天霹雳——

她立刻拨孟南照的电话，连打了三次之后，那头终于接电话了。

“孟南照，你想瞒着我到什么时候？”

孟南照睡眼惺忪，他整个人蜷缩在沙发上，一时没有清醒过来，还以为叶缇是从房间出来，正站在楼梯那里骂他。可他眯眼看过去，哪里有她的身影。

“孟南照！你倒是说话啊！”

他低头看了看手机，哦，原来是在电话里，他闭上眼睛，想起她身在云南。

深深吸一口气，他柔声道：“叶子啊——”

叶缇心一颤，声音软了下来：“你喝酒了？”

“嗯……”最近天天喝，醉生梦死，不知人生几何。

“我明天签完合同就回来，有什么事，我们一起扛，你别一个人硬撑着。”

“不关你的事，那是我的家事，你跟我，又没有什么别的关系。”

叶缇急了，忍不住又骂了句脏话：“我们认识这么多年，你难道就不顾旧情了吗？我不愿意嫁给你，你就要跟我划清界限？”

那头沉默了，过了好久，孟南照才幽幽地问：“叶子，你幸福吗？你现在幸福吗？”

叶缇仰起脸，看到天空中若隐若现的星星，她心中的那个答案那么明晰，却堵在喉咙里，说不出来。直到和孟南照的通话掐断，她都没有勇气坦承，因为此时此刻的孟南照，仿佛一碰就会碎。

她打车回了酒店，将自己泡在了浴缸中，水声哗哗，打出玫瑰香的泡泡。她倒了一杯红酒，心神不宁地饮着，想到那枚即将完工的翡翠戒指，又觉得踏实了一些。浴室的窗帘没有拉，正对着空阔天空，她突然想到了孟南照的问题。

她当然幸福啊，可是此情此景，她哪敢独自幸福。

淋浴完，她套上浴袍回到床边，翻出手机，给孟烟鹂打了个电话。孟南照尚且如此，何况更加敏感脆弱的烟鹂姐。

接电话的却是江捍东。

“小叶子，”他的声音压得极低，“听到你的声音甚是想念。”

她按捺住想要摔手机的冲动：“烟鹂姐呢？”

“睡了，你有话不妨跟我说，都是一家人，没有什么区别的。”

她不答反问：“你怎么没来腾冲？”

“你不知道？”江捍东讶异出声，旋即又故弄玄虚，“哦，也没什么事，就是临时出了点意外。怎么，想我了？”

叶缇没有点破，她想着孟南照既然瞒着自己，一定是有自己的考虑，何况她也没必要跟江捍东说那么多。她应付了几句，就要挂电话，那头突然传来一句：“希望你今晚能睡个好觉，毕竟，明天可不会像今天这么美好了。”

她神色一凛，那头已经挂了电话。她握着手机枯坐了一会儿，想着他大概是指明天她回去就会得知真相了吧。

韩非回来的时候，她还处于浅眠的状态，隔壁房间传来关门声，她一个激灵，腾地从床上坐了起来。三分钟后，她又洗了个脸，套着浴袍，出现在韩非房间门外。

韩非抬起手腕看了眼时间："这么晚了，你还没睡？"

"这么晚了，你才回来？"

她质问的模样有点可爱，韩非忍俊不禁："喝了点酒，等解酒了，对方才送我回来的。"

"对方？"她蹙起眉，"是男是女？"

韩非不说话，含笑望着她。

"既然是男女朋友的关系，报备一下行踪很正常吧？"她理直气壮。

韩非学着她的语气，顾左右而言他："既然是男女朋友的关系……"他故意停顿了一下，人扶着墙向她倾过身子，气息扑向她的长睫，"这个点是不是该做点男女朋友该做的事？"

叶缇仰着脖子，干脆利落地回答："好啊，我洗过澡了，你呢？"

韩非伸指弹在她的额头："去去去，滚回你的房间睡觉去。"

他按住她的肩膀，将她转了过去，叶缇被迫朝前走了两步，复又回转过来："韩非。"

他本就目送着她回房间，见她突然怯怯出声，不由得柔声轻问："怎么了？"

"孟家出事了，孟岚姑姑去世了。"

她的表情算不上忧伤，毕竟她与孟岚谈不上有感情，但是韩非知道，她在担心孟南照。

他问："孟南照怎么样？"

"他每晚都睡在我家客厅里……"她想了想，又补充，"回去后我会好好劝他的。"

他知道她刚刚那个片刻想到了什么，又好笑又心疼："我不吃醋，暂时就让他睡睡好了。"

叶缇勾起嘴角笑了一下，上前几步，环抱住他的腰："明天回去后，你陪我去一趟孟家，好不好？"

她的手指无意识地拨弄着他的衬衫，他被搔得心里一阵心乱："好，我陪你去。"

叶缇裹着睡袍一觉睡到了天亮，空调出风"呼呼"地响，浴室的水龙头好像没有关好，时不时发出"叮咚叮咚"的声音。

再接着，是一阵急促的拍门声。

同事小黎站在门外，一脸慌张："叶总，出事了！"

叶缇连面霜都没有抹，素着一张脸，匆匆钻进小黎租来的商务车里，其他几个同事已经等在车中，表情都很严峻，她环视一圈，落座："韩非没来？"

小黎一脸歉疚："忘记他住哪一间了。"

"没事，先去段老板那里。"

段忠义不在，店铺门紧锁，她立刻拨电话过去，却一直无人接听。她抓了抓头发，努力让自己沉住气，问："跟我说说具体情况。"

小黎翻出微信聊天记录，说："昨晚段老板跟我们联系，说提前把那批货运送回威城，等今天签合同的时候，他再把新一批的给我们过目，考虑我们合作了这么久，大家都没有生疑，可是刚刚公司那边传来消息，说唐永丰昨夜到了腾冲，并且和段忠义签下了一笔大合约，我们怀疑，他抢了我们的货。"

"唐永丰？"

小黎艰难地点了点头。

叶缇猛拍店铺的门，手机边角被砸出了裂痕。她想了想，滑动屏幕，给段忠义打电话。这时，突然有电话进来，她一看名字，果断挂断。然而，那人却并没有放弃。

叶缇没好气地接起："我希望你打我电话是为了正事。"

江捍东握着手机，皮笑肉不笑地说："不是正事哪里敢打扰小叶子你，半个小时后，醉仙楼等你，地址定位发在你的手机上。"

"你在腾冲？"她心中一凛。

"是啊，特意来见你，亲爱的。"说罢，他挂断电话。

很快，一条消息提示，她迅速打开微信，定位已经发了过来。她钻回商务车，将地址递给司机："麻烦去这里，快一点。"

去的路上，她设想了很多可能，可万万没有想到，这竟然是一场鸿门宴。走进包间，她就怔住了，一个上午都没联系上的段忠义正坐在下座，手里捧着杯茶，正徐徐地喝着。而上座，却坐着泰然自若的唐永丰，手里握着两个文玩核桃，正有一下没一下地把玩着。江捍东陪在他身边，笑眯眯地说着话，不知说了些什么，让唐永丰笑得胡子都要翘起来。

她杵在门口，直到服务员问："叶小姐喝点什么？"

唐永丰闻言抬起头，满怀深意地看了她一眼："叶总来了。"

"小叶子，一日不见，如隔三秋啊。"江捍东即刻起身，朝着她走来，领着她向餐桌走去。

她压低声音，叱问："你在玩什么把戏？"

"当着你的面儿，我可不敢玩什么把戏。"说着，他将她按在了座椅上。

一旁的段忠义笑呵呵地跟她打了个招呼，然后从公文包里掏出一摞文件，推了过来："叶小姐看看，这是我新拟的合同，唐董已经过目了，就差您这边的意见了。"

她满怀疑虑地接过，只扫了两眼，面上就结了一层寒霜："段忠义你什么意思？"

上座的唐永丰咳了两声。

她即刻把矛头对准了他："唐永丰你玩什么猫腻？"

"不礼貌，"唐永丰拿着核桃轻轻地敲了敲桌子，"我好歹同你爸爸一个辈儿，怎么也该喊我一声唐伯伯。”

叶缇抿着唇，冷眼看着他。

“我是从玉叶出来的，你我本属一家，眼下有合作的机会，也正好圆了我的一个愿望。段老板人实在，值得信任，以后由他稳定供货给你我两家，咱们不争不抢，也免去许多麻烦。”

“我不同意。”

唐永丰合上眼，完全在预料之中。

江捍东小声提醒：“叶子你再考虑考虑。”

“江捍东，你为什么在这里？这关你什么事？”

江捍东双手一摊：“我说了，段老板是我的朋友。”

她深吸一口气，让自己稳住：“这不可能，我不会同意，合同分明是霸王条款，对玉叶没有半点好处。”

“我们可以慢慢协商……”江捍东正想劝。

叶缇“啪”一声将合同扔回餐桌中央：“没什么好协商的。”

唐永丰缓缓睁开眼，转了转核桃，开口了：“既然叶总这么固执，那只有一个选择了，段老板，还麻烦你把第二份合同交给她看看。”

叶缇冷冷盯着段忠义，段忠义却仍旧一副乐呵呵的表情：“叶总，大家总归都是要吃饭的，你怪我不要紧，但总该能理解我吧。”

她一把夺过合同，浑身都冷了，这份合同压根同玉叶没有半点关系，是段忠义同永丰签下的死约，为期五年，只供货给永丰一家。

“叶缇啊，你还年轻，路还很长啊。”

说完这些话，唐永丰接过一旁助手递过来的一式两份的另一份合同，“刷刷”地签上了自己的名字。签完，又想起了什么：“对了，还得多谢你聘请来的那位顾问，他替我们鉴定好了那批货，等明天下午，那批货就该到威城了吧，永丰会派人去接的。”

原来段忠义早就做了叛徒，所以才拖延时间没有同她签约，又临时将那批货提前运往威城，没想到竟是这个打算。

事已至此，叶缇总归要保持姿态，她拍了拍掌，站起身：“那恭喜你们了，祝合作顺利，千万别重蹈覆辙。”

见她要走，江捍东几步跟了上来：“有个东西你可能很感兴趣。”

她步履不停，却被他一把抓住手腕：“你就不想看看你器重的韩顾问到底背着你干了什么？”

她心里一凛，站住了。

江捍东将手机的视频打开，一副胜券在握的表情望着她。叶缇低头，远远地扫了一眼，下一秒，她的表情就变僵了。手机屏幕上，韩非半途折返，竟又回到段忠义的店铺，二人在里间的小会客厅里促膝而坐，不知在谈些什么。

视频没有声音，她留意了一下时间，正是韩非跟她说去会友的那段时间。

他在骗她。

他为什么要骗她?

她心中掀起波澜，可面上仍旧不动声色，伸手推开手机，淡淡说：“麻烦让一下。”

“OK，想必你一定急着回去找他质问，不要怀疑，你现在心里想的就是真相。”

他冷嘲热讽的口气激怒了叶缇，她几步逼近，仰头与他冷冷对视：“孟岚姑姑才刚刚去世，你却在这里横插一脚，你安的什么心？”

江捍东做出一副恍然大悟的表情：“啊，我忘了告诉你，自始至终，我都是唐爷的人，到孟家做事，娶孟烟鹂，那都是唐爷的指示。”

叶缇如遭雷击，脑袋“轰”的一声空了，半晌都没回过神来。

江捍东却在她眼前摆了摆手，眼镜后的双眸透出得意：“孟南照一定没有告诉你，现在整个飞凡集团，整个孟家，都是我和烟儿的。换句话说，都是我的。”

“江！捍！东！”

“别急，别急着跟我拼命，你最好先去慰问慰问孟南照，他现在应该很需要你吧？哦不行，你现在应该更想知道那个视频是怎么回事，不如先去问问韩非？”

说完这些，江捍东将手机塞回裤袋，抻了抻胳膊，从她的身边绕了过去。

叶缇捏了捏拳，匆匆走出酒店。

商务车还等在门外，小黎看到她出来，急忙推门下车：“叶总，什么情况？”

“买最近的航班回威城。”

“我们晚上就回去了……”

“等不及，你看看有没有更近的时间。”

她俯身钻进车里，让司机带她回酒店收拾行李。短短的半个小时里，她想了无数次要不要打韩非的电话问一问，可她又清楚地知道，不必问，答案就在心中。江捍东说，她现在心里想的就是真相，那么，真相就是她信他。

自始至终，她都义无反顾地相信着他，现在不说，是时机未到，她总会等到他愿意坦诚相告的那一天。

韩非仿佛早已预料到了一切，他正提着行李箱，在酒店大堂里等她。

叶缇进酒店太急，没有看到他，直接乘电梯上到房间所在的楼层，收拾好行李，然后忐忑地走到了韩非的房间外。这个时间正值自助早餐的点，有别的客人三三两两地经过，踩着绵软的地毯，压低着声音说话。她深吸一口气，敲响了门。

“咚咚咚”，三声，无人回应。

“咚咚”，再加重两声，屋内依旧寂静。

她干脆掏出手机，拨电话过去，韩非接得很快，看来手机就在手边。

她开门见山：“我替你买了两个小时后回威城的机票，要不要跟我一起走？”

“我在大堂等你。”他说。

叶缇拖着行李箱冲到电梯口，伸手挡住正要闭合的门，电梯一路下行，楼层数字变化得飞快，当走出电梯的时候，原本故作镇定的她，此时已经真正镇定下来了。

韩非坐在沙发上，拐杖靠在一边，他微微斜着身子，大概是为了让身体更舒展一些。等走近一些，叶缇看到他手里捧着的杂志，是当地一本关于玉石鉴赏和交易的内部刊物，他随意地翻着，应该也没有看进去。

酒店替他们约好的出租车还没到，叶缇轻轻放下行李，坐到他身边：“合同的事儿，出了意外。”

他合上杂志，手指无意识地摩挲着硬皮的封面：“唐永丰找你了？”

叶缇扫了他一眼，看来他已经知道事情始末。她叹了一口气，道：“嗯，被打得措手不及，”仿佛为了安抚他，也为了安抚自己，她倒在沙发靠背上，长长地吐了一口气，“吁——他一向无耻，不意外的。”

韩非看着她微微闭上的眸子，睫毛颤动，光洁的面孔有些发青。他伸出手指，插入她细软的头发中，按摩一般揉着她的发根：“回去再拿主意，别绷这么紧。”

她就着他的动作歪过头，将脸贴近他的掌心，干燥的，温暖的，给了她无穷无尽的力量。她伸出手，钩住他的指尖，说：“韩非，要不你亲我一下吧。”

原本温情的画面突然起了涟漪，韩非的脸色渐渐尴尬起来：“我好像有点感冒了。”

“不要紧，你传染给我吧。”说着，叶缇坐起身，直接跪在沙发上，朝着他的方向弓下了腰身。头发顺着他的手背滑落下来，遮挡住两人愈来愈近的侧脸，就在这时，大堂经理举着对讲机快步而来：“叶小姐，你们叫的出租车到了……”

他话音还没来得及落下，就看到他的酒店贵宾缓缓地转过脸来，凶神恶煞一般，眼神冰冷。

一直到机场的路上，叶缇都在正襟危坐的状态中。

“怎么，不敢看我？”他又用上了老旧的台词。

叶缇斜了他一眼：“你不要得意太久，迟早有那么一天的。”

“嗯？”他反问，“迟早什么？”

“哼，”她冷哼一声，“好好守身如玉吧。”

韩非正喝着水，一口呛到，差点背过气去。

飞机没有延误，两人顺利登机，从下了出租车，到并排坐上飞机，两人都再没有任何语言和肢体的交流。韩非要了杯咖啡，一边喝着，一边翻着当天的报纸。叶缇踢了高跟鞋，换上一次性的拖鞋，又要了个盖毯，舒舒服服地伸了个懒腰。

韩非瞥了她一眼：“这不是夜航吧？”

她翻了个身，没理他，从包里掏出手机，在关机之前随手刷了刷微博。几页过后，她猛地坐了起来，双腿盘着，两眼直直盯着屏幕。

“怎么了？”韩非远远扫了一眼屏幕，是几张打了马赛克的照片，没看清具体内容。

叶缇迅速点了下屏幕，许久，才低声问：“韩非，你说，烟鹂姐她可能出轨吗？”

“孟烟鹂？”

叶缇不忍回忆看到的照片：“有人爆出了烟鹂姐的出轨床照，用词污秽不堪，我想一定是有人恶意打击报复。”

韩非抽出她的手机，关机，塞进自己的口袋，然后反握住她的手：“好了，一切都等回去再拿主意，你好好睡一觉。”

她仿佛遇到了救命稻草，抓紧了他的手。

他叹出一口气，伸出手臂，把她的脑袋拢了过来，然后侧过脸，轻轻地吻在了她的额角。

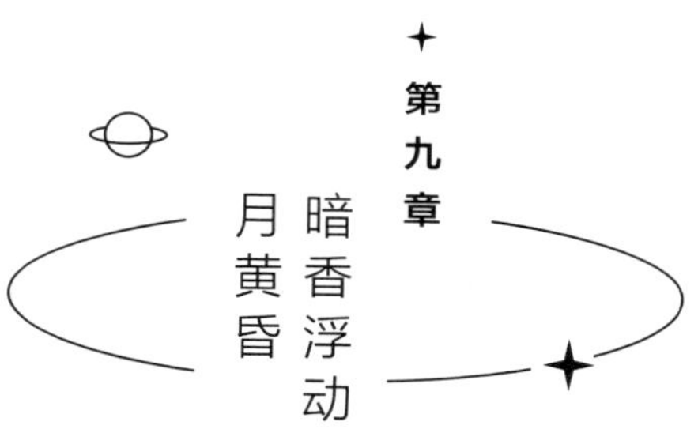

第九章 暗香浮动月黄昏

Which
Star —— Are You

无形之中，仿佛有一张网，笼罩住了天日。

叶缇曾经没有感知到的黑洞，此时正像漩涡一般，兜头而来。

孟家之外，媒体记者长久驻扎着，黑压压的一片。即便孟家的管家数次来轰人，狗仔们仍旧如苍蝇一般的嗡嗡折返。

叶缇和韩非从出租车上下来的时候，立即有人围了过来。

“你是玉叶公司的叶缇小姐吧，你跟孟烟鹂应该很熟吧，对于孟烟鹂出轨这件事，你怎么看？”

“你跟孟烟鹂差一点成为姑嫂，她平时为人如何？和丈夫江捍东是否早有嫌隙？”

“叶小姐，你跟孟大少有没有就此事联系沟通过？你和他还有联系吗？”

仿佛乌云盖顶，叶缇一阵胸闷，她伸手去遮挡镜头，眼睛被闪光灯刺痛，这时身边地人伸出长臂将她搂紧，用力揽着她的肩往前走。

有记者眼尖：“这是叶小姐的男友韩先生吗？”

韩非立定，朝那人伸出拐杖，眼神冰冷。那记者还想追问，最终还是放弃了。周围还有人不肯放弃，刚伸出话筒，就见韩非举着拐杖朝着人群横扫一圈，掷地有声：“无、可、奉、告。”

在短暂的寂静中，他迅速领着叶缇走进孟宅，与外面不同，孟家之内，是一片冰冷的死寂。孟岚的灵堂还没有撤，到处都是大片大片的白色，花圈摆满了整个大厅，萧索而又凄凉。遗像里的孟岚依旧姿态端庄，但眼神严厉，是其一贯的神态，只怕九泉之下知道女儿的荒唐，也难以安息。

管家要给他们二人倒茶，被叶缇劝住了，六十多岁的老人一脸愁容：“叶小姐，你劝劝小姐吧，她在房间里不吃不喝，谁也不让进，这要坏了身子啊。”

叶缇抬头看了看二楼，问：“多久了？”

“从昨天夜里到现在了。”

照片被曝光是今天上午，那事发之时，很可能就是昨天了。

“孟南照呢？”她没看到他的身影。

管家叹息一声：“少爷去找上面的关系了，看看能不能把事态控制一下。”

叶缇点头：“好，我去找烟鹂姐。”

她让韩非在楼下等她，自己独自上了二楼。孟烟鹂的卧室在最里面，她敲了敲门，意料之中的无人回应。管家给了她钥匙，她插入锁孔，无奈门被反锁了。她又拍门，将耳朵贴在门上，里面一点动静都没有。

她怕出事，直接到隔壁的书房，打算从书房的阳台爬过去。两个阳台是挨着的，她手脚也还算利落，很快就跳进了另一个阳台。窗帘拉着，她看不到里面，拧了拧门，幸好没有上锁。她轻轻地拉开门，掀开门帘，只见床上斜卧着一个人，被子拉高盖住了头，没什么声息。而在一旁的床头柜上，有一瓶已经开盖的药，旁边散落着几颗药丸。叶缇心一惊，立刻冲上前掀开被子，孟烟鹂蜷缩成一团，睡裙皱巴巴贴在她身上。叶缇拂开她脸上的乱发，只见她双眸紧闭，呼吸不定，而紧握的拳头之中，还死死地捏着几颗药丸。

叶缇用力抠出来，看了一眼药瓶，立即喊人：“快叫救护车！”

病房内，韩非一直紧紧抓着她的手。

孟烟鹂并没有吞食太多安眠药，她只是不愿意醒过来。病床上，她仿佛逃避一般将头偏向里面，手露在被子外。叶缇没有进去，她在门口看了两眼，便走回去，坐到韩非身边。孟南照在病房里，不知道在跟孟烟鹂说些什么。不过，不管他说什么，都只是自说自话。

过了一会儿，他沉着脸走了出来，轻手轻脚地关上门，然后便狠狠一拳捶在了墙壁上。

“南照。”叶缇叫他。

他掀起眼皮子，猩红的眼底布满了疲惫。他深深地看了一眼叶缇，移开视线，最后落定在韩非身上：“有烟吗？”

“他不抽……”

“有。”

叶缇惊讶地看着他：“你从来没在我面前抽过烟。”

韩非从口袋里掏出烟盒，扔给孟南照，说：“解压的，心情不好时才抽。”

“什么时候学会的？”

韩非抬眼瞥了瞥她，没回答。

孟南照从烟盒里抽出一根，掉头朝吸烟区走去，韩非接过烟盒，给自己也抽出一根，吩咐叶缇：“你在这儿等着我们。”

叶缇不听，跟了上去。

两个男人分靠在两面墙上，安静地抽着各自的烟，医院的气氛本就压抑，现在更压抑了。叶缇走过去，从韩非手中拿下烟蒂，放进自己的唇间。过滤嘴上是潮湿的烟草气息，她狠狠吸了一口，在烟雾缭绕里，她看到韩非探究的目光。

“解解压。”她说。

韩非接了过去，一口长气吸到头，然后把烟狠狠摁灭。

“你们怎么打算？”他在问孟南照。

阴影笼罩下的男人缓缓抬起头，苦涩地笑了一下：“多事之秋。”

叶缇知道，孟烟鹂的这件事一出，孟岚的死也瞒不住了，孟家岌岌可危，江捍东坐收渔翁之利。突然，她脑中一个念头闪过，江捍东那张皮笑肉不笑的脸浮出脑海。

她霍然抬头看向孟南照：“你知道江捍东在腾冲吗？”

孟南照目光一凛。

“和唐永丰在一起。”她补充道。

她没有多说，可大家都心知肚明，韩非伸出拇指摩挲了一下下巴，突然开口：“所以他有不在场证明。”

叶缇立即反应过来，却冷笑一声，反道：“这种事情又不需要他在场。”

孟南照当即掉头去病房，他要去找孟烟鹂好好谈一谈。

当天夜里，孟南照给她打来电话，声音嘶哑：“她说她喝多了……”

“是确有其事？”

“我让她去检查，她不肯。”

叶缇沉默下来：“毕竟是她的声誉。”

“闹成这样，还有什么声誉？”

孟南照一时失控，很快反应过来，他压低声音，懊恼道：“对不起叶子，我不是跟你发脾气。”

“我知道。”她急忙安抚道，“我知道这段时间你很累，南照，你一定要撑住，天塌下来了，我也会陪你一起扛。”

孟南照伸出手搓了搓脸，他爽快地笑了几声，可仓促间，却有什么液体从指缝间滑落下来了。

翌日，孟岚的遗体入殓，葬礼被迫公开。

顾虑到媒体，孟烟鹂没有露面。叶缇放心不下，提前离场，赶到医院，病房却空无一人。她尝试着拨打她的电话，意料之中，关机了。她没有通知孟南照，毕竟葬礼上还有很多事要处理。

她走出医院，开车朝孟宅驶去，刚刚踏进门，就看到孟烟鹂正坐在沙发上，怀抱着靠枕，双脚裸着盘在膝下，神色恍惚，目光没有焦点。

她匆匆换鞋走进去，一眼看到了茶几上的一纸离婚协议书。

“江捍东回来了？”

孟烟鹂如若未闻，纹丝不动。

她的脸色苍白得仿佛那张纸，眼睛红肿，应该是哭过。叶缇心一沉，拿起协议书，目光移到落款上时，她怔住了：“事情还没弄清楚，你怎么能签字？！”

一言不发的人儿，倏地落下一滴泪来。

叶缇举着协议书，绕过茶几，快步朝着楼梯走去：“江捍东呢？江捍东你这个王八蛋，你给我滚出来！”

“叶子……”

她停下，迅速转过身，只见孟烟鹂正看着自己：“他已经走了。”

叶缇如鲠在喉，震怒下，她狠狠撕碎手中的那一份白纸黑字，碎片飘零落下，孟烟鹂凄厉地笑了一下：“另一份被他带走了，叶子，没用的，你不要为我抱不平了，是我的错，是我对不起捍东。”

“是他对不起你！”叶缇简直难以置信，“你知不知道，他骗走了你的财产，骗走了整个飞凡集团！”

她一腔怒火无处发泄，又怕误伤孟烟鹂，只好咬牙冲出孟宅。车子开上高架桥，她关上车窗，将蓝牙耳机打开，拨了韩非的电话。

一次、两次、三次，仍旧是正在通话中。

她吐出一口浊气，拔掉耳机，扔进了抽屉里。

而这边的韩非，正对着衣柜换衣服，手机开着免提放在床上，孟南照的声音沉沉传出：“芯片不见了。”

他套上一件连帽衫，将帽子盖在了原本戴着的鸭舌帽上，然后转身，拿起手机放到耳边：“有可疑的地方吗？”

“葬礼上人多眼杂，我再排查看看。”

韩非“嗯”了一声，补充：“不妨回忆一下，除了你们孟家，芯片里的东西还对谁有威胁。”

挂掉电话，他把自己收拾整齐，然后乘电梯下楼。出租车等了一会儿，他表达了歉意后，坐上了副驾驶座。车子驶出小区，开出一截后，他感觉到了不对劲——后视镜里显示后方有一辆车，跟着他们有一会儿了。

他习惯性地用拇指摩挲着下巴，低头翻了翻手机，看到了叶缇的未接来电。

电话一通，那边的口气就不是太好：“你在跟谁通话，这么长时间？”

“一个朋友。”他收回落在后视镜上的视线，笑了一下，认真讲起电话。

叶缇憋不住了：“又是朋友？你哪来那么多朋友啊韩先生？你不是自幼生活在国外？近期才回国？这么快就有国内的朋友了？威城有朋友，云南有朋友，这个朋友又是哪里的？”

他不由得失笑：“叶缇，你在发脾气吗？”

“不可以吗？”

“可以，这是你作为女朋友的权利。”

叶缇深吸了一口气：“我想见你。”

他抬了抬手腕：“现在？”

“你在哪里？”

他扫了一眼时间，吩咐司机靠边停车，然后对着手机说：“你回家里等我，不管什么事，都切记不要声张。”

他压低帽檐，下车，随便挑了一家店进去，三五分钟后再出来，那辆车没有跟上来了。

叶缇等了两个多小时才听到门铃响，她迅速放下手里正在翻看的《婚姻法》，趿上鞋子过去开门。门外，韩非坐在轮椅上，递过来一个小纸袋。

“什么？”她过去把他推进门里。

“小礼物，偶然看到就想到你了。”

叶缇取出来一看，是个镂空的金属书签，树叶的形状，细长流畅。

“叶子？”她挑起眉。

韩非顺手把膝盖上的羊毛毯搁在沙发上，轻轻“嗯”了一声，貌似无意地环顾了一圈偌大的客厅。

叶缇把书签放进刚才看了一半的《婚姻法》里，随口问了一句：“喝水吗？茶？黄菊？”

“都行，”韩非瞥到茶几上的《婚姻法》，眉梢忽地扬起，“孟烟鹂？”

“她在离婚协议书上签字了，条款并不公平，她承认自己是过错方，财产全归江捍东。”她说完，又觉得生气，泡好黄菊，端着杯子走回来，重重搁在茶几上，“江捍东到底给她喂了什么迷药？”

杯子里的水溅了几滴出来，韩非抽了张纸巾擦了擦，随口问了一句：“阿翘呢？怎么劳烦你亲自给我倒茶？”

“请假了，听说是老家有亲戚结婚。”

韩非若有所思地点了点头，端起水杯，又放下，手指摩挲着弥漫着水雾的杯口，低声说：“孟南照跟我说过，江捍东曾经来过你家，你知道他来干什么吗？”

叶缇正以手当梳，把散落的头发往脑后梳拢，闻言，动作一停：“他来我家做什么？”

韩非看向她：“之前他们不是说要找什么东西吗？”

“是温心语，”她正襟危坐，“温心语说她是替人问的，后来孟南照帮我找到小述，那件事就不了了之了……你是说，要找东西的人是江捍东？”

韩非没有回答，答案不言而喻。

叶缇蹙起眉：“他在找什么东西？”

“一枚芯片。”

“里面是什么？”

“商业机密，他们非法交易的证据。”

叶缇猛地站起身，声音有些抖：“你怎么知道的？”

韩非不慌不忙地端起杯子，吹了吹那朵漂浮的大黄菊，徐徐地喝了一口茶，这才回答她：“要找东西的不止江捍东，还有孟南照，那枚芯片，不仅威胁到孟家和永丰珠宝，还有你们玉叶自己。”

两人一站一坐，对峙僵持。过了很久，叶缇才深吸一口气，坐回沙发中，她不以为意地拨了拨头发，替他续了水，问：“孟南照还告诉你什么了？”

韩非没回答，他的目光从她的脸上一路移到她的脖颈："护身符呢？"

叶缇低头一看，她穿着一件黑色的半高领衫，那枚红绳系着的护身符藏在了衣服里。她伸出手指钩出红线，用力一扯，将护身符露了出来："形影不离。"

"乖。"他满意地笑了一下。

叶缇撇了撇嘴，伸出手指摸了摸被体温温热的护身符，心中一个念头闪过，她拿出手机拨出Coco的号码。

"叶子？"

"你在公司？"

"对，什么事？你今天不是去参加孟岚的葬礼了吗？"

叶缇望了一眼韩非，他正在看那本《婚姻法》，她收回目光，答："嗯，提前回来了。公司怎么样？永丰那边有没有什么动作？"

"暂时没有，他们抢了我们的货，接下来应该会有大动作，不过现在孟家闹得鸡飞狗跳，永丰也受到一点波及，毕竟两边之前还有合作。"

叶缇知道，孟岚当初同意江捍东入赘之后，就极其器重他，也采纳了他提出的和永丰合作的建议，谁料江捍东一开始就别有用心。她挂掉电话，屏幕恢复到主界面，时间显示已经中午了。她看了一眼韩非，他还在研究那本《婚姻法》，她上前一步，伸手按在了书页上："那么认真？"

"嗯，提前做好功课。"

"做什么功课？"

"结婚。"

叶缇脑子一热，问："和谁结婚？"

韩非缓缓抬起头，眼眸中波光流转，眼睛里的情愫浓烈得令叶缇以为自己看错了。很快，他就勾起嘴角，恢复一派轻松："没想好。"

"那你慢慢想，"叶缇没好气地抽回书，敲了敲手机屏幕，"现在该吃午饭了。"

叶缇替孟南照也打包了一份午饭，她知道葬礼结束后会有宴席，但她也知道，孟南照一定不会好好吃饭。

车子驶出饭店，韩非望了一眼后座上的便利袋，说："我是不是理应吃个醋？"

叶缇飞了个白眼："我才理应吃个醋，你老实说，你和南照还有什么秘密？"

"无可奉告。"

说罢，他直视前方，路况不错，畅通无阻。

车子拐向梧桐巷，阳光透过香樟树叶的缝隙，落在了柏油马路上，有什么金属的东西一闪一闪发着光。叶缇的车子匀速开过去，韩非突然蹙眉："前面有钉子。"

叶缇猛踩刹车，可车子依旧按照原来的速度前行。

刹车失灵了。

她后背发冷，又拼命踩了几脚，依旧没有作用。

眼看着车轮就要碾上钉子了，韩非突然伸出手臂，猛地转动方向盘，伴随着一声刺耳的摩擦声，叶缇只觉眼前一片混乱，车子朝着路边的香樟迎面撞击去。

车身剧烈一震，终于停了下来。幸好她的速度不快，否则两人非死即伤。

惊魂稍定，她重重舒了一口气，正打算下车检查，韩非突然抓住了她的手腕。

"后面有人。"

他的声音吓到了她。叶缇透过后视镜一看，果然有人手提凶器正朝着他们逼近。梧桐巷本就偏僻寂静，此时又恰逢正午，路上根本就没有别人。

叶缇的声音都颤抖了："他们是谁？"

"把门锁好。"韩非透过后视镜盯着来人，一共四个，是从一辆车里下来的。那辆车，早就跟着他们了。

叶缇迅速落锁，手忙脚乱地想要发动车子。

韩非按住她的手：“我们换个位子。”

“你开车？”她难以置信地看向他的腿。

韩非果断地把手伸到她的腋下，用力一抬，她顺势爬向了副驾驶座。韩非那只完好的右腿利索地跨到了驾驶座后，他才将左腿的义肢慢慢挪了过去，叶缇刚系好安全带，韩非已经发动了车子，车子朝前一个猛冲，叶缇赶紧抓住了车顶的扶手。

后视镜里，那四个身影渐渐变小了，叶缇刚松一口气，就见他们重新钻入车内，紧跟着追了上来。与此同时，从另一个巷子里又冲出了一辆车，与那辆一前一后地跟了过来。

“他们到底是谁啊？”她频频回头，又惊又怒，忍不住飙出脏话，“老娘当年被狗仔追，也没有现在这样狼狈！”

韩非目视前方，冷不丁冒出一句：“这不是拍电影。”

“所以我问他们是谁啊！要你的命，还是要我的命？”

“有区别？都男女朋友了，不是应该同生共死吗？”都这种时候了，他居然还有心情开玩笑。

车子冲出小巷，进了主干道，车辆多了起来，可刹车失灵，车速减不了。韩非从容地应对，叶缇却吓得紧紧闭上眼，耳边只有呼呼的风声，还有此起彼伏的汽车喇叭声。她想了想，从包里翻出手机：“我先报个警。”

韩非迅速扫了一眼：“你还可以提前打个120。”

叶缇真想骂娘。

她报完警，把手机丢到后座，想到那枚护身符，把它紧紧地攥进手心。

车子一路飞驰，那些人的车也锲而不舍地跟着。很快，韩非把车开出了市区，来到了城外的港口渔村。威城临海，海运发达，渔业也长盛不衰。到了这一片，路况就更复杂了，韩非把车开出了马路，驶入了小道。路上多是运送海产的货车，韩非车技高超，车在他的驾驶下宛如一条灵动的鱼，穿行于货车之间。借着货车挡住视线的一个契机，他迅速转入一条分岔路，那条路是单车道，错车困难，迎面刚好有一辆大型货车，他在错车之前掉转进另一条岔路，那辆货车继续前行，将跟着他们的车堵在了后头。

历经四十分钟，他们终于甩掉跟在后面的车。

可眼下，刹车失灵，车子根本无法停下来。

韩非扭头看了一眼叶缇，压低了声音："准备好了吗？"

"什么？"

"等下我数到三，你抱好头。"

他说着，车子已经开进了路边的沙地，因为摩擦力，车速已经慢慢降了下来，可再往前开就是海边，他预估的距离不够。沙地旁，有渔民竖起的桅杆正在晾晒海货，他眯起眼，口中数着："一、二、三！"

叶缇只感觉到猛烈的撞击，车身一震，接着又是一震，她头晕目眩，紧紧地抱住自己。当她再次睁开眼时，车前方是浩瀚辽阔的大海，车子的前轮陷入了海水之中，发动机进水，已经偃旗息鼓。

她转头看韩非，他正伏在方向盘上，一动不动。

"韩非？"她试探地喊了一声。

没有回应。

她急忙解开安全带，朝他的方向爬过去："韩非！"

她的手伸入他的脑后，感到一片滚烫的潮湿，她颤颤巍巍地缩回手一看，只觉眼前一黑，差点呼吸不上来。驾驶座旁的玻璃已经碎裂了，有玻璃碴沾在他的头发衣服上。她呼吸急促，尝试了几次都没办法将他扶起来，她只好从后面紧紧地抱住他，放声大哭："邵宇峥！你醒醒！你给我醒醒！"

几个渔民帮忙把韩非拖出了车子。他的身上布满了擦伤，最重要的伤口在后脑，那里破了个窟窿。然而，最令渔民惊愕的，是他居然靠着残缺的腿，开了一路的飞车。

叶缇煎熬地等在小镇的医疗室外，有善良的阿婆送了桂花酒酿，她一口都喝不下。她把酒酿收好，准备留给韩非喝。医疗室后面，有个小女孩在熬中药，散发着一阵浓郁的苦香。从韩非进去到现在，那个小女孩已经熬了三锅药了。

这时，门帘被掀开，医生摘下口罩看向她："他醒了。"

叶缇立刻跟了上去。

韩非靠在床头，脑袋上绕了一圈又一圈的绷带，后脑的位置还有隐隐的血迹渗透出来。他的衣服都被剪开了，身上只套着一件黑色的背心，露出来的臂膀精瘦却结实。

叶缇坐到床边，正想开口，一眼瞥到了他脖子上悬挂着的东西，眼睛闪烁了一下，缄口了。

韩非留意到她的异样，顺着她的视线，低头看见了自己戴着的那枚怀表。他抬起眼皮子，与叶缇的目光对上，两人都一时无话。叶缇眨了眨眼，移开了视线："感觉怎么样？"

他顺势将怀表塞回衣服里，掀开被子就要下地："没什么感觉了，本来就不严重。"

叶缇将轮椅推了过来，一边搀着他坐上去，一边嘀咕着埋怨："我差点以为你死了。"

"我不是说了？作为男女朋友，应该同生共死的。"

"好，我会同你一起死。"

她答得干脆，韩非却怔住了。

半晌，他才回转上身，按住了她的手："你想得美，我不会让你死的。"

他们没有立即赶回市区，因为阿婆的挽留，他们盛情难却，索性决定在这里再逗留一夜。傍晚时分，韩非坐在门口给阿婆修自己撞坏的桅杆，还好，韩非手艺活不错，这对于他而言不是难事。

倒是叶缇犯了难，出于客气，她提出要给做饭的阿婆帮忙，结果她杵在厨房里束手无措，阿婆见她的打扮就猜出了几分，笑眯眯地说："不会做饭吧？没事儿，你不用帮忙，就坐这儿陪我说说话好啦。"

她才洗过手，湿淋淋的，只能尴尬地抽了张纸擦拭："那我帮您择菜。"

"不用不用，你放着，"阿婆拉着她的手，把她按回了凳子上，"你呀，是个好命的姑娘，外头那个是你男朋友吧，我看人看得准，他肯定会做饭，以后啊，这些事儿都交给他。"

叶缇想起他做的西红柿鸡蛋面，不由得笑了起来。

晚饭很简单，一盘清蒸大闸蟹、一条红烧海鱼，还有两个家常小菜，叶缇却吃出了米其林的高级感。韩非见她胃口不错，干脆专心替她处理大闸蟹，剔出莹白的蟹肉，留下流油的蟹黄，然后把螃蟹壳堆成小山，又一个一个地拼成了原样。

叶缇盯着那螃蟹壳，嘀咕了一句："闲的。"

韩非举起筷子就敲上了她的头。

阿婆端着碗，悄悄地笑起来。

天黑透后，外面安静了下来，渔民们都已经收网回家，只有一轮月亮照着海面。叶缇掌着灯去前面海边找韩非，他在做修理的收尾工作。老远，她就看到了他的背影，被月色笼罩着，泛着温润的光晕。

她轻手轻脚走过去，将灯插在沙子里，脱了鞋，踩进热烘烘的沙土中，盘腿席地而坐。韩非专注于手里的活，没吭声。叶缇扭头，看到他赤裸在外的臂膀，上面还有擦伤的伤痕，她伸出手指戳了戳，问："还疼吗？"

韩非摇头。

她又摸了摸他头上的绷带，问："这里呢？"

"还行。"

她垂眼看向他的胸口，他的黑背心紧紧包着，什么都看不到。她吸了一口气，手指轻轻地碰了碰："这里疼吗？"

韩非迅速捉住她的指尖，转过头，紧紧地盯着她："你在引火烧身。"

他的眼中有火，“噼里啪啦”地燃烧着，她干脆如飞蛾一般扑了过去：“那就烧吧，烧死一个算一个。”

韩非眼光波动，阿婆给他准备的擦汗毛巾还挂在了脖子上，他一把扯下，盖住了她的眉眼。叶缇眼前一黑，还没反应过来，下巴就被一只手用力捏住了，紧接着，唇上一热，他的气息扑鼻而来。

“邵……”

“嘘——”

韩非一手捧着她的后脑，一手紧捏她的下巴，用力地吻住她想要说话的嘴。他竭尽全力地辗转，索取，占有，掠夺，对叶缇而言，这都是他存在的证据，不是梦，都是真的。

脸上的毛巾掉了下去，叶缇迷蒙地睁开了眼，视野里，是漫天的星光，此起彼伏地闪烁着。她的眼泪倏地涌了出来，顺着眼角滑落，滴在了韩非的手背上。

他一惊，松开手，抬起了头。

只见叶缇仍旧望着天空，嘴角噙着一丝笑，轻轻地说：“好多好多星星啊。”

他深深地凝视着她，良久，才跟着抬起头望向星空，是啊，好多好多叶缇的眼泪啊。

从前的那些话，他再也没有说过了。

“韩非，”他突然听到她喊出这个名字，“你能跟我说说你喜欢过的那个人吗？”

“嗯？”

叶缇把微烫的脸贴在他的手背上，趴在膝头：“你以前说过的，你亏欠过的那个女孩子，”想了想，她又补充，“天人两隔的那个。”

韩非想起来了，是那次被困金店仓库，她问起他的情史时他提到的。

“她没死。”他收回视线，目光落在她光洁的面孔上。她一动不动地盯着他，眼睛里有灯火在燃烧。

韩非伸手把那枚怀表拽了出来，看着她笑了一下：“我一直把它戴在身上，这个怀表里有她的照片，你想看吗？”

叶缇看了几眼那枚怀表，手无意识地在沙子里抓握着，最后索性将掌心里的沙丢了出去，沙子迎风飞散开来。她拍了拍手，起身，说道：“算啦，下次吧，我也不是很着急知道。”

她一手提着鞋子，一手拎着灯，深一脚浅一脚地往回走。韩非远远望着她，目光之中有明明灭灭的情愫涌动。

等他回到小屋，已经月上中天，所有活物的声音都消失了，只有海浪，一遍又一遍拍打着海岸。他浸湿毛巾，简单擦了个澡，阿婆只给他们留了一间房，叶缇都没有矫情，他自然不会有异议。

门微微开了条缝，是她为他留的。他轻轻推开，房间里没什么家具，那张只有一米五宽的床非常显眼。叶缇背对着门睡着了，被子盖得很严实，只露出了几根脚指头。他笑了笑，想到香格里拉的那一夜，她仿佛吃了熊心豹子胆，一心想要与他同床共枕。现在倒好，恨不得裹着棉袄睡觉。

他就在床边打了个地铺，把工装外套随意地盖在身上，两手交叉枕在脑后。伤口处还有点疼，如果不是为了保护她，他不会把方向盘打得那么急，原本他也是可以避免受伤的。但是，只要她平平安安就行了。

他闭上眼，尝试入睡。

但他突然听到了一阵窸窸窣窣的声音，他以为是老鼠，懒得去理，却听床板“嘎吱嘎吱”地响。他一睁眼，发现叶缇不知什么时候爬到了床边，正趴着探出头，一丝不苟地打量着他。

他被吓了一跳：“你在做什么？”

她不说话，手撑在一侧托着脑袋，一头长卷发披散下来，眼神有点迷惘。

“你在诱惑我？”

她眨了眨眼，慢慢朝着他的脸伸出了手，试探性地碰了碰眉毛，然后指腹滑动，蜻蜓点水一般滑过他的鼻梁，最后停在了他的嘴唇上。他的唇色嫣红，软软的，湿漉漉的。

她还在戳，相当执着，韩非眯起眼，一把截住了她的手指："我确定你在诱惑我。"说着，他微微抬起上身，捉住她伸出的那只手顺着她的手臂一路向上，将她往身前一拉，另一只手迅速拢住了她的后脑勺。两人气息逼近，唇口相依，眼看着自己就要被拖拽下去，叶缇急急地挤出三个字："等一等……"

韩非松了一点力，抵着她的额头："你别告诉我你在梦游，叶缇，你胆子没那么小的。"

激将法！

叶缇深吸一口气，豁了出去，她反手扣住他的手臂，摸到他凸出来的青筋，然后顺着他的皮肤纹理，手滑向他的腰腹之下。

韩非身子一僵，急忙止住她的手。

叶缇抬起脸，撩开了挡住视线的头发，她轻快地笑了一下，目光中带着水一般的柔情，然后掀开了裹在自己身上的被子，鱼一样地滑了下来。

她全身上下只穿了一套黑色的蕾丝内衣。月色之下，她的身体仿佛在发光，韩非感到脸上一阵发热，迅速地移开了脸。叶缇捏住他的下巴，逼迫他转过来与自己对视，弓着身子，跨到了他的身体上方。

韩非盯着她，牙关咬得很紧。

"韩非，你不会这么没胆吧？"她拉住他的手，贴向自己的胸口。

窗外，海浪起伏，反复地冲撞着海岸，天地之间，万籁寂静。掌心之下，那柔软滑腻的触感，让他头皮发麻，呼吸粗重，他几乎是硬着头皮与她对峙，看谁能有胆继续玩下去。

叶缇仿佛是铁了心，瀑布般的黑发滑落肩头，与黑色的蕾丝融为一体，把她愈加衬得肤白如雪。她双手后翻，"啪"的一身解开了搭扣。

韩非目光一紧，喉结滚动，他用力攥住她的手腕，声音都哑了："我看你是不怕死！"

她眼中波光潋滟："要死一起死。"

"好，如你所愿。"他也笑了，支起手臂利落地撑住上身，然后将她拉下，翻身遮挡上去，压在了自己的身下。

惊涛拍岸，卷起千堆雪。

暗香浮动月黄昏。

天色，极慢极缓地亮起了微光。

一辆黑色的保时捷停在了海边，孟南照还穿着参加葬礼时的衣服，黑色西装扔在了座椅上，领口解了几粒扣子，高挽袖口，双手插袋，迎海而立。

朝阳一点点地从海平面上升起，天空是壮丽的玫瑰色，他听着海浪声，望着那一跃而起的太阳，深深地吸了一口气。

叶缇醒得早，这里的渔民出海都早，她听到动静，便也跟着起床了。韩非还在睡，背对着她，身上只盖着一条薄毯。她将被子拖了点过去，盖在了他身上，然后弯腰，从床下捡起自己的内衣，一件一件重新穿上。

打开窗，听到近在咫尺的海浪声，她突然想要晨跑，又想起车子里放着球鞋，便换好衣服，光着脚出门。还没走到自己那辆快报废的车子前，她就看见了熟悉的背影，在海天一线之间，茕茕孑立。

"南照？"

那人回转过头来，阳光在他的背后放射出柔和的光芒。他冲她笑了一下，迈腿朝岸边走来。

叶缇松一口气："还以为你想不开。"

"投海自尽？"他打趣，低头看到她光着的脚，"气温还低，你怎么不穿鞋？"

她缩了缩脚趾："准备晨跑，鞋子在车里。"

他几步到她跟前，作势就要抱起，她吓得连连后退："不、不用了……"

"你跟我这么见外？"虽然笑着，可眼底却藏不住心酸。

叶缇顾左右而言他，指着海面上低低盘旋的海鸟：“景色很美，你来得早，正好赶上。”

“嗯，看过了日出。”

两人一前一后，朝着她的车子走去，她打开后备厢，拿出球鞋换上，孟南照看着她破损的车子，无法想象她曾遭遇过怎样的危机，一颗心倏地被揪紧了，他问：“你有没有受什么伤？”

叶缇蹲着系鞋带，闻言用下巴朝小屋的方向扬了扬：“我没事，韩非受了点伤，等会儿回去的时候去一趟医院吧，要再检查一下才放心。”

孟南照恢复了波澜不惊：“他确实能保护好你。”

叶缇没有察觉到他语气中的异样，站起身，看着他，神采飞扬：“跑步吗？”

他抬起脚，示意自己穿着皮鞋：“我看着你。”

叶缇跑动起来，热身过后，掉头跑进了朝霞里。

等她大汗淋漓地回来时，韩非已经起来了，和孟南照并肩而立，不知在说些什么。两个人一般高，即便韩非还拄着拐杖，在气势上也却并不逊色。两人一个风度翩翩，一个冷峻卓然，难怪Coco会问，你到底怎么选？太难选了。

前一天晚上，她跟她通过电话，让她查那些人什么来头，聊到韩非，她在那头大惊失色：“你们干柴烈火？共处一室？”

她直想翻白眼：“又不是第一次了。”

可这次同第一次又远远不同，她几乎真的以为自己是在梦游。

她放慢脚步，让呼吸平复下来，然后朝两人走了过去。她本来想好了开场白，却在看到韩非肩头那抹显眼的咬痕时，顿时结巴了：“起、起来啦？”

韩非才洗过头，半干的头发被风吹乱，他略微低着头，从发丝下抬起眼皮看她：“海风大，快把汗擦干。”说着，他将擦头发的毛巾丢向她，她匆忙接住，想到前一晚被蒙住眼后兜头而来的吻。

回到小屋，阿婆已经做好了早饭，三人安静地吃完后，孟南照掏了一笔钱放在了桌上。阿婆故作生气，将钱丢回了他放在椅子上的西装上，连连赶着他们走。叶缇又是道歉，又是道谢，最后留了这里的联系方式，这才告辞离开。

孟南照已经联系过拖车公司，有助理负责跟进，三人开车直接上了绕城高速。叶缇以为他们会先去医院一趟，然而当车子一路开向机场高速，她才觉察到异样：“你要接人？”

孟南照仍旧专注地开车，没有回答。

倒是后座的韩非冷不丁开口了：“是我，一个小时后的航班飞昆明。”

她腾地转过身，直直盯着他：“你去昆明做什么？”

“去瑞丽。”

“去瑞丽做什么？”

韩非抬眼，和她对视了几秒，然后笑出声来：“你越来越像管家婆了。”

叶缇怒目相对，驾驶座上的孟南照不由得多看了她几眼。

“看我做什么？”她连带着他一块儿怪罪，“你们俩到底还瞒着我什么了？”

孟南照耸了耸肩，表示无可奉告。韩非拿出手机，翻了条短信出来：“下午那边有一个研讨会，我得去出席一下。”

“研讨会？”她将信将疑地接过手机，短信的确是韩启正转发的院校内部系统通知。她垂下眼，睫毛闪了闪：“韩教授……你父亲也去吗？”

韩非不动声色地收回手机，说：“我同他一起去。”

叶缇转了回去，没有再说话，她瞬间冷下来的面孔足以说明她的心理变化。韩非看了一眼后视镜，静静开口：“有个人，我想去会一会，和我父亲曾经共事过的林教授，你听说过的，那次在腾冲，段老板提起过他。”

林教授？

叶缇依稀觉得有些耳熟，仔细回想，似乎是有这么回事，那时韩非对一个玉如意产生了兴趣，但段忠义却说是留给一位林教授的。

她姑且信他这一回。

“那什么时候回来？”

“快则明天，慢……”他停了一下，抬起眼，与后视镜中同样看过来的孟南照短暂交换了一下眼神，“慢就不好说了。”

叶缇没再问下去。

送走韩非，孟南照掉头往玉叶走，半路上，叶缇叫停了：“先不去公司了。”

孟南照刹住车：“警方那边还想补充点信息。”

“你不是说不要惊动警方？”叶缇诧异，她原本第一时间报了警，事发之后，她给孟南照打了通电话，在警方到达之前，是他及时拦住了。

孟南照叹了口气：“内部留点证据吧。”

“电话联系吧，我想先去看看我爸。”

“伯父？”

叶缇扳正上方的小镜子，检查了一下仪容，然后掏了支口红补上唇妆，回答他：“有一阵子没去了，你到地方把我放下就行，我自己打车回去。”

她没要求他陪着一起，他垂下眼，发动引擎。

叶缇的确很久没来了，高墙里，天空仿佛永远是灰的。她被狱警领着一路前行，一道又一道的黑色铁门，将曾经走上歧路的人都禁锢在里面。她坐在等候室里，心里意外地平静，平静地等着那声枷锁的碰撞。

一步，又一步，她抬起眼，叶赫祖走了进来，坐到了她的对面。早就打点了狱警，所以他的日子过得不差，人挺精神的，并不萎靡邋遢，何况，他就快刑满释放了。

她拿起话筒：“爸爸。”

叶赫祖的眼神很淡，似乎历经牢狱之灾后，他对于父女感情更加淡薄了，听到她这声“爸爸”，也只是漫不经心地“嗯”了一下。

然后他问：“公司还好吗？”

她如实相告："唐永丰抢了我们一批货，还抢走了段忠义的那条线。"

叶赫祖目光冷冷地扫了过来："我早就提醒过你，让你提防他。"

"是，是我疏忽了，我没想到段忠义会背信弃义。"

"你以为他叫忠义就会跟你讲忠义？商场上，没有忠义，只有利害关系。"

"我知道了。"

叶赫祖点到即止，转而想到了他的小儿子："小述呢？"

她的声音有些低沉："他还在医院，管姨一直在照看。"

"你多照顾他，他是你唯一的弟弟，父母都不在身边，年纪又小，什么都不懂。"

"嗯。"

"你放心，等我出去，我不会亏待你。"

叶缇有点儿想哭，却又想笑，她也是他的女儿啊，她想要的厚待只是他的关爱，可是自始至终，他关心公司，关心叶述，独独没有关心过她。

两人一时陷入了沉默，狱警过来提醒时间，叶赫祖抬眼看了她一下："你回去吧，不用再来了，过个把月，我就出去了。"

他挂上电话，起身就要走。

"爸——"她急忙站起来，拍着透明的玻璃墙。

叶赫祖察觉到她的动作，脚步停了下来。叶缇重新举起电话，等着他。他迟疑地举起来："还有什么事？"

叶缇看着他，他的头发中还是生了白："爸，有个问题我想问你。"

叶赫祖示意她直接说。

她有点紧张，咬了咬唇，这才问："他们一直在找的芯片，里面是什么？"

话筒里传来细微却刺耳的电流声，四目相对，各怀心事。叶赫祖的眼神阴了下来，过了很久，他才忽地笑出一声，令叶缇不由得绷住了身体。

“他们按捺不住了吗？是怕我出来了吧？”他饶有兴致地倾过身，“是谁？谁先沉不住气？孟岚？”

“孟阿姨已经过世了。”

叶赫祖显然一怔，半晌才恢复自若：“走了也好，那些不干净的事就丢给后人吧。”

叶缇眉头一蹙：“什么不干净的事？”

“八年前，孟岚、唐永丰和我立了一个三方君子协定，里面有谁都不能对外透露的秘密，其实时过境迁，那也不是什么不得了的事，不过是一些上不了台面的交易，现在比我们肮脏的奸商多了去了。”

叶缇屏住呼吸：“他们为什么现在才找芯片？”

“一定是有人透露了消息，”他目光一凛，“孟唐二人不知道我留了一手，当年的证据已悉数被摧毁了，但我复制了一份，将这些证据藏在了芯片里。事后，我们相安无事了三年，直到你中意的那位小保镖来到咱们叶家。叶子，一切都是他挑起的事端，所以我现在才在这里啊。我的牢狱之灾，多亏了他。”

他话的讽刺，让叶缇起了一身鸡皮疙瘩，她不敢接话，尽管知道这一切都是他咎由自取，可毕竟他是她的父亲，是她牵连了他。

“只有我进来了，但他们二人都逍遥法外，一定是很怕我泄露了秘密吧。”

“秘密都在芯片之中？”

叶赫祖点了点头，意味深长地盯着她，一字一句开口：“那枚芯片，我早就交给了你。”

“我？”

“就在我送给你的那块怀表里。”

心脏猛地一跳，叶缇不由得缠紧了电话线，半晌，她才开口：“你说有人透露消息，那除了你，还有别人知道芯片的事？”

叶赫祖缓缓眯起了眼睛："有趣，有趣了。"

他望向对面的一方天窗，仿佛自言自语："除非你的那位小保镖还活着。"

叶缇手一抖，匆匆挂断了电话。

她走出监狱，风乍起，卷起遍地的落叶，她裹住大衣，埋头前行。监狱地处偏僻，沿路都没有出租车，她也顾及不了，只是艰难地逆风前行。

如果叶赫祖推测得对，那么，透露消息让孟唐二人按捺不住的人，令她一次次陷入险境的那个人……

是那个人吗?

这一切，孟南照知道吗?

她头一次这么迫切地想要知道答案，想要揭开秘密，她陷入迷网，再也不能独善其身。

孟南照的手机关机了，叶缇确认了好几次，才相信了这个事实。除非是很重要的事，他一般不会关机的，尤其是对她，电话从来都是二十四小时畅通的。她不知道是不是和叶赫祖见过面后有点患得患失，总之，当她听到机械的女声又一次说"你拨打的电话已关机"时，心中隐隐感到不安。

她直接到了飞凡集团的楼下，径直上电梯到了他所在的楼层。

前台小姐拦住了她："叶小姐，孟先生正在开会，现在不方便见客。"

"开了有多久了？"

对方看了看表："已经三个小时了。"

叶缇心一沉，抬腿向里走："在楼上的大会议厅吗？"

"叶小姐，叶小姐，"前台小姐追了上来，"您不方便过去的。"

她停下来，回头看向对方："我去会客厅等。"

以前，她们都不是这样和她说话的。她收回视线，绷着脸往前走，高跟鞋砸在地板上，咚咚作响，总不能输了孟南照的阵势。

她等了很久，久到天色渐黑，茶续了一杯又一杯，她困意来袭，斜倚在沙发上打盹儿。迷蒙之间，她听到了很多杂乱的脚步声，夹杂着闹哄哄的交谈，渐渐地，那些声音都远去了，她整个人堕入了一片寂静。

隐约间，她似乎听到了激烈的争吵声，有点儿烦，打搅到她的睡眠，可那争吵声却怎么也挥之不去，直到听到什么东西摔碎的声音，她猛地惊醒了，浑身都是冷汗。叶缇稳了稳心神，惊觉梦中的争吵声还在继续，是真的有人在争吵，而且她还听到了孟南照的声音。

“你们不要得寸进尺！”

过了很久，有人发出一声冷笑：“南照，认清现实吧，不如顺水推舟，还算送个人情，大家都签字了，你一个人坚持又有什么用？”

叶缇听出这是江捍东的声音。

她匆匆穿好高跟鞋，朝着声音传来的方向找去，走廊很深，孟南照的办公室在最里面，她走得又急又怕，急的是怕错过什么，怕的是即将面对什么。

那扇门开着，有浓烈的烟雾弥漫，她拧着眉，朝里走去。

她一眼就看到了江捍东，他懒懒地坐在真皮座椅上，一只手夹着烟，搭在扶手上垂着，另一只手里夹着什么，正一下又一下地敲着桌面。孟南照背对着门口，与江捍东对峙着，叶缇看不到他的表情，却看到他脚边碎裂一地的花瓶瓷片。

“我姑且再叫你一声小舅子，认命吧，签了这个字，以后大家还可以当个朋友。”

“飞凡集团从始至终只能姓孟！”

“冥顽不化，”江捍东抬眼扫了一下他，“唐永丰早已笼络好了人心，现在从里到外，他全都打点妥当，要你签字，不过只是走个形式，你以为他收购飞凡、接手董事会，就独独差你这一票？”

“那你何苦在这里浪费口水？”

江捍东抬了抬眼镜，笑：“我只是喜欢尽善尽美，这样才不辜负我这些年来的良苦用心。”

“江捍东！”孟南照再次被激怒，声音带着颤，“你这么做，对得起我们孟家吗？对得起死去的姑姑吗？”

江捍东扬起眉梢，不以为然地吸了一口烟：“算起来，我还是对得起她的，起码我圆了她的遗愿。”说着，他抬起手，将烟头对准了烟灰缸里的纸巾，纸巾燃烧起来，小小的一堆火焰。微弱的火光中，他将另一只手里夹着的东西高高举起，当着孟南照的面，将那东西扔进了火光中。

“你怎么找也没有找到的芯片，喏，”他勾起一边嘴角，火光反射在他的镜片里燃烧，“孟董可以瞑目了。”

“她也是你的母亲！”

“不不不，我同孟烟鹂已经离婚。”

叶缇不由得捏紧拳头，她差点就要冲进去了，就在这时，她听到江捍东突然拔高的声音：“我很好奇，这枚芯片，你最后是从哪儿弄来的？”

孟南照浑身上下都透露着凌厉的气息，他一言不发，沉默以对。

没有得到答案，江捍东并不气馁，相反他倒不以为意起来：“你不说，我也猜到了几分，”他顿了顿，低下头思索了片刻，接着缓缓抬起眼皮子，透过镜片冷冷看向对面的人，咬着字眼道，“韩、非？”

叶缇呼吸一窒。

“韩家老幺？”他跷起二郎腿，“我可是查到了韩家的祖宗八代！韩启正到底什么时候生了个老三？他家真正的老三还是个受精卵的时候就已经胎死腹中了！”

冷意从天灵盖一直蔓延到四肢百骸，叶缇匆匆背过身，靠在冰冷的墙壁上，努力地调整着呼吸。江捍东恶魔一般的声音还在继续：“孟南照，你们到底在打着什么算盘？他到底是什么来头？他到底是什么人！”

“你这么有本事，难道还查不到吗？”

“砰”的一声，是烟灰缸砸在地上的声音，江捍东有些气急败坏了，但很快又冷静了下来。他理了理领带，将烟蒂按在桌面上，然后抬手将眼镜重新扶好："没关系，不着急，他现在应该正在瑞丽的古文物鉴定的座谈会上吧？真巧，唐爷的人也在现场，我们会亲自慰问他的。"

叶缇腿脚发软，努力贴着墙壁，才能让自己稳住。她抬头望了望天花板，日光灯刺得她眼睛睁不开了，她只迟疑片刻，下一秒，就匆匆转身朝着走廊外一路狂奔。

听到动静的孟南照迅速冲到门外，只有一抹衣角消失在拐角，他拔腿追上去，前方的电梯门正徐徐关上，叶缇抬起双眸与他对上，他痛呼了一声："叶子！"

她仓促地笑了一下，电梯门已经合上。

一路下坠。

她掏出手机，拨出电话："我要最近的去瑞丽的机票，立刻，马上！"

去瑞丽，要从昆明转机，再到芒市，才入瑞丽。

韩非，等着我。

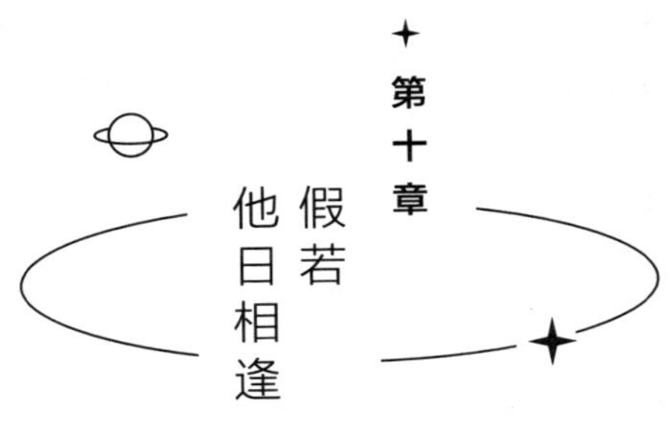

第十章 假若他日相逢

Which
Star —— Are You

韩非参加的研讨会是在下午，而此时已经华灯初上，而他的电话又一直处于没有信号的状态中，叶缇不知道，到了瑞丽，她该去哪里找韩非。

机票的信息已经发送到了手机里，在出发去机场之前，她接到了郑西河的电话。

“叶小姐，有样东西我觉得应该交给你。”

郑西河没在电话里说是什么东西，叶缇看了一眼时间，斟酌了片刻，当即打车去了梧桐巷。去的路上，她还抱着侥幸的想法，作为韩非的助理，或许郑西河会有一点他的消息。

出租车开进了梧桐巷，停在了那家名为“香格里拉”的小店门外。叶缇给了车费，下车，刚好看到店铺在此时熄灭了灯，郑西河正掀开门帘，从里往外走，见到叶缇，她愣了一下：“叶小姐，我正准备给你送过去。”

她们已经好久没有见过面，这期间发生了许多事，叶缇有些怅然，她勾了勾嘴角，笑了：“好久不见了，西河。”

郑西河重新开了灯，领着她走进了店内。这里还是一如从前的摆设，叶缇忽地想起了第一次在这里见到韩非时的情景，他从前柜后面出来，坐着轮椅，膝上盖着一条羊毛毯。那时候，他穿着黑色的毛衣，看起来有一些书卷气，倒挺符合韩家老幺的身份。

她笑了笑，看着郑西河在包里翻着东西：“是什么东西，急着要交给我？”

郑西河取出了一个微单相机，交到她手里：“这个。”

“相机？”

“嗯，是老板的，一直放在里面的工作室，前几天我打扫卫生，不小心摔坏了，送去修了几天，刚刚才拿回来，检查的时候，看到了一些照片。”说到这里，她停了下来，看向叶缇的眼光有些讳莫如深。

叶缇疑惑地想要开机，被她按住了：“你回去再慢慢看。”

她抬起眼：“是什么照片？”

郑西河思忖片刻，说：“老板好像很久以前就认识你了，我是说，在你第一次到咱们店之前。”

叶缇的心一震，随即将那些百转千回的情绪按捺了下去。她镇定地将相机塞进了包里，想到另外一层来意：“西河，你知道你老板去瑞丽参加研讨会的事情吗？”

“听他说过，昨天我正好有事问他，他有跟我提起。”

叶缇感觉到了希望：“那你知道晚上他会住在哪里吗？”

郑西河回忆了一下，伸手挠了挠眉毛：“应该是主办方那边安排吧，他在瑞丽那边又没有朋友。”

主办方她知道，研讨会的酒店她也问到了地址，看来，除了去碰一碰运气，也没有别的办法了。或许，再等一等，韩非的手机就会接通的。

然而直到飞机即将起飞，韩非的电话依旧没有拨通。

她关机，有些乏力地靠到了座椅上。飞机稳稳地升上高空，周围有人走动的声音，空姐开始派发饮料和零食，她睁开眼，突然想到了郑西河的话。

她摸到了相机，将它取了出来。

浏览页面里，最近的画面停在半个月前，照片里的人是她，穿着银色的长裙，仿佛流光飞舞。那是他们“轮椅之舞”的那次晚宴，她不知道他什么时候偷拍了这一张。她笑了起来，一张一张地往前翻，脸上的笑容渐渐僵硬了。

照片里全部是她，一个月之前的她，三个月之前的她，一年之前的她，三年之前的她，甚至五年之前的她！

她笑着参加慈善晚会，她心不在焉地应酬着高尔夫，她和孟南照吵架，她避开人群偷偷脱掉高跟鞋，她在深夜不肯回家躲在车子里哭……

这五年里，他从来没有离开过。

他一直都在陪着她。

看着她堕落，再从泥沼中爬起，抖落浑身的尘埃又重新站定。

他怎么可以这么狠心。

他怎么可以让她这样难过。

同排的乘客突然不安起来，年轻的男孩不知道为什么身边的美丽女子突然放声大哭，仿佛丢掉了这一生最重要的东西。他坐立难安，不知道该不该劝慰。这时空姐又推着推车回来，他要了杯水，鼓起了勇气，正要开口，叶缇突然抬起头来。

她噙着眼泪重新按亮了相机，刚翻了几张，突然屏幕一片漆黑。尝试着重启了几次，依然没有动静。她甚至抓着相机猛烈地摇晃起来，心想：难道又坏了？还是没有修理好？这时身边的年轻男孩有些羞赧地说话了："应该是没电了吧。"

啊对，是没电了。

她反应过来，问："有充电线吗？"

男孩拿过相机看了一眼，摇了摇头："不是一个品牌型号的，充不了。"

她无措，反复嘀咕着"怎么办"，男孩看她失魂落魄的样子，好意提醒她："等下了飞机，你去买电池装进去吧。"

对，可以装电池。她低下头，找到装电池的位置，反复抠弄着，眼泪又聚集起来，纷纷砸落。

男孩不敢再多嘴，前半程的飞行，那个女人一直闭着眼睛在睡，后半程，她又一直望着相机发呆，他猜她一定是个有故事的人。

飞机落地，已经是晚上八点，她抓起相机就挤入人群，率先下了飞机，在偌大的机场里拔足狂奔。广播里在放着轻缓的歌曲，时不时夹杂着播音员的通知，她不顾形象，喘着气疾跑，仿佛电影里的长镜头，配着背景音乐，有着一气呵成的流畅。

最后是在机场的便利店里买到了电池，她当场就装进了相机，相机重启，她看见了以前痛哭的自己。那是在邵宇峥去世的半年后，她依然没有缓过劲来，尤其是深夜时分，她不肯回自己的独居别墅，她不敢，总觉得他还在，明明是个寡言的人，却总是反反复复地提醒她，灯要关，监控不许挡，门要锁好，陌生电话不要随便接。

她伫立在便利店门外，深呼吸，命令自己冷静了下来。

抬起腕表，时针即将指向九点，她掉头朝着打车的方向而去，希望一切都还来得及，错过五年，她不允许命运再同她开什么玩笑了。

她直接打车去了瑞丽，因为来得太匆忙，一件换洗衣服都没有带。窗户大开着，吹进来的夜风都是湿热的，全是亚热带的气息。身上穿的麂皮风衣显然太厚重了，她脱下来挂在臂弯，将贴在后颈处的头发拨了拨，干脆盘了起来。Coco发的信息还在手机里，她翻出来，将研讨会召开的地址递给司机看，反复叮嘱，麻烦他开快一点。

然而当她冲进会议厅时，只剩几个服务员在收拾东西了，她拦住一个小伙子问："研讨会已经结束了？"

"早就结束了，七点就结束了。"

叶缇迅速扫了一眼腕表，已经八点五十了。她四处环视一圈，不肯放弃："那你见没见到一位韩非先生？"她说着，眼角的余光就瞥到了后面一排桌子上摆放着的名牌，她直接撑住桌子跃了过去，举着名牌问，"就是他，韩非。"

小伙子抓了抓脑袋，尴尬地笑了一下："那么多人，我哪会记得住？"

叶缇敲了敲腿："他腿有残疾的，行走不是很方便。"

"腿有残疾？"小伙子露出一点恍然之色，"我好像有点印象了，不过他应该也早就走了吧。对了，他如果是外地人的话，很有可能就在我们酒店下榻，你不如去前台查一查？"

一语惊醒梦中人，韩非肯定不会当天回威城。

她谢过小伙子，立刻赶回一楼前台，可是工作人员查询过后，并没有找到韩非的登记信息。

那么，他会去哪里？

他是遇到了江捍东的人了吗？

叶缇拎着风衣，失魂落魄地走到休息区，将衣服一丢，整个人无力地陷了进去。隔壁的卡座里，有几个人在抽烟聊天，言语之间提及了什么林教授。

“林教授德高望重，还有一副慈悲心肠，咱们镇上的希望小学就是他捐的。”

“毕竟为人师表，虽然说他现在不从教了，不过对教育事业一直很关注的。”

“下个月有一场拍卖，到时候林教授也会去当特别顾问，你可得把时间空出来，结束之后咱们好好去拜访拜访。”

叶缇抱起衣服，走了过去：“不好意思，刚刚听到你们的对话，你们认识林教授是吗？”

一个戴着贝雷帽的中年男人放下香烟，透过烟雾眯眼看着她：“是，你有什么事吗？”

“请问，你们是刚刚参加完林教授的研讨会吗？你见到韩启正教授和他的儿子了吗？我联系不上他们，不知道他们去了哪里。”

男人摸了摸眉毛，在思考：“韩启正？名字有点熟……”

隔壁的男人想了起来：“嗨，就是跟林教授在一个大学里教过书的那个同行，韩启正，坐咱们前边儿的，穿格子西装，架个黑框眼镜，看着就是个老学究。”

叶缇有了希望：“对，他儿子也在……”

“他儿子是那个腿脚不方便的吗？如果是，那就没跑了，他们父子俩啊，跟林教授一块儿赴宴去了，主办方招待的，可能也是林教授想跟他们叙叙旧吧。”

宴席不在酒店里，是在一个私房菜馆里。菜馆位居闹市中的一条偏僻小径旁，取名为“中隐于市”。门面不大，也没有迎宾人员，只摆着两个大水缸，种着睡莲，养着鱼。

韩非第一眼看到的时候，立刻就想到了自己的店，没想到，这里的老板倒和他志趣相投。

包间在走廊的最里面，服务员正在安排点菜，菜单不用iPad，也不用打印的纸张，就是一块儿大黑板，钉在墙上，粉笔潦草地写着几个菜名。林濑川正歪着头和服务员交谈，手里的烟特意伸出去老远，一边问着特色菜的口味，一边时不时露出慈眉善目的微笑。韩非坐在他的斜对面喝茶，低头吹一口茶叶，抬眼瞥一眼他。林濑川的头发全都白了，却没学别人去染发，仿佛对变老这件事非常坦然。他平常不戴眼镜，只有看书读报的时候会戴，就像现在，他没戴眼镜，正眯着眼看菜单，眼角的皱纹无处可藏。

他将近六十岁了，可是人老心不老。

韩非晃了晃茶杯，将杯子放下了，扭头和韩启正说起话来。

上菜的速度很快，服务员一边端上来，一边介绍："翡翠豆花鸡、椒丝拌银鱼、缅越虾排，这道菜是借鉴了东南亚的风味，这一道是木瓜乳扇丝，乳扇是咱们云南的特色。"

主办方那边的工作人员热情地张罗着，林濑川也示意大家不用客气，服务员斟酒的时候，他的目光落在了韩氏父子身上。

"老韩啊，我记得你在学校那会儿，最爱吃食堂的大锅饭，特别是红烧肉，那肉都腻得流油，吃了这么多年，三高了吧？"

韩启正伸手挡了挡，没让服务员继续倒酒了，他回忆起当年，不由得也笑了："现在老了，讲究养生，肥肉可是一点都不敢沾，这酒啊，也不能贪杯了。"

林濑川认同地颔首，转而看向韩非："那让你儿子多喝几杯？不知道贤侄酒量如何？"

"滴酒不沾，"韩非用手盖住酒杯，将杯子退给了服务员，"不好意思，我喝点茶水就好了。"

“逗伯父玩儿呢？”林濑川故作生气，“你父亲年轻的时候可是千杯不倒，怎么没遗传给你？”

正开着玩笑，那服务员已经走到下一位边上倒酒去了，林濑川仍旧望着韩启正，唏嘘道：“不过老韩啊，我那会儿还真没见过你这个小儿子，也没听说过他，你跟你夫人不就两个儿子吗？什么时候偷偷生了个老幺？”

韩启正有些无奈地笑了一下，伸手取下黑框眼镜，拿纸巾随便擦了擦：“这不是男人都会犯的错吗？端阳不许他住在家里，所以很小我就把他送出国了。”

林濑川开始还有点儿迷糊，旋即又很快反应了过来：“老韩哪老韩，你还有这么一段往事啊，端阳的性子我知道，她能轻易饶了你？”

“这么多年了，翻篇儿了，不要再提了吧，来，我陪你喝几杯吧。”

“嗯，小韩也得喝一点，头一次见面，我觉得你很面善。”

韩非还在犹豫，韩启正扭过头来，颇有深意地看了他一眼：“要不，喝点儿吧？以后你还得指望林伯伯多多照顾多多指点呢。”

“长江后浪推前浪，如今的后辈都比我们当年厉害，我哪有资格妄加指点。”

“伯父言重了，”韩非自斟一杯，“比起前辈，晚辈还是资历不足，经验欠缺，在专业领域这一块，还是希望伯父能多多照拂。”

林濑川眯起眼，笑得满脸皱纹，他重新点燃一根烟，抽了一口，透过缭绕的烟雾看向他：“小韩现在在哪里高就？”

“开了一家小店，捣鼓点文玩物件儿，自娱自乐罢了。”

韩启正想起什么，补充道：“听说最近被玉叶公司那边特聘去了，做了个什么玉石顾问。”

“玉叶？”林濑川弹了弹烟灰，“我记得他们老总叫叶赫祖？”

“对，不过五年前被查出账务不干净，进去了。”

他沉吟着点了点头，望向韩非：“那现在谁负责玉叶？”

韩非淡淡地开口道：“叶赫祖的女儿，叶缇。”

“巾帼不让须眉啊。”

韩非沉默了，没有接话。

这时，座上有人插话，笑着打趣：“林教授，您可有所不知，这位叶缇叶大小姐啊，正是咱们这位小韩先生的女朋友呢。”

韩非眉头一蹙，已经听到林濑川“哦”了一声，他微微垂着头，摩挲着手指，听到林濑川对韩启正说：“原来贤侄的终身大事都已经定好了？”

“他们年轻人自己的事，我可管不了……”

韩启正的话音还没落，包间大门突然被人从外推开了，服务员连声叫着“小姐、小姐……”

众人循声望去，只见门口立着一个样貌靓丽的女子，风姿绰约，顾盼生辉。可能是因为跑动的原因，她脸颊微红，额头浮出细密的汗珠，一手拎着外套，一手提着自己的裙摆，到底是好看的人儿，即便是如此模样，却一点儿也不显得狼狈。

韩非扶着桌沿站了起来：“叶缇？”

叶缇迅速捕捉到他的声音，眼神中的焦灼顿时消散了，她松了一口气，怔怔地望着他。几秒之后，她才留意到桌席上其他的宾客正纷纷带着打量和探究看着她。她一时尴尬起来，察觉到自己有些唐突了，但此时她已进退不能了。

韩非拄着拐杖一步一步朝她走来，牵起她的手，握紧了：“她就是我的女朋友，玉叶珠宝的叶缇。”

林濑川抚掌大笑：“好好好，叶小姐来得正好，我们刚好在聊你，快快上座，服务员，加一个椅子和一套餐具。”

韩非拉叶缇坐到自己身边，这会儿，叶缇已经恢复了镇定，对付这种场合，她游刃有余。叶缇环顾了一圈，发现在座大多是长辈，她瞥了一眼桌面，看到了韩非杯中的酒，她直接端了过来，起身说道：“晚辈不请自来，先自罚三杯。”

她毫不拖泥带水，干脆利落，三杯入喉。

韩非握了握她的手，她垂眸，一边斟酒，一边眼神示意，让他放心。她的酒量，他恐怕还没有见识过。

林濑川见她性格洒脱，不像一般女孩子那么娇羞矜持，不免也多看了几眼，然后摇晃着酒杯同韩启正耳语："这儿媳妇不错。"

"哪里哪里。"韩启正笑着回了一句，视线投向叶缇，中途却在韩非身上停了几秒，两人默默对视，韩非恍若无意地搓了搓手指。

席间相谈甚欢，林濑川问起叶缇："叶小姐，最近公司的生意怎么样？"

她大大方方相告："不好，刚被人抢了一笔货。"

"哦？"林濑川故意板起脸来，"谁这么没有眼色？"

"永丰珠宝，林教授一定听说过。"

"唐永丰？他倒的确是我的旧相识，没想到，他还和你这一个小姑娘计较。"

叶缇微微有些脸红，喝了酒后有股子憨态："做生意嘛，谁跟你讲究辈分情面？我愿赌服输。"

"胸襟开阔，气度非凡，伯父陪你喝一杯。"林濑川也喝得尽兴，整张脸都红彤彤的。

叶缇也干了，拿着湿毛巾捂住嘴，装作擦拭，却偷偷地把酒吐出去了一半。不是她耍赖，喝酒总得挑个称心如意的酒伴，这三杯两盏之间，她已经觉得这林教授有点儿徒有虚名。

不过，场面话还是要说到位。她吃了点菜，趴在桌上，望着对面的林濑川，一副诚恳的后辈模样："林教授，林伯父，您可要多带带我们年轻人呀。"

"应该的，应该的。"

"我知道林教授路子广，有什么好的货源可不要藏着掖着，得和大家分享。"

韩非看着她得了便宜还卖乖的表情，隐隐觉得可爱，伸手给她续了杯茶水，补充道：“下个月市里正好有个玉石展览，这个关口，玉叶的货被抢，筹备起来就有点紧张，设计部门现在急着寻找好的料子，不知道林教授有没有什么建议。”

林濑川大概喝多了，也可能是被捧高了，他跷着腿，一边儿打着节拍，举着香烟的手挠着太阳穴，慢慢想到了一件事：“我下个月啊，会亲自去缅甸一趟，到那儿看看翡翠原石，有没有兴趣跟我去看看？亲自去挑，才能挑到好东西的。”

叶缇迅速和韩非交换了一下眼神，当即拍板：“好啊，求之不得。”

宴席结束，已经近午夜时分，林濑川醉倒了，被主办方安排车辆送回了酒店，韩启正也要上车，回头看了韩非一眼：“不一起回去？”

“我走走，散散酒。”

韩启正瞥到了他身后的叶缇：“叶小姐住在哪里？需要安排人送一趟吗？”

“我……”

“她住我那里。”她的话还没说完，就被韩非截下了。韩启正笑了下，也没再多言，弯腰上了车。

叶缇脸烧得烫烫的，不知是酒精作祟，还是因为韩非的那句话。倒是韩非，答得坦坦荡荡，理所当然。

入了夜，晚风清凉，一扫湿热的厚重。韩非慢慢地转过身，看着她：“陪我走走？”

她上前挽住了他的手臂。

为了配合他的步伐，她放慢了速度，将他挡在了道路的里侧。路灯昏黄，两个人的身影忽短忽长，默默走了几个路口，突然有骑单车的男孩吹着口哨呼啸而过，道路逼仄，差点擦碰到叶缇。

韩非眼疾手快，一把将她拉进怀里，她抬起头，眨巴着眼睛望着他。

“你走里面。”他用下巴朝里侧扬了扬。

叶缇乖顺地退到一旁。

旋即，韩非听到她问：“我刚刚是不是很丢脸？”

韩非扬起眉梢：“嗯？”

“不是说刚才，是在饭店的时候，我突然冲进包间……”

“嗯，”韩非回答，“是有那么一点。”

叶缇的脚步停了下来：“我听到江捍东和孟南照的对话，我以为他们会对你不利。”

他跟着也停了下来，立在她的眼前，身形高大，挡住了背后的路灯光。叶缇看不清他脸上的表情，只听到他一字一顿地说：“所以，你是担心我？”

她喝了酒，有一股子气血上涌：“我很怕你出事。”

“我没事，我向你保证，我不会有事。”他想笑，却觉得心疼。

叶缇紧紧抿着嘴唇，盯着自己的脚尖，有什么就要脱口而出，却又难以开口。韩非以为她还在计较她自己的唐突，遂温声安慰她：“虽然刚刚是有那么一点点丢脸，可我很受用，叶缇，这样的丢脸，我不嫌多。”

一道车灯打了过来，正好照在了叶缇的脸上，她被刺得两眼一眯，韩非伸出手掌挡在了她的额前。出租车缓缓停下，师傅钻出头来：“坐车吗？”

他回头向她征求意见：“还想走走吗？还是回酒店？”

“回酒店，还有很多事要做。”

她率先打开车门钻了进去，倒留下韩非杵在原地，半晌都没反应过来她的“很多事”指的是什么。

二十分钟后，出租车停在了酒店门口，叶缇神思不定，自顾自地下车往里走。直到进了电梯，她才看着一串数字按钮，蒙了。韩非跟了上来，伸手挡住即将合上的电梯门，对上她的眼睛：“你这么着急？”

她没意识到他语气中的戏谑，反倒是点了点头：“几楼？”

韩非侧身进来，直接按了楼层键。

她盯着他的背影，心里仿佛有什么影影绰绰的，像有人拿着羽毛逗猫玩猫，痒痒的，扑过去，对方偏偏又躲开了。

进了客房，韩非随手打开了灯，主办方安排的是个单人间，只有一张床，一个贵妃榻，再加个书桌，房间不算大。叶缇站在玄关处，怔了一会儿，这才弯腰脱掉了高跟鞋。

“要不要去把衣服换掉？”韩非看到她没有行李，从衣柜里取下了浴袍。

叶缇光着脚朝床边走，软绵绵地倒到床上，伸手盖住眼，遮去了光线：“我不想动。”

韩非失笑，自己进去洗了把脸，把浑身的酒气和烟味除去。再走出来时，床上没了叶缇的身影，环顾一圈，才发现她蹲在贵妃榻旁，风衣和背包都扔在了榻上，包敞开着，她正从包里拿出了什么东西。

他把干净的拖鞋送了过去：“来，把鞋穿上。”

叶缇回过头，漆黑的眼瞳盯着他。

他扬起眉来。

“这是你的相机吧。”

韩非这才看清，她从包里拿出的是一个微单相机，银灰色的机身，上面有他名字的拼音缩写。他沉默了一会儿，伸手接了过来：“没错，这是我的相机。”

叶缇还蹲在地上，像个小动物一样，声音怯怯的：“我看过里面的照片了。”

他的手一紧，重又松开来，将相机往床后一撂，淡淡地：“嗯。”

“没什么想跟我说的？”

她仰着脸，红扑扑的，光晕染着，仿佛熟透了的蜜桃。韩非强迫自己移开视线，不由自主地搓起手指来。

“你知道吗？你有很多的小动作。”

他搓手指的动作骤然而止。

“对，就像你刚刚的搓手指，还有你思考问题的时候，习惯用拇指摩挲下巴。”

韩非仿佛在思考：“嗯，好像真是这么回事。”

叶缇撑着膝盖站了起来，脚有点麻，趔趄着走到床边，他坐着，她站着，四目相对，眼里有情绪翻涌。突然，叶缇笑了一下：“邵宇峥，你承认吧。”话音落下，她伸手从他的衬衣领口里抽出了一条链子，一枚怀表跳出来，在她的指尖摇晃着。她用力把怀表扯了下来，“啪”一声打开了盖子，里面是一张小小的合影，里面女孩子的脸和她的脸毫无二致。

她紧紧握着那枚怀表，笑得有些勉强：“我没想过，你会一直留着它。”

韩非伸手拿了回来，盖上盖子，重新塞进口袋里。

“你送的我怎么会丢？”

她的目光闪烁，声音却开始不受控制地颤抖：“不是因为里面的芯片？”

他眉毛一皱，很快便恢复坦荡：“你去看过你爸爸？”

“邵宇峥，你还想骗我到什么时候？”她伸出手，想去触摸他的头发，可手伸到一半，又生了怯意，“你明明知道这五年我是怎么活着的，你怎么忍心看着我那么难过。”

她的声音里有拼命遏制的颤抖，韩非觉得自己的整颗心都要碎了。

过了好久，他才哑着嗓子叫出她的名字：“叶缇……”

她抬起脸，红着眼睛：“我一直以为你死了，我以为是我杀死了你。”

他拉起她的手，抚上了自己的右胸口：“感觉到了吗？”

“什么？”

她的掌心下，有心跳的律动。

“我的心脏长在这边，你没有伤害过它。”

叶缇难以置信地抬手抚上，甚至将脸贴上他的胸膛，耳畔是强劲有力的心跳，她呜咽一声，不知道是哭是笑。

韩非伸手去拉她的手，冰凉的。他将她的手捧到自己的唇边，呵出一团暖气，才缓缓道："我是打算让邵宇峥死得彻彻底底干干净净的，我没想过重新出现在你面前。可是天意弄人，谁知道你会闯进我的店里。那一天，我记得天气很好，原本灰扑扑的房间里，因为你的到来突然多了一点光亮，阳光跟着你一起照了进来，就在那一刻，我好像又活过来了。我这一生，只是各种人的影子，唯独不是我自己，我原本只想远远地守着你，可偏偏又遇见了你，既然如此，那我索性豁出去，明枪暗箭都会朝向我，而你，会平平安安一生安稳。"

叶缇的手指颤了颤，向上抚摸上他的脸："所以之前我被绑架，救我的那个人是你对不对？"

韩非无声地默认。

"你在金店里说曾经亏欠的那个女孩也是我，对不对？"

他温柔地笑了一下。

"邵宇峥，"她顿了一下，又道，"韩非，不管你姓甚名谁，也不论你正在做什么，有什么事我们都一起去面对，我陪着你刀山火海，我什么都不怕。"

他攀上她的手腕，掌心覆上她的手："也不怕死？"

叶缇眨了眨眼："不是死过一回了？"

"嗯？"

"那次，在海边阿婆家。"

韩非半天才反应过来，她所说的"死过一回"指的是什么。他干干地咳了几嗓子，把她的手拉了下来，刻意压着嗓子一本正经："去洗澡吧。"

"我不想动。"

"我动！"他睨她一眼，在她还未反应过来时，一把将她拖到了床上，一个转身，将她压到了自己的身下。他抵着她，刻意放慢语速重复了一遍，"你不想动，我动。"

叶缇像猫儿一样扭着身子，笑着想逃，却被他一把抓住脚腕拖了回去。

她大惊失色，大叫：“你想干什么啊，你一个断了腿的人，怎么能这么嚣张？”

韩非眯起眼：“还在怀疑我的能力？”

她蓦地想起夜色之中的海浪声，此起彼伏，壮阔辽远。

“韩非，”她仰起头，看着他泛青的下巴，“你不会再走了吧。”

他搂着她腰身的手一紧，然后俯下身，将她用力地按进了胸口。

第二天，她醒得很早，被饿醒的，前一天在那家私房菜馆，她喝得多，吃得少，现在肚子“咕噜咕噜”地叫，她皱着眉，睁开了眼。

窗帘没有合拢，开了条缝，晨光已经透了进来。她一动不动地盯着那束光，心里很安稳，像那束光线里飘飞的尘埃，慢慢地落定下来。

背后，韩非仍旧拥着她，一只手臂搭在她的腰上，另一只手臂伸到了她的头下，手弯曲着，指尖还绕着她的头发。将睡未睡的时候，他喜欢无意识地把玩着她的头发，她还是第一次知道他有这个小习惯。

她怕枕得太久，他的手臂会酸，小心翼翼地抬起头，想要换一个姿势。没料韩非太警惕，只微微地挪动一下，他就已经转醒，睡眼惺忪地问：“醒了？”

他的声音还带着浓浓的倦意，听起来暧昧至极，叶缇有些羞涩，下意识往后缩了缩，想把距离拉大。韩非眉一蹙，迅速伸手一捞，又将她拖到了胸前。他满意地用下巴蹭了蹭她的头顶，半闭着眼睛说：“从没想过，这辈子还能和你一起有这么放松的时候。”

叶缇扬起脸：“因为不用再骗人了吗？”

“嗯。”

他的大掌抚上她的后脑，这样的时刻，他很珍惜。

只是，缱绻的时间转瞬即逝，他的机票主办方提前就订好了，这时有电话进来，跟他确认出行时间。他跟对方约好时间，挂掉电话，问叶缇：“你的机票没有订吧？”

叶缇伸手去床头柜上拿手机：“我找Coco帮我订，你是哪趟航班？”

“十二点多那一班，我们现在还可以吃个早餐。”

两人很快梳洗完毕，当叶缇脱下浴袍，准备换回前一天衣服的时候，这才发现自己太大意了，昨晚将衬衫随意搭在了洗手池旁，现在衬衫已经完全湿透了，一时也来不及吹干。她只好又穿上了浴袍，走出洗手间，问正在对着镜子整理袖口的男人：“你有多余的衣服可以借我穿吗？”

韩非回过头，看到了她手中拎着的湿衬衫。

“我记得有一件黑衬衫。”

他很快将那件黑衬衫翻了出来，叶缇迅速换上了。男式衬衫有些大了，不过她也没有规规矩矩地扣着纽扣穿，反倒是解开了上面的两颗纽扣，露出精致的锁骨，下摆再随意地扎进牛仔裤里，倒也有一种落拓随意的美感。她本就生得白，再穿这样纯正的黑色服装，愈加衬得肤色莹白。

临出门前，韩非看到了她脚上穿着的酒店拖鞋。

“穿高跟鞋太累了，我吃完回来再换。”

“把袜子穿上吧。”酒店里冷气太足了，她还光着脚，寒从脚起，女孩子应该注意保暖。

叶缇觉得麻烦，才刚刚露出不乐意的模样，人就被拖回了床边。韩非将她搂在身边，几乎是抱着她的姿势，帮她穿袜子。这一只才穿完，她就已经脸红红，想抢回另一只自己穿，却被韩非轻巧躲了过去。

“另一只。”

他一边命令着，一边握住了她的脚踝，她的脚冰凉凉的，但也滑嫩嫩的，虽然常穿高跟鞋，但保养得不错，脚趾上还涂了点酒红色的指甲油。他蓦地想起两人亲热时她的热情，不由得一愣，匆匆把她放开了。

两人相携着去了酒店的自助餐厅，韩非行动不便，被叶缇强制安排等在座位上。她一个人举着盘子，兴冲冲地穿梭在各个食品区之间。她实在是饿，看到什么都想吃，中式面条西式糕点，她每样来一份，最后韩非面前的盘子越堆越多。

他失笑，伸手截住她：“我昨晚累着你了？”

叶缇的脑子转了好几圈才明白他的戏谑，翻了个白眼。

吃到一半，她看到服务员去给装咖啡的机子灌了咖啡，连忙抽了张纸巾擦嘴，想要去倒一杯，韩非拉她坐了回去：“我帮你去拿，你专心解决这些吃的。”

他拿起桌旁靠着的拐杖，慢慢朝着饮品区去了。叶缇目送了一会儿，便放心地扭过头继续给吐司抹果酱，一层草莓味儿，一层蓝莓味儿，酸酸甜甜，一口下去，满足得心花怒放。韩非回来的时候，就看到她半眯着眼睛，一副醉生梦死的表情，令他十分怀疑她吃的到底是面包还是仙药。而她的嘴角边，还沾着一点草莓果酱，嫣红的，太吸引目光了。他盯着那抹红色，旋即做出了令他自己都诧异的举动，他就那样，一手端着咖啡，一手拄着拐杖，然后俯下身去，吻住了她的嘴角。

叶缇浑身僵住，猛地瞪大了眼，却又被那股温柔击垮，眩晕着想要闭上眼睛。

周围还有杯盘刀叉的交响乐，脚步声，吆喝声，还有小孩子跑来跑去的打闹声，叶缇感觉自己头脑一片空白，她伸手去推他，声音软得像棉花糖：“不要，有人……”

他不听，细致地吻着她嘴里的每一个角落，甚至还发出了令人羞耻的满足的声音。

叶缇的脸，比那草莓果酱更要红艳。

这个令人沉沦却又尴尬的吻，结束于一个及时的来电。

是叶缇的手机在振动，屏幕上显示着孟南照的名字。叶缇瞥了一眼，匆忙理了理仪容，仿佛自己的样子会被电话那头的人看到一般。她滑动屏幕，接起，孟南照的声音里难掩疲倦：“叶子，你在瑞丽吗？”

“嗯，今天中午的飞机回去，”她想到她来之前的那一幕，不知道眼下事态发展到哪一步，“公司的事怎么样了？你，还好吗？”

“我还好，其他事等你回来再说。”

叶缇隐约察觉到他语气中的不对劲，可眼下又不好追问，只好等回到威城再说。

飞机抵达威城，已经是下午三点了，叶缇落地之后就给孟南照打电话，却无人接听。她想着要不要去一趟飞凡集团，却又怕会碰见江捍东，何况孟南照现在自身难保，她的出现很有可能令他雪上加霜，她帮不到他，就不要给他添麻烦了。

叶缇打了个车，回了一趟梧桐巷，将韩非送到了他的店里，然后回了一趟家。她打算先换身衣服，将身上这件黑衬衫先给换了，省得被旁人看见落下话柄。她才按了一下门铃，门就匆匆开了，阿翘早已等在那里。

“你从老家回来啦？怎么知道我这个点儿到？时间掐得挺准。”叶缇没留意到阿翘躲闪的眼神，自顾自地换了鞋往里走，一边走一边脱掉风衣，交到阿翘的手上。

步入会客厅，她的脚步停了下来。

沙发上正襟危坐的人，不就是孟南照？

“南照？你在我家呀？我打你的电话一直打不通。”

她走过去，卷着袖子坐到他斜对面的单人椅子上，眼风一扫，高声唤正在挂衣服的阿翘：“怎么没给孟少倒茶？”

“我……”阿翘欲言又止地走过来。

孟南照迅速扫了她一眼：“我不喝。”

叶缇还想说什么，却迅速察觉到了此刻气氛有些异常，她安静下来，眼光在二人的身上来回穿梭，还未发话，阿翘就撑不住了：“小姐……”

“说。”她静静地看着她。

阿翘“噗通”一声跪了下去：“小姐，是我对不起你，对不起大家……”

叶缇的心脏猛地一跳，她往后一缩，却还是稳住了，深吸了一口气，看了一眼孟南照，用眼神表示疑问。孟南照靠在沙发靠背上，转着拇指上的玉扳指，眼神犀利地盯着阿翘，冷冷道：“哪里对不起了？慢慢说给你们家小姐听。”

阿翘呜咽起来，渐渐泣不成声，根本不成句，无法诉说。她趴在地上，伴随着哭泣，脊背也跟着起起伏伏，叶缇听得心里直发慌，伸手叩着茶几：“你别哭，先起来。”

孟南照倒是站了起来，他走到阿翘的身边，一只手将她拉了起来：“你现在跪着不合适，去，到沙发那儿坐着。”

“孟大少，求求你，放过我吧，我真的知道错了……”

“孟南照！到底怎么回事？”

“怎么回事？你问问你自己，你怎么就养出了这么一条白眼狼？她哪里是回老家喝喜酒，她分明是畏罪潜逃！她被江捍东迷惑失了心智，心甘情愿地帮着他为非作歹！烟鹂姐为什么会出轨？就是因为她给她下了药！江捍东蓄谋已久，就是为了侵吞孟家家产，可是孟烟鹂做错了什么？她对他不好吗？对你们这些下人不好吗！”

阿翘在他的手下颤抖如筛糠，若不是孟南照抓着她，她几乎无法站立。而让阿翘真正无法站立的，是叶缇难以置信的目光。

“阿翘？”叶缇扶着沙发，一步步移到她面前，“他说的都是真的？”

阿翘低下头去，牙关紧咬。

“是你助纣为虐害了烟鹂姐？你知不知道你这样做，毁了她的一生！阿翘，你什么时候变成了这样！江捍东到底给了你什么好处？”

“对不起小姐，是我对不起你，是我对不起孟大小姐，对不起大家，我本应该一死了之，可是我、我现在……”

阿翘欲言又止，孟南照忍不住替她说了下去：“她怀孕了，怀了江捍东的种！”

叶缇差点没站住，腿一软，慢慢地倒回到沙发上。她想喝口水，茶几上没杯子，她匆匆起身去餐厅取了杯子，倒了点水，一口喝光了。喉咙里还是干，一连又喝了几杯，这才一步一步艰难地走回来。

“江捍东怎么说？”

阿翘身子一颤，艰难地回答道：“他答应我，他会安排好一切，等忙完这里的事，就会去找我……”

“找你了吗？”

阿翘一愣，又落下泪来：“我回老家这么多天，他一个电话都没有打给过我，我想问问他怎么打算，可又记着他的嘱咐，不可以主动联系他，所以，我……”

“所以他没有安排好你，他也不会安排你，阿翘，你难道不知道他是什么人吗？你还幻想着他离婚后来娶你吗？他现在忙着侵吞孟家的资产，还要让飞凡集团改名换姓，他野心勃勃，不会和你双宿双飞，归隐田园的！”

客厅里一片寂静。过了一会儿，响起了阿翘的抽泣声，她伸手捂住了脸，如虚脱了一般，一点点地跪坐在了地上。

叶缇看着她，这个年轻的女孩，十几岁就进了叶家，若要惩罚她，她于心不忍，可是那样怎么对得起孟烟鹂？

“你走吧。”她转过了头，避开了阿翘的眼神。

“小姐……”

“我不想多说了，你走吧，走得远远的，不要让我再看见你，我们叶家对你已经仁至义尽了。你的工钱我会安排人全部转给你，另外会再多给你一万块钱，就当做是给你和你孩子的营养费。”

说罢，叶缇起身，朝着楼梯走去。

孟南照想跟上去，被她伸手拦住了。叶缇头也没回地下了逐客令：“你也回去吧，我这两天飞得有点累了，想睡一会儿。”

她睡了很久，有一种空落落的寂寞。醒来时，天色已经暗了，白色的纱帘被吹得拂动起来。她突然想到了爬到孟烟鹂卧室阳台的那天，孟烟鹂吞了安眠药，把自己藏在了被子里，像把头扎进了沙土里的鸵鸟，又像是缩在了壳里的乌龟。

是有多绝望，才敢放弃生命。

她挣扎着坐了起来，洗了把脸，拿了车钥匙，开车去了孟宅。

江捍东还算留了点良心，没有把孟宅一并要走。她停好车，走到门口，用人被遣走了很多，只剩一两个老面孔了。叶缇没让他们通知孟烟鹂，自己走了进去。

老远，她就听到了“叮叮咚咚”的琴音——孟烟鹂在弹琴。钢琴在会客厅的一角，临着窗，孟烟鹂穿着真丝睡裙背对着叶缇坐在那里，专注地弹奏着一首乐曲，一双手在黑白键盘上灵活地飞舞着。

叶缇轻轻地走了过去，坐在不远处的座椅上。

孟烟鹂弹完一曲，默默地放下了手，搁在膝头，有些不知所措地抓着裙子。叶缇没惊动她，看着她保持着那样的姿势和状态，一直过去了十几分钟。她觉得不太对劲，孟南照说过，离婚之后，孟烟鹂的精神状态一直不是太好，刚才听她弹琴的时候还没留意，现在倒觉得真的有些异常。

叶缇不敢莽撞地去叫她，只是轻轻地敲了敲座椅扶手，发出一点响动。

孟烟鹂一惊，迅速回过头来，看到叶缇，脸上露出惊恐，但很快，她就恢复了平静。

“叶子？你怎么来了？”

“我看你在弹琴，就没打扰你。”

“嗯，没事做，就打发打发时间。”

孟烟鹂盖上琴盖，朝着叶缇走了过来，伸手拉住她，一起朝着沙发而去。

没有外人，两人都脱了拖鞋，挨在一起坐着。叶缇抓着她的手，轻轻地摸着孟烟鹂因为弹琴而剪得短短的手指甲，头靠在她的颈窝：“烟鹂姐，我们好久没这样聊天了，上一次，好像都是好多年以前了。”

“是呀，那时候我们都还在读书，喜欢聊男明星，还有喜欢的男孩子。”

孟烟鹂短促地笑了一下，鼻子上的细纹也露了出来，竟格外可爱。叶缇不由得笑了：“我那时候喜欢郑伊健，而你喜欢金城武。”

“金城武很帅啊。”

“嗯，是啊，可是，”她顿了顿，很快又顺溜地接了下去，“可是江捍东和他分明不是一个类型的啊？”

孟烟鹂意料之中地怔住了，她慢慢缩回手，又开始拨弄起裙子来，仿佛在自我安慰。叶缇迅速看了她一眼，说：“他后来联系过你吗？”

孟烟鹂摇了摇头。

“财产分割的事都办妥了？”

“我交给律师去做了，我不敢见他。”

叶缇垂下眼，沉默了片刻，接着又问：“你们结婚有几年了？”

“三年。”

她答得很快，根本不用思考，可是回答完，她又逃避一般低下头去。

“三年？”叶缇忍住揪心的感觉，“为什么没想过生一个小孩？我记得你很喜欢小孩的。”

孟烟鹂：“他没同意，他说他不喜欢小孩的，这种事情总要两个人都愿意才行。”她说完，又勉强笑了一下，“幸好没有生小孩，不然现在就很惨了。”

“烟鹂姐。”

她突然认真起来。

孟烟鹂也不由得坐直了身子：“怎么了？”

她重新抓起孟烟鹂的手，将裙子的布料一点点地拽出去，然后握住她的手指，说：“你会遇上更好的人，你值得一个更好的人，”说到这儿，她迅速露出了一抹淘气的笑，“像金城武那样的。”

孟烟鹂怔住了。

“真的。”叶缇确认一般重重地点了点头。

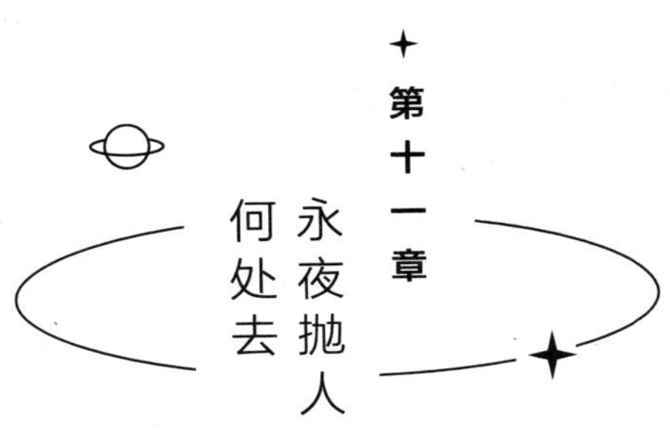

第十一章 永夜抛人何处去

Which
Star——Are You

叶缇一直想要亲自去质问一次江捍东，然而却总是没有机会，据Coco说，他已经回到永丰，并且亲自坐镇指挥，准备好好迎接接下来的珠宝展了，所以这段时间不见客。与此同时，飞凡集团的收购事宜也不可阻挡地在进行之中，孟南照彻彻底底被架空了。

没想到，再遇江捍东，竟是在一周后的一次拍卖会上。

叶缇那次在瑞丽，听别人说林濑川会作为特别嘉宾出现在这次拍卖会上，同韩非聊到此事时，韩非竟然有了兴趣。

“去看一看，也许会碰到好东西。”

叶缇豪气万丈：“好，看中什么我给你买，大不了拼命砸钱！”

韩非哑然失笑。

在拍卖会入口，叶缇看见了江捍东，头发一丝不苟地梳向脑后，鼻梁上架着金丝眼镜，穿的又是暗花云纹的定制西装，倒有几分绅士的样子，可惜他的眼神骗不了人，镜片后那对眼睛里，分明有藏不住的贪婪。

而他身前的唐永丰，也好不到哪里去，胖胖的脸看起来很亲切，私底下的手段却可耻得令人发指。

叶缇停在门口，冷冷地看向他们。

唐永丰最先看见了她，徐徐迈着步子朝她走来：“叶家大小姐，没想到这么巧在这里碰见了。”

“是很巧。”

“啧啧啧，听起来心情不好？”

她笑了一下：“你若是货被抢了，心情能好？”

“生意嘛，风水轮流转，过去的事咱们不提就是了。”

“怎么能过去？”她目光冷冷扫向江捍东，“你派你手下的人潜伏了这么多年，可谓用心良苦。”

唐永丰回头望了一眼江捍东，笑了笑，说：“又不是拍电视剧，哪有什么潜伏，我唐某办事，向来以德服人。”

江捍东也不怀好意笑了：“小叶子心气儿还是那么高。”

叶缇一听他的声音，怒气就上涌，掠过唐永丰，径直走到他面前：“你做那么多亏心事，不怕哪一天有报应吗？”

“亏心事？小叶子，你是不是误会我了？”

“你勾引阿翘，诱骗她陷害孟烟鹂，我哪一个字是误会了？”

江捍东凑到叶缇耳边低声说：“勾引？诱骗？陷害？你有证据吗？”

叶缇怒不可遏：“阿翘都怀了你的孩子了，你还想抵赖？”

“阿翘是谁？”

“你！”

江捍东从容地将叶缇的手拦了回去，说道：“拍卖就要开始了，你若还想和我慢慢叙旧，不如事后我们约个咖啡馆？”

叶缇“啪”一声，反手将他的胳膊打了回去，冷笑着道：“等着瞧，江捍东你好自为之。”

几个人进入拍卖会场后，分坐在了席位两边，叶缇握着号牌，打定了主意要和永丰杠到底。但凡是他们感兴趣的拍品，她必会举手竞拍，将价格抬上一番。几番较量下来，现场的人都看出了名堂，都饶有兴致地观起虎斗。

拍卖进行到一大半时，永丰拍得一个镂空玉龙出廓璧和一件翡翠平安扣，玉叶这边竞得一幅名家字画，以及一对鼻烟壶。随着一对霁蓝描金开光粉彩花鸟小瓶被呈上台，此次拍卖会的高潮出现了，引得现场议论纷纷。

一直保持着沉默的韩非突然开口了：“永丰一定会拍这件。”

“我们也拍。”

“不，让给他们。”

叶缇诧异了：“为什么？”

“他们志在必得。”

韩非一语成谶，现场的竞争十分激烈，花鸟瓶的价位翻了几番，而永丰仍毫不退让。

“这对花瓶值那么多吗？”叶缇大跌眼镜。

韩非不动声色道：“都是他请来的演员，自抬身价，为了讨好别人。”

“谁？”

“林濑川。”

“林教授？”

叶缇抬头看向坐在嘉宾席上的林濑川，他叼着烟斗，戴着黑框眼镜，俨然一副老学究的模样，唐永丰为什么要花费这么多心血去讨好他？

就在永丰快要竞得那对小瓶时，半路杀出个程咬金，这是开场到现在为止那人第一次举牌，而且是直接加价二十万，将气氛推向了顶点。

唐永丰显然没有预料到这个局面，他整个人都愣住了，举牌的江捍东也有些不知所措，不知道该不该继续。

“再加十万！”唐永丰显然是被激怒了，他直接接过江捍东手中的号牌，自己站了起来。

大家纷纷鼓起掌来，热闹几乎到了最高潮。

台上开始倒计时了，唐永丰的嘴角也缓缓地翘了起来，他以为胜券在握，可这时，在座位的最后方，刚才那位举牌的人也高高地举起了自己的号牌，雄厚的声音响彻全场：“五十万。”

叶缇倒吸一口气，跟着所有人的目光一起看去，却顿时惊呆了。

那个头发灰白、就连胡子也泛着灰白的男人，竟然是叶赫祖！

现场哗然，这桩拍卖在齐整的全场倒数声中，一锤定音。

拍卖会一结束，叶缇就冲了出去，赶在叶赫祖离开之前，将他拦住了。

“你什么时候出来的？”

叶赫祖停下脚步，一脸漠然：“今天上午。”

“你提前出来怎么没有通知我？”

“突击检查，看看公司被你弄成了什么样子。”

叶缇想辩解，却看到刚刚走完程序出来的Coco，她不由得送了个白眼过去："你也瞒着我？"

Coco耸了耸肩："叶董要求的。"

"叶董？"后方传来唐永丰的声音，由远及近，人已经绕到了面前，"好久不见了啊，老伙计。"

叶赫祖原本淡漠的表情被讥讽的笑意替代了："你还记得我这位老伙计？"

"三十年前，我们还在一起打江山，这段情谊，我永远珍藏在心。"

"为了这段情谊，所以抢我们玉叶的货？还想故伎重演，侵吞掉玉叶？"

唐永丰呵呵笑了："叶董言重了。"

"我们已经斗了大半辈子了，不用再演了，我坐了五年牢，你们却还逍遥在外，这份'情谊'，我一定会还回来的。"

说罢，叶赫祖一甩手，转身走了。

叶缇和Coco对视一眼，也匆匆跟了上去。

临到上车，她才想起来韩非，回头顾盼一番，他并不在，拨了个电话过去，那头还是闹哄哄的："我还在现场，想多看看，你和你爸很久没见了，好好聊聊吧。"

她只得挂了手机，跟着Coco钻进了商务车。

司机将叶赫祖送回公司，很快就到饭点，Coco提前安排好了接风宴，叶缇提议去接叶述回来。

叶赫祖坐在上座，抽着雪茄，问："小述还会不会怕我？"

前两年，叶述还小，害怕被小朋友们嘲笑他的爸爸是蹲大牢的，更害怕爸爸真的是个十恶不赦的大坏蛋，所以探监的时候，他从来不肯去，而叶赫祖也顾虑那里的环境不适合，也从不勉强。五年过去了，他想儿子的时候，只能通过照片和视频看一看，看他长个子了，眉眼又长开了，有小伙子的样子了。他唯一担忧的，是叶述的身体，幸好这几年没有听到变坏的消息。

叶缇开车赶到医院，管姨已经收拾好行李等在病房，叶述听到"爸爸"

二字，一脸无所谓的样子。他只知道可以出医院的门了，还有好吃的东西等着他，所以心情非常好，一路都雀跃无比。

然而走进包间，他就犯怵了，搓着手站在门口，不肯往前走了。

叶赫祖离开座位，在老远的地方蹲了下来，朝他张开了手："小述？到爸爸这儿来。"

叶述咬着嘴唇，抬头看了看管姨，又看了看叶缇。

叶缇："去呀，那是爸爸，他很想很想你。"

叶述半推半就着，犹犹豫豫地上前了，叶赫祖握住他的肩膀，半百的男人，竟然在刹那红了眼眶。就在那一刻，叶缇突然觉得自己原谅了这么多年来他的重男轻女，她想起了自己幼小的时候，他也曾这样珍爱过自己。

很快，叶述就接纳了叶赫祖，并且开始赖在他怀里撒娇，拽他的胡子，揪他的头发。叶赫祖笑得胡子直翘："爸爸回来了，你也回家跟爸爸一起住吧。"

"真的吗？"小家伙还一副难以置信的样子。

"真的。"

叶述眨了眨眼，问："那妈妈呢？妈妈会回家和我们一起住吗？"

他童稚的声音还没落下，叶赫祖的表情就僵了，连同在场所有的人。叶缇倒了杯果汁送到叶述手里，试图转移话题："这个你不是一直想喝，来，今天可以敞开肚皮，没人会管你。"

叶述看了一眼，心思根本不在饮料上："爸爸，妈妈还会回来吗？"

叶赫祖重重地搁下了筷子："她不会回来了，她根本就不想要……"

"她其实很想回来，"叶缇高声打断，安抚起惶恐的叶述，"她只是去了很远很远的地方，所以赶回来的路也很长很长，可能需要等小述长大，她才能回到家。"

"上次她不是回来过吗？"

"对，在你想她的时候，她就会拼命地赶回来见你一面的。"

叶缇说完，察觉到了叶赫祖犀利的目光，她叹了口气，解释：“上次她回来过一次，接小述出去玩了一趟。”

轻描淡写，姑且就这么过去了，等到饭局结束，叶赫祖才单独把她叫到一旁，问：“温心语回来了？”

“好像是缺钱。”

叶赫祖皱起眉。

叶缇也不打算隐瞒：“她说有人让她帮忙，找什么芯片类的东西，那时候我还不明白，现在想来，可能就是你留在我怀表里的那个芯片吧。”

“帮忙？什么人让她帮忙？”

“她没有透露。”

对话至此，两个人都沉默了，良久，叶赫祖挥了挥手，让她先走，自己慢慢地踱到一旁，从雪茄盒里取出一根，放到嘴边，却很久没有点燃。

送叶述回医院办理后续手续之后，叶缇单独载着叶赫祖回老宅，一路上，两人都没怎么说话。叶赫祖一直望着窗外，五年时间，千变万化，这个城市他还能不能拥有一席之地，他已经不能确定了。

在等红灯的时间里，他冷不丁开口了：“除了货被抢，公司里有没有出现什么别的异常情况？”

叶缇扭头看向他，有些不解，却还是认真回忆了一番：“应该没有的，账面上还算漂亮，董事会也很平静，手里的几个项目推进得也算顺利，只不过因为孟家那边出了事，好几个合作的项目算是暂停了，之后要不要和飞凡集团续约，还需要开会再定。”

叶赫祖若有所思地点了点头。

“对了，”叶缇突然想到，“过两个礼拜，我会去一趟缅甸。”

“去缅甸做什么？”

“缅甸公盘要开始了，我去看看能不能碰到些好的料子。”

叶赫祖点头应允了：“那让南照陪你一起。”

“我有人一起。”

“谁？”叶赫祖表情严肃地问道：“我听说你交了新男友？”

叶缇的心猛地一阵狂跳，正在这时，红灯转绿，她松开刹车，缓缓起步开了出去。过了好一会儿，她才轻声回答：“嗯，下次介绍你们认识。”

叶赫祖无动于衷，问：“南照最近忙吗？让他晚上来家里吃个饭。”

叶缇应了下来。

然而联系上孟南照的时候，已经是晚餐后，他回拨了电话过来，听闻叶赫祖提前出狱了，立即动身匆匆赶了过来。

叶赫祖已经用晚餐了，正沏了一壶茶，坐在茶几边闭目养神。他的膝头上搁着几份报表，他看得累了，让叶缇给他按太阳穴。孟南照放轻脚步，站到一边：“叶伯父，我是南照。”

“来啦？”没动，眼睛还是闭着的。

叶缇迅速瞥了一眼孟南照，迟疑了片刻，还是用唇语问：“阿翘怎么样了？”

“安排妥当了，放心吧。”他也用口型回答。

叶赫祖缓缓睁开眼：“嘀嘀咕咕说什么呢？”

孟南照笑起来，从背后拿出准备好的礼物：“这是给伯父准备的一点薄礼，从一个朋友的酒庄那里订的葡萄酒，才从波尔多运回来，您可要好好尝尝。”

“有心了。”

叶缇接过葡萄酒，拿到酒柜里收好，顺便给孟南照倒了一杯热牛奶，她看到他精神不是太好，希望牛奶能让他安安神。回到会客厅，她听到叶赫祖正在问飞凡集团被收购一事，孟南照的手撑住额头，有些无奈：“已成定局了，近日董事会有所变动，我很可能会被踢出局。”

“江捍东呢？他现在在公司是什么身份？”

“他很奇怪，最近都没出现过，他好像不负责飞凡这边，唐永丰应该给他安排了别的事。”话音落下，他看到叶缇端着牛奶过来了，起身笑盈盈地接了过来，察觉到她脸色不好，估摸着是听到了“江捍东”三个字。他又想到了什么，坐回去，把热乎乎的杯子捧在手心里：“感觉江捍东最近不太对劲，总是神神秘秘的。”

叶缇冷不丁冒了一句：“坏事做多了呗。”

叶赫祖看了她一眼，放下腿，起身端起一杯茶慢慢喝了，说：“南照啊，叶子说过几天要去一趟缅甸，你有时间一起吗？”

“我不用他陪……”

“好啊。”

孟南照答得干脆，叶缇倒被堵住了，无奈地瞪了他一眼。接着，她听到叶赫祖问：“叶子的新男朋友你见过吗？是个什么样的人？”

两人都被这突如其来的问题问住了，互相交换了一下视线，却都缄口不言。

叶赫祖咳了两嗓子，笑了：“看来也很神秘啊。”

而此时，他口中这位神神秘秘的人，正隐没在夜色之中。韩非身穿宽大的黑色风衣，头上戴着一顶鸭舌帽，大半张脸都藏在了帽檐下。他行色匆匆，穿梭于灯红酒绿之中，很快，隐匿于一条漆黑的小巷中，消失不见了。

跟踪的两个男人傻了眼，只得无奈地回去复命。

江捍东正拿着一根羽毛逗鸟儿，闻言，一个回身，一脚踹在了其中一人的胸口上：“废物！”

笼中的鸟儿被吓得扑腾乱撞，鸟笼摇摇晃晃。

他扔了羽毛，走到桌旁，拿起电话拨出去一串号码。很快，电话就通了，他冷冷地剜了一眼桌前那两个毕恭毕敬站着的男人，沉声对电话里说：“老板，他们又跟丢了。”

“又无功而返？”

一个稍显尖细的男人嗓音响起，带着令人战栗的冷笑：“那留着还有什么用呢？”

江捍东面无表情，道：“我来处理干净。”

“嗯，你自己看着办，咱们也不着急，不还是有机会的吗？去了缅甸，他们自然会露出马脚。”

挂断电话，男人转动椅子，看向了一旁正观赏字画的人：“那边跟丢了。”

看画的人负手而立，头戴一顶小毡帽，身穿格纹马甲，看起来一副学者风范。过了很久，他才缓缓地转过身来，脸上的表情充满了厌烦：“是那个韩非吗？”

“还不能确定。”

“永丰啊，这次的交易可不能出一点纰漏。”

“放心吧，林教授，小江那边都已经交待好了。”唐永丰很勉强地笑了一下，他打了太多玻尿酸，面部表情有些僵硬。他摸了摸嘴角，又想到了什么，“不过，韩启正不是说他是养在外面的私生子吗？”

林濑川走到桌旁，将烟灰缸拖了过来，往真皮座椅一坐，两腿一跷，翻出了烟盒：“多留个心吧。”

唐永丰眼疾手快，迅速拿出自己的烟和火递了过去，拢着一团火，将烟点着了。

“那叶家那边？”

“你是说叶赫祖？”

“是啊，我没想到他会提前出狱，还拍走了您的那对小瓶。”

林濑川皱起了眉，错失那对小瓶，他的确觉得可惜。他深深抽了一口烟，弹掉烟灰，叹道：“他碍事吗？”

唐永丰眯起眼，眼神中有些狠戾之色：“这在我的计划之外，可能会有些麻烦，不过应该不会对这次交易有什么影响，我们手里也有筹码，不怕他有什么动作。”

林濑川点点头：“机票订了吗？”

“安排过了。”

“腾冲的那位段老板，你们摸过底了？”

唐永丰：“他的确是小江的旧识，不会有问题的。”

“小江那个人，做事激进了一些，有机会你点拨点拨，那今天就这样吧，在出发之前咱们还是避免碰面。”

林濑川按灭烟，站起身，扶正了自己的小毡帽，然后接过唐永丰递过来的文件包，夹在腋下，悠悠地走出了酒店房间。

半个月后，飞往内比都的航班上，叶缇重遇林濑川。

林濑川对叶缇印象很深：“你是那个追韩家少爷追到瑞丽去的小姑娘。”

叶缇有些不好意思，偷偷瞥了一眼韩非，却见他正笑盈盈地看着自己，目光里有毫不掩饰的温柔。

正在帮忙放行李的郑西河瞧见了，也悄悄地弯下腰，说道：“老板娘，因为你，老板性情大变，还给我涨了工资！”

郑西河用手比划出一个数，正乐得直咧嘴，却在登机的人群中看到了一张熟悉的面孔。

“老板娘，他也跟着一起吗？”

叶缇循声看去，然后就看到了孟南照的脸。

叶缇：“你还真的来了啊？”

孟南照跟着人群慢慢挪了过来，正想开口时，却被一个清脆利落的声音打断：“呀，这是孟家大少爷。”

孟南照下意识拧起眉头，上下打量着这张有点熟悉的脸：“你是？”

“给老板娘拎包的。”郑西河昂起下巴，朝着叶缇，一脸得意，“喏，我老板娘，旁边的帅哥是我老板。”

孟南照瞬间就想起了这个牙尖嘴利的小丫头是谁，他阴下脸，不予理睬。

孟南照侧身避开身后的乘客，刚和叶缇靠得近了一些，又听郑西河问："你座位在哪儿呢？跟我们不是一起的吧？"

孟南照低头看了一眼登机牌，果然，还得往后面走。

"赶快去自己的座位坐着吧，别挡了别人的路。"郑西河说着，踮脚关上了行李架的盖子，一屁股坐到了自己的位子上，脸上还挂着笑，让人气得牙痒痒。孟南照懒得跟这小丫头废话，将登机牌往胸前的口袋里一塞，拖着登机箱往里走了。

叶缇哑然失笑，她想着，孟家大少爷活了这么多年，恐怕就没在口头上给别人占过什么便宜，这回他是铁定认栽了。

直到飞机抵达缅甸首府内比都，一行人包车前往预订的酒店，孟南照是临时多出来的一个，安排房间的时候，郑西河很果断地将叶缇和韩非的护照放在了一起，拍到前台上："他们两个人一间。"

孟南照迅速回头环视了一圈，除了他，他们一共五个人，韩非带着助理郑西河，叶缇带了两个部门骨干，按照惯例来说，加上他在内，二女四男刚好可以平分三间房，叶缇没必要和韩非住在一起。他正想说，又被那丫头截住了："怎么了？你有什么意见吗？我老板和老板娘是男女朋友关系，肯定要住一间的。"

孟南照被噎得哑口无言，半晌，才冷不丁问："那你呢？"

郑西河这才想到自己："我？我、我一个人住啊。"

"不害怕？"孟南照挑眉，故意恐吓，"异国他乡，夜深人静，你一个女孩子……"

叶缇憋着一股子气到现在才敢笑出声来，她拉住孟南照："好啦，你别吓她了，你和韩非一间吧，我陪着西河。"

"你跟我住，"突然开口的是韩非，他望着叶缇，一副若有所思的模样，"我不习惯跟别人住。"

孟南照倒吸一口气，他还没说不乐意呢，韩非倒先有意见了。韩非没心思顾及他的心情，问叶缇："唐永丰他们住在哪里，你知道吗？"

下了飞机，叶缇就没留意永丰珠宝那边的人了，她看到江捍东跟着唐永丰上了前来接机的车，应该也是提前预订好了酒店，或者这边有熟人接待吧。韩非点点头，跟郑西河交待了几句什么，拉着叶缇往休息区走："让西河办理入住吧。"

当晚，孟南照孤枕难眠，叶缇和韩非的房间就在隔壁，他怎么都觉得心里不是滋味，甚至一度变态到趴在墙上偷听动静，无奈隔音效果太好，他听了一会儿，又嘲笑自己幼稚。和他一样幼稚的，还有那小丫头郑西河，她裹着大浴巾，头上顶着毛巾扎着的羊角帽，盘腿坐在床上，脸紧紧贴着墙壁，双目微合，正竭尽全力地运用着自己的听觉系统。

仿佛洞悉了一切的韩非此时正坐在床边，看着从浴室里走出来的叶缇，说："咱们演出戏吧？"

"什么戏？"她刚刚洗脸的时候扎了头发，现在正好扯下了皮筋，一头微卷的长发散落了下来，格外妩媚动人。韩非伸手拉住她，一用力，将她拉到了怀里，双臂紧紧环抱，脸已经靠了过来，呼吸越来越近："激情戏。"

他的气息落在脸上，痒痒的，热热的，叶缇笑着扭动起来，直嚷着："你别闹，我还没洗澡呢。"坐了几个小时飞机，她全身上下都油腻腻的。

韩非不听，嘴唇已经贴上她的耳廓："嘘，有人在偷听。"

"谁？"她痒得直往后缩。

"别有用心的人。"他的声音低了下来，竟不似先前的玩笑口吻，而是严肃正经的口气。

叶缇安静下来，看着他严肃的脸，小声问："是有人在监听我们吗？"

韩非点点头："这一路，都有人跟着我。"

叶缇浑身鸡皮疙瘩都起来了，她知道他的"复活"和改名换姓一定是事出有因，可是他没主动说，她也从来没主动问过，包括那次她的车子刹车被破坏，他们差点命丧大海，事后她也没有再追问对方是什么人。可是当此时此刻，在异国他乡，又是夜深人静之时，她仍然打了一个冷战，她想到什么，小声问：“西河一个人住不会有事吧？”

“他们的目标是我。”

韩非伸手摸了摸她的头发，将她揽入自己的胸膛：“你也不用做什么，配合我演戏就好了，这几天晚上，你就委屈一下吧。”

“嗯，没事，”她乖乖地趴在他胸口，“演戏我还是挺擅长的，好歹我也当过演员。”

第二天天微亮，孟南照就前来敲响了他们的房门。前一晚为了演戏，两个人睡得挺晚，叶缇被吵醒的时候还有些起床气，顶着一头乱发枯坐在床上。孟南照绕过前来开门的韩非，径自走了进去，一本正经道：“我们得早点去看货，听说这届公盘依然僧多粥少，去了解了解情况，中标的把握才能大一些。”

叶缇瞪着他：“看着我的眼睛。”

孟南照无解，却还是靠近了几步：“怎么了？”

“看到红血丝了吗？”

“要不你再睡会儿？”

她抡起抱枕扔了过去：“已经迟了！你知不知道昨天我很累啊！”

孟南照：“……”

见两个男人神色复杂的样子，叶缇反应了过来，又一个抱枕丢了过去：“我失眠啊！”

吵闹着，一行人还是如期赶往了公盘现场，他们提前缴纳过入场押金，开始在入口扫指纹检票，叶缇没想到这次前来参加公盘的人有那么多，人山人海的，会场被围得水泄不通。排了很久，他们才顺利进入会场，没逛一会儿，有人高呼她的名字：“叶子！”

一个接一个脑袋中间，伸出来一只手臂，她眺望过去，看到了江捍东不怀好意的笑脸。

一分钟后，江捍东成功地挤到了她身边，寒暄着："人太多了。"

她不动声色，低头看一块三十二公斤的玉石。

"怎么样，有中意的吗？"

叶缇冷眼扫向他："你们呢？"

江捍东勾起了嘴角："这届镇馆之宝，底价一千两百万欧元，有兴趣吗？"

"口气倒是不小，你们永丰很有把握？"

"全力以赴。"江捍东推了推眼镜，一副胸有成竹的模样。这时有人找来了，口中喊着："江总，江总，唐董正到处找你呢。"

叶缇定睛一看，怔住了："段老板？"

来人正是腾冲的段老板段忠义。

叶缇随口问道："你也来看料子？"

段忠义热得一脑门子汗，手里摇着把纸折扇，道："啊，看能不能拍些好货回去，不过囊中羞涩，恐怕这次要空手而归了。"

叶缇附和着敷衍了几句，转身拉着韩非小心翼翼地避开了。

韩非见她脸色不好，靠近了一些，问："怎么了？"

"有件事想问你。"叶缇停了下来，在鼎沸的人声中，认认真真地问韩非，"那次，在腾冲，你骗我说去见个朋友，其实是去见段忠义的？"

韩非沉默着，半晌，"嗯"了一下。

"你和段忠义在他里面的小房间里说了些什么？"

"你怎么知道？"

"江捍东给我看过监控视频，"她表情严肃，"他是想让我误会你，但我知道你不会做出对我、对玉叶不好的事情。"

韩非有些诧异，却还是难掩眼中浮出的笑意："那你还来问我？"

"我总需要一个答案的，"叶缇垂下眼帘，"韩非，无论什么事，我没有问，不代表我不想知道，我只是在等你告诉我。"

原本还跟在他们身后的郑西河，此时已经识相地躲到一旁去了，并且眼明手快地拽住了不怎么识相的孟南照。韩非叹了一口气，伸手拉住了她的手指："叶缇，那次在腾冲，我回去找段忠义，是想问问关于林教授的事，他留着的那个玉如意，不是说是给林教授的吗？"

"林教授？"

"嗯，林濑川，"韩非的视线从她的脸上缓缓下移，最后落在了她的锁骨处，他伸出手，顺着她的脖颈往下，钩出了那枚护身符，"很多事没告诉你，是怕连累你，怕你受到伤害，在一开始我们重遇的时候，我就告诉过你，知道的秘密越多，死得越早……"

"那你还记得我的回答是什么吗？"她抬着头，眼睛里仿佛闪着光。

韩非的喉结一滚，有些涩："你说你不怕死。"

叶缇霍然展露出笑颜来："嗯，我不怕死。"

话音还未落下，她就被用力地按进了他的怀里，他的声音闷闷的，在耳畔响起："小心唐永丰，小心林濑川，我的身份可能暴露，如果有意外，你一定要自保离开。"

说完，还没等叶缇消化完，他已经松开了手，牵着她，缓慢却坚定地往前走去。

经历了三天的看货投标，三天之后，开标之日到来。如江捍东所愿，永丰珠宝成功拍得当届镇馆之宝，当晚，唐永丰设宴款待，叶缇受邀，同孟南照相携出场。

"韩非呢？"江捍东向二人身后看去，没有看到韩非的身影。

叶缇笑了笑，解释："他水土不服，身体有些不适。"

"那可真遗憾。"

他推了推眼镜，又重新回到了主宾席，继续周旋于宾客之中。

孟南照替她整理餐具，低下头问："他做什么去了？"

叶缇垂下眼睛，沉吟片刻，道："他没告诉我。"

是，他依然什么都没有说，可叶缇知道，他只是想要将她护在身后。

当晚回到酒店，已经近凌晨时分，叶缇躺在床上等了很久，依然没有等到韩非回来。她翻身坐了起来，按亮了手机屏幕，挣扎了很久，还是没有打电话。就在此时，突然警报大响，酒店里响起紧急广播，让所有客人迅速撤离大楼，勿念钱财。

叶缇还没有反应过来，就听到很重的敲门声，她随手抓了件衬衫套上，打开门，孟南照正一脸紧张地站在那里："走，快点跟着我。"

"怎么了？发生什么事了？"她的心跳也跟着加快。

孟南照："暂时还不知道，你去把手机和护照拿着，其他别管了。"

叶缇迅速回到床边，从枕下取出手机，又翻出了自己的钱包，紧紧攥着。出门的时候看到了郑西河，她一脸慌张："我老板呢？"

叶缇的心一沉："我不知道……"

孟南照急吼一声："先出去再说！"

她们二人跟着孟南照挤进了安全通道，所有人像沙丁鱼罐头一样，从三十多层的大楼撤离离开。酒店的门口停着警车和救护车，叶缇回头看了一眼大楼，并未看到失火之类的意外情况，心里推测应该是军事冲突，下意识握住了颈上戴着的护身符。

跟着人群，他们跑到了最远的地方，警察把马路全都封锁了，来往的车辆也都被拦住，叶缇终于按捺不住，拿起手机，给韩非拨网络电话，可是尝试了好多次，都无人接听。她心中惶惶不安，却无计可施，只能听天由命。

等了几个小时，警方开始通知大家回去，所有的人在酒店门口又被警察一一检查一遍，叶缇用英文问了一句："安全了是吗？"

警察用带着口音的英文回答："是。"

“到底是什么情况？”

警察无动于衷，示意她往里走。

叶缇回到自己的房间，孟南照不放心，不肯走，郑西河因为怕，也不肯走。三人对坐，谁都无法入眠，挨到天亮，总算是有惊无险。

“我们提前回去吧。”孟南照翻着手机，查看着当日的机票。

郑西河也连连附和：“是啊，反正公盘已经结束了，不如今天就走吧，这边感觉好危险啊。”

叶缇抬起头来，眼睛里布满了血丝：“你们先走，我等韩非。”

孟南照抬起头来：“你再联系联系。”

“联系不上。”

三人又安静了下来。过了一会儿，有人敲门，是孟南照打电话点的早餐，叶缇看了一眼油腻的炒饭，实在没食欲。她回到床上，尝试着小憩一会儿，可闭上眼，脑子里乱哄哄的。她忍不住，一次又一次地取出手机，却也一次一次地陷入沮丧。

孟南照回自己的房间淋浴更衣，郑西河也不好意思再留下来，安慰她，让她好好休息，并替她轻轻盖上被子才离开。叶缇将自己蒙在被中，逼迫自己入睡，黑暗中，她总算有了点儿睡意。

不知道睡了多久，手机突然“嗡嗡”振动起来，她蓦地睁开眼睛，抓出手机，看也没看就接通了：“韩非？！”

“叶缇，出事了。”

“怎么了？”她猛地坐了起来。

“叶董突然昏迷不醒，现在还在急救中！”

叶缇恍惚了好久，这才反应过来，电话那头的人是Coco。她深吸一口气，重新确认：“你是说我爸？”

Coco：“是，已经六个钟头了，你那边如果没事了，我马上给你订机票。”

"好，我马上回国。"

叶缇挂掉电话，扭头看了一眼窗外，外面青天白日，可她却仿佛身陷黑暗，一切都不可知。

来的时候是六个人，回去的时候只有四个人了。叶缇留了一名部下在酒店等候韩非的消息，带着其他人提前回国。在机场的候机厅里，她的心总是惶惶不安，Coco及时汇报那边的消息，叶赫祖仍然没有好转。

她决定去洗把脸，将行李交给郑西河，独自一人走进了洗手间。

出隔间的时候，她眼前突然一个身影掠过，接着，眼前一黑，有人将什么东西套在了她的头上。她正欲挣扎，手臂被人扭向身后，紧接着，脖子后一个重击，她身子一晃，栽倒在地。

不知过了多久，叶缇感觉有人在抚摸她的脸，动作很轻柔，像极了母亲一样温柔。她想醒来，但眼皮似有千斤重，只能听到有一个熟悉的女声在说："小缇？小缇你醒醒？"

接着是一个男人的声音："他们下手重了。"

是江捍东！她的汗毛立了起来。

女人又说："你们答应过我，不会伤到他们的。"

江捍东冷笑道："向叶赫祖下手的，可是你自己。"

耳边安静了下来，叶缇正努力想着那个女人是谁，突然一阵手机铃声响了，是她的电话。

"是Coco。"女人说。

江捍东笑了一声，没有再说话。

叶缇努力想让自己醒来，突然浑身一凛，竟是有人泼她冷水，她打了一个激灵，艰难地睁开了眼。

模糊的视线中，江捍东正俯首看着她，手里举着手机，见叶缇醒了，这才将手机滑开，言简意赅："接！"

叶缇发不出声音，只听到那头Coco心急如焚地喊：“叶缇，叶董失踪了！小少爷也不见了！”

她转了转眼珠子，正想说话，却见江捍东已经挂断了电话。随后，他用手机发起了一个视频电话，那边很快有人接起，一个黑衣男人与他交谈几句，接着将镜头移向了另一边，这时，叶赫祖和叶述的身影出现在画面中。

“姐姐！”叶述“哇”的一声哭了出来。

叶赫祖循声抬起头来，左右四顾，目光竟然没有焦点：“是叶缇吗？叶缇你来了？”

叶缇难以置信地盯着她爸爸，只见他眼睛呆滞无神，分明是失去了视力。

“爸爸！”她终于喊出声来，“爸爸你眼睛怎么了？”

举着手机的江捍东关掉视频，抿了抿嘴，朝一旁的女人扬起下巴：“喏，是她的功劳。”

叶缇扭过头，这才发现之前那个熟悉的女声竟是来自温心语。两人视线胶着，僵持之下，温心语心虚地移开了目光：“我去给你倒杯水。”

“你做了什么？”

温心语停下脚步，背对着她：“我也劝过赫祖，他不听，我实在没有办法……”

“我问你做了什么！”

江捍东懒洋洋地抻了抻胳膊：“她给叶赫祖下了毒，毒瞎了他的眼睛，那句话说得对，最毒不过妇人心。”

温心语急忙转过身来：“我也不想的……我穷困潦倒，走投无路，是唐永丰好意收留我，也愿意一直照拂我，我只能好好报答他……”

“所以你给自己的老公下毒？”

“不是！我不知道那是毒药！”温心语拼命摆起手，“永丰告诉我说那只是迷药，会让赫祖失去心智，让我骗他签下合约，永丰答应我不会危害他的性命，所以我才答应的！”

叶缇浑身冰冷，她藏在被子中的手紧握成拳，趁着江捍东没留意，她突然冲下床，举起一把匕首，扑向了他的后背。

江捍东及时闪身，利刃却还是划破了他的脸颊，他倒吸一口气，扭住她的双腕，匕首“咣当”一声落在地上，他抬脚踢了出去，舔了舔嘴角，一股子血腥味。

叶缇被按在桌子上动弹不得，她挣扎着，嘶吼：“你们到底想要干什么！”

江捍东：“叶赫祖这个老东西都蹲了五年牢了，出来还这么不安分，凭他一己之力就想要扳倒永丰？真是痴人说梦！还有，你的好情人，韩家三公子，不不不，他哪里是什么韩家三公子，你老实说，他到底是什么来头？还想跟踪我们？”

叶缇一怔，更加拼命挣扎起来：“他在哪儿？你把他们弄到哪儿去了！”

“放心，你爸和弟弟安全着呢，只要你乖乖听话，我就会放了他们。”

“韩非呢？！”

“他？”江捍东想了想，“他可不能活啊，他知道太多事了，不封了他的口，我们后患无穷的。”

“江捍东！你混蛋！”

江捍东贴着她的背俯下身来，嘴唇几乎碰到了她的耳朵：“是，我是混蛋，你再骂一声给我听听，我就喜欢看你骂我的样子。”

这时，门外响起三声叩门声，有人在说话：“时间差不多了。”

江捍东扫兴地松开了手，立即有人上前制住了叶缇，她还没来得及站直身子，眼前又是一黑，有人蒙住了她的眼睛。她被拖拽着走出了房间，接着又上了一辆车，最后车子停在了一个空旷的地方，因为她听到了巨大的引擎声，还感受到了卷起的强大气流。

“上去！”她被推进了一个狭小的空间，她听到有人在对话，“那边天气行吗？能降落吗？”

“应该没问题。”

很快，叶缇又听到了巨大的引擎声，她猜测自己正在直升机上。

约摸半个小时后，直升机降落地面，舱门打开，一阵寒风裹着冰粒子扑到了叶缇身上，她打了个哆嗦，有人给她裹上了厚厚的棉衣。

她听到了脚下“嘎吱嘎吱”的声音，好像是踩在了雪地上。这里是哪儿？从内比都到这里只需要半个小时，应该还没有出缅甸边境吧？那为什么会有雪？

她大口呼吸着凛冽的空气，仿佛回到了在香格里拉的日日夜夜，那里高原之上，阳光盛大，气温却低。是的，是这样的感觉，她的呼吸开始不稳，这显然是熟悉的高原反应，如果没有猜错，这里应该是缅北的深山了。

她被推着趔趄向前，深一脚，浅一脚，耳边都是沉重的脚步声和粗喘的呼吸声。不知道走了多久，她甚至觉得自己要被冻成冰柱子了，没有保暖的脚已经没有知觉，每一步都仿佛行在刀尖。

“到了。”终于有人说话了。

另一个人说：“把眼罩拿掉吧。”

有人绕到她身后，伸手解开了眼罩，她想睁眼，却被突如其来的光线刺到，又赶紧闭上，缓了缓，才慢慢地睁开了眼睛。

四周都是白茫茫的。

月色清冷，泠泠地笼罩着这片雪原。

她转动着眼珠，在茫茫的雪原上，她突然看到了一个身影。那身影就在她的正前方，被两个人架着，站不住，摇摇晃晃地站着，显然没有了任何还击之力。

她的心脏倏地收紧了，虽然离得远，她并不能看清他的脸，可是从她看到他的第一秒，她的大脑就做出了判定。

是韩非。

她张开口，尝试着喊了一声：“韩非！”

那人慢慢地抬起了头，看向了她的方向。

她只觉得眼睛一阵湿热，匆匆扭开了头。

这时身边黑衣人的手机响起，接通之后，便将屏幕对向了她。视频那头，江捍东套着浴袍，端着红酒，身边环抱着异域美人，场面好一个活色生香。

叶缇瞪着他。

“小叶子，你别这么看着我，不如趁着这最后的机会，好好看看你的情郎。”

她咬紧牙：“你放了他。”

江捍东忽地扬起眉梢：“放了他？不不不，不可能。放了你爸爸和弟弟，倒是可以考虑考虑。”

叶缇沉下脸：“你想要什么？你想要我拿什么换？”

“我不想要你的什么，只需要你一个举手之劳，很容易的。”

她冷着脸，等着他继续说。

这时，身边的黑衣人突然向她的手里塞了个东西，触手冰冷，她觉得不对劲，蹙眉看了一眼，只一眼，浑身的血液仿佛都凝住了。

那头的江捍东笑了，她的反应显然在他的意料之中：“怕了？”

叶缇的声音在发颤：“你要我做什么？”

“我的小叶子，别怕，很容易的，你只需要扣动扳机，一切就都结束了，你爸爸、你弟弟，还有你，你们一家人就可以团聚了，一切就可以回到从前了，仿佛什么事都没有发生。”

她脚下发软，整个人往下坠，身边的黑衣人及时架住了她，一只大手覆上了她的手背。

她颤抖起来：“不、不要……”

手机那头的摄像头转了个方向，对准了浴室墙壁上的电子屏幕，叶缇看见了叶赫祖和叶述，两人背对着被捆绑了手脚，正坐在黑漆漆的天台之上。有人提起了叶述，像拎着小鸡一般，将他送到了天台边。小男孩吓得满脸惨白，哇哇大哭，喊着“姐姐救命”。

叶缇的心脏像被人紧紧攥住，她呼吸不过来，眼泪默默流了一脸。

“做好选择了吗？”江捍东的声音从画面外传来。

这时，她的手被人强行抬了起来，她牙齿打颤，声音更颤：“不要……求求你们了……”

远处的男人仿佛感知到了这一切，他抬起头，遥遥地看向了叶缇。昏暗之中，叶缇仿佛看到了他的眼睛，没有颓丧，没有死寂，更没有绝望。他甚至仿佛在鼓励着她，就像五年前一样，他在等着她动手。

“不，邵宇峥，不要……”

她紧紧闭上了眼睛，眼泪跌入雪地之中。

寂静里，远远传来几声狼嚎，更显得这夜色凄冷可怖。

忽地一声枪响，似炸雷，炸开了夜幕。

叶缇双瞳放大，目露惊恐，扣动了扳机的手在寒风中剧烈地颤抖着。

“干得漂亮。”

面前的手机屏幕上，男人正在笑着抚掌。

叶缇双目赤红盯着前方，有湍流迅疾而下，有个人跪倒在岸边，身形摇晃，最后支撑不住，一头栽倒在了雪地里。

叶缇腿一软，被身边的人迅速扶住。

“把叶小姐安全地带回来。”

电话掐断，身边的黑衣人将覆在她手背上的手撤回，顺手拿回了那把手枪。

两个男人将她架了起来，拖着她离开，有人留在现场善后，将伏在雪地上的人扔入了湍流之中。

寒风萧瑟，吹散了叶缇所有的希望。

“韩非——”

叶缇凄厉地大叫，疯了一般挣脱开身旁的黑衣人，拔腿朝着岸边狂奔。天空下起了冰粒子，砸在脸上一阵生疼，她扑向浸染了鲜血的雪地，膝盖猛地着地，一跪，再也不起。

流水淙淙，巨浪翻滚，触目都是漆黑，哪里还有那人的踪影。

雪落无痕。

她蓦地想起五年前，她手执利刃，准确地对着那人的胸口，她指尖冰冷，掌心却黏腻出汗。而那人眼角含笑，目露温柔，伸出手臂拥抱住她，低头吻向她颤抖的嘴唇。

冰冷的刀锋，瞬间没入他的胸膛。

她是罪人。

从前是，现在是，永远都是。

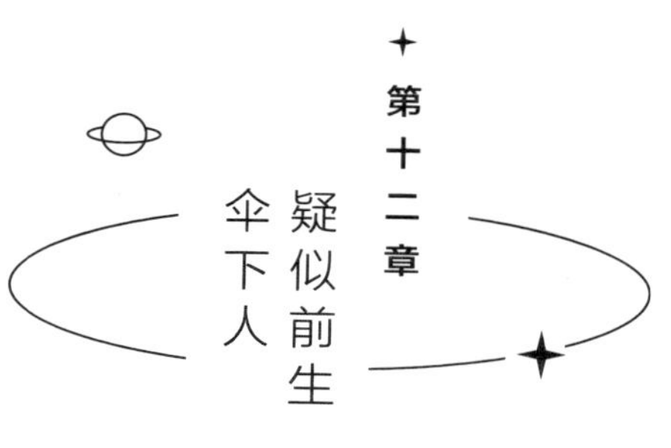

第十二章 疑似前生伞下人

Which
Star —— Are You

叶缇辞去了玉叶珠宝公司总经理一职，带着简单的行李，回到了香格里拉。

高粱居然还记得她，摇着尾巴迎了上来。白天，她就跟着高粱出门晒太阳，晚上一个人摇晃着去附近的酒吧，喝上几杯，才好入睡。她的酒量渐渐不如从前了，或许是这里的酒太烈，她常常喝下一杯就犯起迷糊来。

酒保小弟知道她是常客，每次不等她点单，就送上她的最爱。

那是韩非的特调——死生契阔。

她应该跟着他一起死的。

白天的时候，有人找到了她所在的客栈，她裹着披风下楼，一眼看到了坐在火炉旁的段忠义。

“我还是习惯叫你段老板。”她坐到他身边，捡了根树枝，拨着火炉里的炭。

段忠义剪短了头发，胡子也剃得干干净净的，浑身上下已经没有了生意人的油滑。他从随身携带的公文包里翻出一个红色的布袋，交到了叶缇手中：“这是他之前从腾冲寄到威城的，放在他店里，我们整理遗物时发现的。”

叶缇揭开布袋，看到了一枚翡翠戒指。

那是她和韩非在腾冲买下的赌石，她坚持要做一枚戒指，因为临时决定离开，这枚戒指也没能按时去取，是韩非交代加工厂的老板寄回来的。谁知道回来之后，发生了那么多的事，她倒忘了这枚戒指。

她将戒指套在无名指上，举着手端详着。

段忠义观察着她的脸色，试探着问：“你什么时候回威城？案子已经告一段落，不过还有些程序要走，需要你到场签个字。”

叶缇缓缓地抬起眼睛：“他真的死了？”

段忠义一愣，反应过来：“不见尸首，警方找了很久，存活的可能性很小。”

叶缇笑了：“他又不是第一次死，这不过是你们的套路伎俩。”

可是一番话说完，她便伸手捂住了眼睛。

所有的一切都尘埃落定了，背负罪孽的人也受到了惩罚，而卧底数年的人也恢复了身份，只有他下落不明。她不信他死了，坚决不信。

他说过，他有九条命的，五年前，他就是这么告诉她的。

她摇晃着那杯死生契阔，眯起了眼睛。

灯红酒绿里，叶缇的视线渐渐迷糊起来，她的手指轻轻沿着杯口打转，黄橙橙的烈酒，一口送进喉咙。

叶缇记得，她第一次踏入玉叶的大门，就是在那个时候。

她当时接了一部小成本制作的电影，大部分的取景都在本市，那天，演完戏之后，她打算让邵宇峥陪她一起去个评价很好的小酒馆吃饭，半路上，她接到了叶赫祖的电话。

那时他们父女已经冷战两个月。

手机铃声响了两三回，她还没有接，邵宇峥正在开车，抬眼望了望后视镜："怎么不接？"

她扭过头来，神色复杂，半晌，她才吐出两个字来："我爸。"

"接吧，不接你会后悔的。"

叶缇仿佛得到了鼓励，迫不及待地滑动手机。

叶赫祖的声音听起来并不和善："你在哪儿？"

"……准备去吃饭。"

"先来公司一趟，我在办公室等你。"说着，他不容置喙地挂掉了电话。

叶缇毕业之后就开始演艺生涯，不曾接触过玉叶的生意，更没有踏进过几番迁址后的新办公楼。邵宇峥送叶缇到楼下，她深吸一口气，推开了门，下车后又转身，笑盈盈地歪着脑袋看他："你在这里等我，如果爸爸心情好，我就带你回家介绍给他。"

邵宇峥摘下墨镜，柔声道："好，你进去吧，慢点儿。"

她挎好包，向他挥了挥手，转身走进大楼的旋转门。

而邵宇峥在目送她的身影消失之后，眼底的温柔一点一点地消失殆尽，他看向车子前方，将墨镜戴了回去，放手刹，挂挡，脚下猛踩油门，车子绝尘而去。

而此时，在二十五楼的董事长办公室里，叶赫祖勃然大怒，伸手砸碎了一个青花瓷的茶杯，当着孟南照的面喝问叶缇："你和南照认识这么多年，明明计划要订婚的，现在你又想要取消婚约？你到底在胡闹什么！"

叶缇梗着脖子杵在红木大桌前，她不知道孟南照也会在这里，原本还在猜测叶赫祖叫她来意欲何为，现在明白了，原来是孟南照小人之心告了状。

她垂下眼帘，扫了一眼差点从她脚背上划过去的瓷器碎片，一字一句地回答："爸爸，我不会嫁给孟南照的，我不爱他。"

"胡说！"叶赫祖拍案而起，"你知道我们和孟家的合作有多么重要吗？你会坏了我的事！你不爱孟南照？你爱谁？那个小保镖？你知道他到底什么来头吗！"

空调温度打得太低，气氛却更冰冷，见叶缇紧抿双唇不说话，一直沉默的孟南照从沙发上站了起来："伯父，你不要为难叶子，她根本不知道邵宇峥的底细。"

叶缇霍然抬起头，怒目瞪着他："邵宇峥是你找的，他能有什么底细？"

她的眸光里充满了敌意，孟南照突然觉得心脏一揪，他的脸沉了下去，严肃地道："在你家办公的那几天，我的文件被人动过，后来为了证明自己的怀疑，我故意打乱了一张合同的位置，但等我再打开时，那张合同又回到了原先的位置，"他目光一凝，伸手想去拉叶缇的手，"叶子，我想那个动手脚的人不会是你对不对？"

叶缇急忙避开，眼神执着："也许是你记错了。"

孟南照盯着她的眼睛："是，我也怕是误会，所以特意调查了一下邵宇峥，虽然他的履历看起来没有任何漏洞，但是他填写的军校里，根本没有邵宇峥这个人。”

根本没有邵宇峥这个人……

一句话像回声反复在脑海里出现，不亚于一道晴天霹雳。

叶缇不知道自己怎么走出办公室的，她魂不守舍地乘电梯下楼，到了门口，却发现邵宇峥已经不在了。她打他的手机，一遍、两遍、三遍，都是没人接听，她明明让他在那里等她的。

她有点不知所措，心里那股不妙的预感怎么也压不回去。她打车赶回到别墅，里里外外找了一圈，也没有邵宇峥，他并没有回来，偌大的房子显得空旷而寂寞。她走到他的房间，门没锁，一推就开了。床上的被子叠得整整齐齐，像个豆腐块，书桌上也很干净，他一向有点儿洁癖。再去翻衣柜，她怔住了，空无一物，就连他的行李箱都消失了。

她脚一软，跌坐到地上，面无表情地盯着空空的衣柜，良久，她突然笑了一下，可下一秒，她又伸手捂住了脸。

细小的抽泣声传了出来。

哭得累了，她从指缝里看到床底有一张纸，她擦干眼泪，趴在地板上去够，拾起来才发现是张照片。照片里是邵宇峥的脸，不过比现在稍微年轻一点，背后写着日期，末尾留了姓名，却并不是邵宇峥。

叶缇脑中有什么念头一闪而过，她迅速爬了起来，打开电脑将这个名字输入搜索栏，很快，新的页面弹了出来。照片上的名字属于一个警察，年纪轻轻就因公殉职，黑白的遗照正是此时手里的这张，年轻阳光，器宇轩昂。叶缇搁在键盘上的手颤抖起来，她知道这一回孟南照说对了，邵宇峥的底细，她根本不了解。他浑身都是秘密，从前她被吸引，想靠近，可是此时此刻，那些都像是致命的陷阱，她已经不能逃出生天了。

她魔怔了。

她像个疯子一样疯狂地搜索那个警察的信息，最后查到了他所属的公安部门、工作履历、家庭成员，还有家庭住址。她按照搜索到的地址飞到邻省的城市，守了一天一夜，终于等到了一名白发妇人买菜回来。

那妇人年纪并不大，只是早生华发，剪着利落的短发，穿着一身藏青色的毛衣开衫，戴着珍珠项链，姿态从容。

叶缇深吸一口气，走过去问候："您好，打扰您了，我能借您家的电话用用吗？我的手机没电了。"她举起手机摆了摆，屏幕上的确是黑的。

妇人一脸和善的笑，热情地迎她入门，一边拿钥匙开锁，一边说："我一个人住，很少来客人，所以家里有点儿乱，不要介意。"

她无心介意，从踏进门的那一刻起，她的视线就被牢牢锁住，客厅中央悬挂着一张黑白遗照，清风朗月般的面庞，神情冷峻。

"这是我儿子，"妇人端了茶走过来，顺着她的目光看向遗照，"他是个警察，三年前被凶手击中了心脏，他是我的骄傲。"

叶缇盯着那张照片，眼泪就快要冲出眼眶，即便三年的时光匆匆流过，她也能一眼认出，这个死去的警察分明就是邵宇峥。

她控制住情绪，将眼泪憋回眼眶，低下头，转身走到固定电话前，毕竟她还要完成自己精心设计的骗局。可是举起话筒，她无意识拨出的恰好是他的号码，那头很快有人接起，一个紧张又急促的声音连连在问："喂？喂？"

她的呼吸停住了。

"有人在吗？是哪位找我？你怎么会有我的号码？"

他一定是认出了这串固定电话的号码，他一定是误会了这通电话。他已经"死"了，可是他还在奢望着亲情。

叶缇及时挂断了，眼泪仓皇落下。

"怎么了，姑娘？"

她抬起头，深深看向妇人，她的脸上，依稀有着他的轮廓，他很像她。

"没打通。"她笑了一下。

"那，你再打一次试试？"她的目光里有些怜惜，连忙抽了几张纸巾递了过来，"遇到什么事都不要哭哦，女孩子哭起来不好看的。"

叶缇紧紧攥着纸巾，捂住了口鼻。

她蓦地想到邵宇峥无奈又嫌弃的口吻，叶缇，你怎么那么多眼泪啊。

威城的雨季铺天盖地地来了，瓢泼的雨水让空气里充满了潮湿的气息。

叶缇没想过，再见邵宇峥会是这样的局面。

那天是周一，她没有通告，手机调成了静音，戴着眼罩，打算睡到自然醒。可不知道为什么，她总是辗转反侧，刚睡着却又心慌意乱地清醒过来。有点儿心悸，她甚至怀疑自己身体出了毛病，后来干脆摘了眼罩，爬起来倒水喝，这才看到遮光窗帘外的光亮，手机屏幕上显示时间，八点四十。

不算早，也不算迟，上班族应该都在路上了。

她去泡了个澡，把整个人都沉到水下，自从邵宇峥失踪后，她常常这样，为了隔绝自己，逃避世界。整个世界安静了下来，只有鼻端逸出的气泡声，她听到自己的心跳愈加有力强劲，很快，很急，心脏快跳出胸膛。

一口气耗尽，她钻出水面，深深呼吸。

手机正在焦躁地响着，她接通电话，终于明白这一大早的心悸是因为什么。

她几乎是冲进了玉叶的会议室。

一片兵荒马乱。

叶赫祖被身穿制服的警察铐上了手铐，还有几位有点眼熟的董事会成员也被警察控制住了，孟南照在其中，一边奋力挣扎，一边朝着首席的位置破口大骂。叶缇看到坐在首席位置上的，正是邵宇峥。他穿着一身便装，倚在靠背上，一只胳膊搭在桌面上，手掌下压着一摞文件，文件旁放着一副冰冷的手铐。

叶缇盯着他，声音里是努力克制的冷静："邵宇峥，你放开我爸爸。"

他抬眼看见了她，情绪波动了一下，很快又归于平静。她赶来得急，连衣服都没有换，还是穿着一套真丝的睡衣，脚踩着软底拖鞋，头发被雨淋湿了，一缕一缕地贴在脸颊上。

她好像瘦了。

他搁在桌面上的手一紧，捏成了拳。

可下一秒，他又不动声色地移开了视线，伸出手，轻轻一挥，警方的行动继续起来。叶赫祖被强行拖出，两个警务人员架着他，经过了叶缇身边。叶缇拔腿跟了上去，一把抓住其中一人的手臂："你们放开我爸爸！"

她被推开，又追上，再被拽走，最后力气耗尽，瘫软在地。

嘈杂的脚步声远去了，只剩天花板上的日光灯在"嗡嗡"作响。

人群纷纷散去，空余一室寂静。

邵宇峥没走。

她也知道。

两个人，都仿佛入定了一般，一个高高坐着，一个瘫在地上，无声对峙。

过了好久，叶缇揉着酸麻的脚腕，扶着墙慢慢站了起来。等待那股酸麻过去，她才尝试着走回房内，邵宇峥一直看着她的眼神猝不及防地泄露了情绪，他慌忙扭开头，避开了她的凝视。

她遥遥地望着他，问："你为什么要骗我？"

是啊，的确是骗了她。

香格里拉的那一次，他的确是故意认错，他知道她是叶赫祖的女儿，所以才会挖空心思地接近。其实叶缇不知道，那并不是他们二人的第一次见面，第一次见面，要更早，是半年之前，在巴黎的一家酒店。

那时，他也是在执行任务，近正午时分，走廊里一片寂静。他从一个房间走出来，轻轻合上背后的门，极其清脆的一声"咔嚓"之后，他警惕地环顾左右，然后朝着楼梯间的方向快步走去。他三步并作两步，迅速沿着阶梯往下跑，他的脚步轻巧，几乎听不到响动。刚到楼梯拐弯处，有人推开沉重木门，埋着头"噔噔噔"往上冲。他来不及收住脚步，两人迎头撞上，是他眼疾手快，一把捞过后仰的人，却不小心扯断了什么，有东西滚落在地，转了几圈，最后静止下来。

时间仿佛也随之静止。

他低下头，看到了那枚怀表，表壳摔开了，露出里面一张小小的合照。

他不由得蹙起了眉。

紧接着，他才听到了女孩唏嘘的声音，她被撞到鼻梁，眼睛里涌出一层雾气。

那是他第一次见到叶缇，很好看，好看得像是电视里的明星，眉眼如画，娇艳动人。他平复了一下情绪，用法语轻声地问："你还好吗？"

叶缇眨了眨眼，雾气散去，脸却微微发红。

邵宇峥这才发现自己的手臂还环在她的腰间，心一跳，他及时收回手，低头捡起那枚怀表，物归原主。

"你和你父亲长得很像。"他说。

她一愣，随即抿起嘴唇："是，他们说女儿像爸爸是福气。"

那是他们第一次对话，却源于叶赫祖。

邵宇峥痛苦地闭上了眼，如果没有那次酒店楼梯间的相遇，他不会看到那枚掉落的怀表，也不会看到她和叶赫祖的合照，就不会有眼下这令人撕心裂肺的一幕了吧。他真的不想再看到叶缇的眼泪了，他想上去抱抱她，可是他没有资格。

"你说话啊，"他听到了她发颤的声音，"告诉我，你为什么要骗我？"

他缓缓睁开眼，努力让自己挤出了笑容，事已至此，索性摊牌："说什么？事实就是你看到的那样，是我故意接近你，这起非法集资案，我跟了整整一年了。"

叶缇脑子里"轰"的一声，如坠冰窖："你在骗我对不对？"

邵宇峥一拍扶手，站了起来，抬腿一步步朝她靠近："叶缇，这是我的工作，事到如今，你还想听到什么解释？"他的笑容一点点散去，正色看向她的眼底，"很抱歉，利用了你。"

“我不要你的道歉！”叶缇捂住耳朵，抗拒一般拼命摇着头，“你明明知道叶赫祖我爸爸，你明明知道我爱你！邵宇峥，你怎么可以这么残忍！”

她的眼泪，让他的胸口一阵又一阵地发疼，他站在她的面前，目光哀伤又小心翼翼，明明已经心如刀绞，却又偏偏要按照剧本继续：“叶缇，今天我亲自回来处理后续工作，其实只是想给你一个交代，我……”

“我不要你的交代！”叶缇逃避着，躲开他满含歉疚的双眼，脚下连连后退，不知踩到了什么，身子一歪，坐倒在地，声音也随之软了下来，“我不会原谅你的……”

她以为她的人生终于出现了转折，她甚至豁出去，第一次那么勇敢，她想走自己的路，选择自己的爱人，她以为他就是她命中注定的那个爱人。可原来，这个命中注定都是他蓄谋已久的计谋。风从打开的窗户灌进来，楼下的警笛依然在“呜呜”地叫着，她的包掉在脚边，乱七八糟的东西都散落了出来。她突然一眼瞥见了那把他送的匕首，几乎是一念之间，她抓住了它。

“叶缇……”邵宇峥不由得出声唤她。

她立刻握得更紧，举起来对着他。风声萧萧，她的嘴唇剧烈地抖动着，想说什么，却根本无法出声。邵宇峥蹲下来，直面着锋芒，叶缇一看到他那双深海般的眼睛，她的手就仿佛脱了力，不可遏制地抖动起来：“邵宇峥，我求求你，你再骗骗我好不好？你告诉我这一切都是假的好不好？我接受不了……”

“是真的，”邵宇峥突然握住她的手，他静静看向她的眼底，“叶缇，我说过所有的话都是真的，特级保镖是真的，身手不错是真的，我对你没兴趣，也是真的。”

叶缇突然发出一声哭吼，她闭着眼胡乱地挥着匕首，邵宇峥没有后退，一切在他预料之中。

“很恨我是不是？”他笑着问。

叶缇的精神终于崩溃了，她的眼眶里全是眼泪，整个世界都仿佛沦陷在泪水之中。模糊的视线中，她看到邵宇峥突然朝着她俯下身来，然后他握住了她的手，嘴角一扬，眼底溢出满满的笑："想报仇的话，那就不要犹豫啊，我是死过一次了的，早就不怕死了，来，不要眨眼，没什么可怕的。"

他的声音听起来像"嗡嗡"声，叶缇仿佛听清了，又仿佛没有听清。她感觉眼前有一片迷雾，她只模模糊糊地看到邵宇峥温柔地看着她，低下头，然后他的嘴唇缓缓地印上了她的嘴唇——那是一个冰冷的、绝望的吻。叶缇闭上眼，眼泪线一般滑落。

几秒之后，邵宇峥的头歪倒下来，重重地搁在了她的脖颈间，气息轻拂："叶缇，以后看到星星，我一定能想起你。"

他的手无力地松开，滑落了下去。

紧跟着，叶缇的手也颤抖着松了，"哐当"一声，是匕首砸在地上的声音。

她恐惧地低下头，触目惊心，有猩红的血液不断从他的胸口流出，浸湿了她身上的真丝睡衣。

"邵宇峥？"她尝试喊了一声，声音哑得难听。

她哆嗦起来，用面颊去贴他的脸："邵宇峥？你说话，你说话啊！"

他的身子重重地斜了下去。

叶缇伸手捂住嘴，将尖叫堵在了喉咙里。

窗外，雨声仿佛要将整个城市轰倒。

那就是五年前的最后一面了。

叶缇趴在臂弯里，看着酒杯中倒影的五光十色，仿佛浮光掠影，一切都那么不真实。

当年的葬礼很简单，是一个自称是邵宇峥朋友的男人Andy处理的。她孤立无援，整个人仿佛行尸走肉，后来她一直没想清楚，自己当时是靠着什么念头活下去的。葬礼那天，她强迫自己打起精神，化了个妆，还涂上了她最喜欢的口红。

她一直不相信邵宇峥已经死了，并且是死在了她的手里。那天最后的时刻，她根本不记得是自己用力，还是邵宇峥的动作带动了她，那把匕首太锋利，轻易就穿破了皮肉。她仿佛做了个梦，梦中的邵宇峥正温柔地吻着她，可下一秒，她就惊醒过来，邵宇峥从她的肩头滑落栽倒在地，胸口被血水湿透。

想到这个画面，她就忍不住反胃干呕，一旁的Andy扶住她的肩："叶小姐，邵宇峥最大的心愿不是企求你的原谅，而是希望你忘记他，他一心求死，你别责怪自己。"

她抬眼，看到墓碑上刻着的一行字，怔怔地落下了泪来。

"天上的星星，还有地上的灯火，我一直以为是这往后的人生都触不可及的温暖。后来这些和你的心一比，都不过是生之微末。"

这句话不记得是从哪里看到过，却是她想要对他说的所有。

他临终的最后一句，她永远都记得，他说以后看到星星，他一定能想起她。

想到这儿，她笑了一下，轻轻开口说："你说话算话，天上那么多颗星星，你一定要不停、不停、不停地想着我。"

此时，在人群外，一个手执黑伞、身穿黑色大衣的男人默默转过了身。走出墓园后，他的手机响了起来："小子，你该回来了吧，还有新的任务在等着你。"

"是，队长。"他挂上电话，抬眼看向远方，巨大的黑伞下，是一张和墓碑上一模一样的脸。他不是邵宇峥，现在他换了一个新的名字，乔迪。路边停着一辆黑色的车，他收起伞，弯腰坐进了后座。

车子无声地开了出去，他将车窗降到一半，目视着远处那个女孩的身影越来越远，渐渐，再也不见。雨水灌了进来，打湿了他的发丝，他低下头，掏出了手机。在关机之前，他看到了屏保上的那张照片，是她的脸，眉目如画，明艳动人。

他闭了闭眼，再深呼吸，滑亮手机，删掉所有的信息和记录，然后关机，将手机扔出了窗外。

如果可以，他只想从头再来一次，宁愿多花许多许多的时间来破案，也不愿再遇上一个叶缇。那个爱哭的女孩，到底什么时候走进他心里的？是受到恐吓哭着投入他怀中的时候？还是受了委屈哭着向他倾诉身世的时候？再或者是被绑架后哭着问他“不是身手很了得”的时候？

他真爱哭。

他叹出一口气，拉下窗，仰头看向窗外，却突然又想起了什么，匆忙收回了视线。

呵，他无奈地摇头自嘲。

以后大概再也不敢看星空了吧，那些都是叶缇的眼泪啊，那么多，那么多。

一梦五年。

迷糊中，有什么湿热的东西正在舔着她的脸，她睁开眼，高粱正摇着尾巴，四脚站在她的榻榻米上。

“你怎么进来的？”她坐起来。

这时床尾传来声音：“叶子。”

她循声看去，看见了孟南照。

她披上衣服掀被起床：“你来啦。”

“你该回去了。”

她走向洗手间的步履稍顿，接着又继续，她上了个厕所，洗了把脸，然后叼着牙刷探出头来：“你是在休假吗？我带你在这附近玩玩？现在我可算半个当地人了。”

“叶缇。”他目光深沉。

叶缇皱起眉：“你别那么看我，我最烦你用那种眼神看着我了。”

孟南照深吸一口气：“好好好，只要你听我的话，跟我回威城。”

她回到洗手间，漱口，擦嘴，重新走了出来：“我不回去了。”

“都过去那么久了！你为什么还不肯面对现实！他已经死了！”

“他没死！”她将毛巾狠狠砸向他，“没有尸首，凭什么你们认定他死了！当年的邵宇峥没死，如今的韩非也不会死！”

孟南照伸手扶住额头，焦躁地在房间里来回踱步。那件事之后，叶缇就仿佛是个鸵鸟，将自己的头深深地埋进了沙子里，不肯面对现实，也不肯重新生活，五年之前的一切仿佛都重演，他不知道怎么样才能将她拯救出来。

这三个月以来，他每周飞来一次，劝她回去，玉叶还需要她，叶赫祖的眼睛也还在治疗，更需要她的照顾，而他也需要她。

那件事之后，虽然韩非葬身冰河，可另一个卧底段忠义却带领小队剿灭了以林濑川为首的走私犯罪团伙，并当场截下了巨额的走私货物，唐永丰难逃其罪，永丰珠宝随即被查封。永丰倒了之后，飞凡集团重新回到了孟家手中，他需要在她的帮助之下融资，让孟家东山再起。

“叶子，跟我回去吧，那位闫先生说了，除了叶家的小姐，他不会见别人的。”

叶缇听他提起过那位闫先生，资产雄厚，身家了得，不仅有金铺，还有超市和商场。孟南照三顾茅庐都未见其人，但奇怪的是，那人竟知道她。

这时，孟烟鹂打来电话，自然也是一番好言相劝，最后竟是哽着声音恳求：“叶子，你回来吧，你在我们身边，我才能放心。至于那位闫先生，你见不见倒是次要的，在我眼里，没什么比得过你们这些家人。”

叶缇受不了她的温言软语，只好在电话里应了下来。

行李很少，收拾得也简单，高粱送了一路，将他们送出了古镇。镇外，车子早就等候在那里，叶缇放好行李，回头看向这熟悉的古镇。不远处，巨大的转经筒正在阳光下折射出闪闪金光，她取下颈上的护身符，合在掌心，拜了三拜，这才回头上了车。

两个小时后，她抵达了威城，天正在下雪，仿佛和香格里拉并没有什么不同，可叶缇知道，一年又要过去了。

和闫先生约定的日子，就在回到威城的那个周末。

约定的地点是在一家闹中取静的居酒屋。她听人说过闫先生久居日本，看来孟南照是下了一番功夫的。

那天，下了雪，她为了显得气色好些，特意挑了一件红色的大衣，出门的时候觉得脖子那里空荡荡的，在衣柜里翻了翻，找到了一条围巾。她看着那条围巾愣了很久，她记得，在香格里拉第一次遇到邵宇峥的时候，她就是裹着这一条围巾，当作披肩，防风御寒。她迟疑了一会儿，最后还是取了这条下来，系到了脖子上。

闫先生迟到了，他们二人在包间等了很久，叶缇甚至感觉膝盖都快没了知觉。她撑着地板站起身，碎碎念着："他不会是借我的名义敷衍你吧？"

孟南照不说话，低头又斟了一杯茶。

"我出去透透气。"

叶缇取下大衣和围巾，拉开包间的门，走出了居酒屋。

雪一直没有停，在空中飘舞着，像是细软的鹅绒。她的头发很快就白了，眼睛上也落了雪花，转瞬就化成了水，挂在睫毛上。她将手拢在唇边，呵出一口白气，身后响起了脚步声。她循声回过头，原本随意一瞥的目光，却突然凝住了。

只见温柔的小雪中，一个男人举着伞，着一身灰色大衣，朝着她缓缓走来。他步履从容，风度翩翩，眉目之间是一如从前的清朗和沉静。

叶缇突然如鲠在喉，她连呼吸都不敢。

而他，一步又一步地朝她走了过来。

叶缇看到他微笑着开了口："你来啦。"

她眨了眨眼，泪猝然落了下来。她知道自己失态，笑着急忙去擦："你怎么在这里？"

“我们不是约好了吗？”他温柔地看着她，将伞送到了她的头顶。

叶缇愣怔了片刻，难以置信地问：“你是闫先生？”

他摇了摇头，嘴角向上扬起：“我是邵宇峥。”

雪无声而落，纷纷扬扬，仿佛人间仙境。

青山原不老，为雪白头。

——全文完——

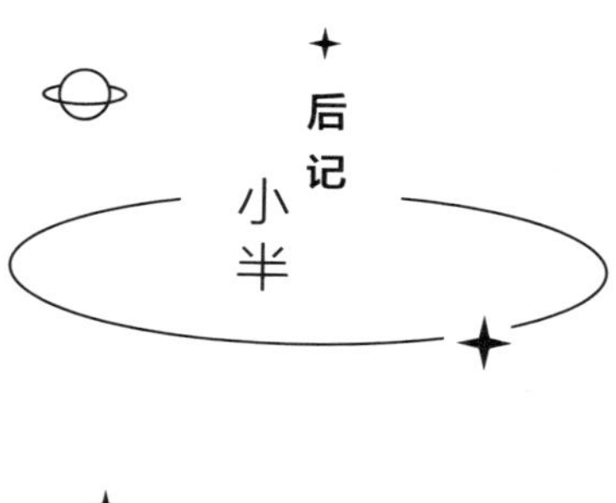

后记

小半

距离完稿已经过去了四个月，天气暖了又冷，冷了又暖，春天犹犹豫豫地踟蹰不前。那天我带女儿回爷爷奶奶家，难得春风拂面，下了车，一群流浪猫纷纷四散，很快又三三两两地聚拢，朝着我们喵喵叫。我指着它们教女儿说“猫咪”，心里却在一只一只地数，哎呀，又多了几只小奶猫，原来的那几只也长大了许多。

时光匆匆，原本还在我肚子里的小胎儿，此时已经开始牙牙学语，蹒跚学步。她追在猫咪身后喊着“咪咪、咪咪”，牢牢地抓着我的手，让我领着她往更远的远方走去。

因为孕育她，抚养她，我在家里做了将近两年的全职妈妈。而《你是哪颗星》，就是在这一特殊的时期里写下来的。

2016年的元旦，我打开了文档，落笔了第一个字，此后便是反反复复，删删改改。开局总是令人踌躇满志，却又迷惘难行。突然有一天，我找到了感觉，写下了前五千字，我以为这是个很好的开始，没想到这本书不得不就此搁置。

因为这个时候，我测出自己怀孕了。前三个月的孕期反应，让我像条“咸鱼”，每天都在昏昏沉沉中度过。那时，我刚好也在修订《我在灰烬中等你》的典藏本。我就这样慢慢磨着，把将近四十万字的全稿修改了一遍，也完全忘了《你是哪颗星》。

后来刷微博，看到不止一个朋友提起这本书，他们问，那篇《天上的星星是她的泪》可以改成长篇吗？我这才想起来文档里的五千字。它已经被计划改成长篇了，只是暂时搁浅了。到了孕中期，我重新打开电脑，挺着已经颇有“规模”的肚子，继续写稿。

只是我没想到，这本书会写得这么艰难，女主角的人设被写崩过一次，男主角的人设也因为不突出被要求修改，还有两个人情感的走向难以把控……种种问题，像是孕期反应一样，反复折磨着我。写到四五万字的时候，我又推翻重写了两万字，开头也是一换再换，我已经忘记了最早版本的开头是什么样的了。每次当我迷茫的时候，我都会和我的先生讨论，我们两个人躺在床上，分析剧情，讨论主线，甚至他还会帮我提供灵感意见。每次经过这样的谈心之后，我的思路都会清晰一些，就这样逐渐地抽丝剥茧，我最终找出了我想要写的方向。

就在我渐渐捋出线头，走上正路的时候，我即将临产了。我的肚子太大了，已经坐不住了，每天写半个小时就腰酸背痛了，于是只得放弃，全文停在了八万字的地方。

之后便是生女儿，休养身体，以及全心全意地照料她。感谢微博上催文的朋友，在你们苦口婆心的叮嘱下，我终于将又尘封了几个月的文档打开了，每天的写稿生活规律得不像话。白天陪娃，晚上哄睡，在她睡着的夜晚，我悄悄地坐在床边的斗柜上写稿。我还特意买来了静音键盘，害怕她随时会被吵醒。但意外也时常发生，常常在我写得入迷的时候，会感觉身后突然有一阵凉气袭来。我回头一看，是女儿不知何时醒来了，正一点一点爬到了床尾，睁着黑漆漆的眼睛盯着我发亮的电脑屏幕。我的灵感就像尿意，瞬间被吓得憋了回去。

就在这样艰难的写稿环境下，我以每天两三千字的乌龟速度，终于将十六万字全稿写完了。

真不容易，想给自己撒花庆祝。

看到后记这里，我想你们已经知道这是一个什么样的故事了吧。这是一个关于黑与白、罪与罚的较量，以及自我救赎的故事。叶缇和邵宇峥都是内心背负了罪的人，一个以为心爱的男人命丧己手，另一个则为自己曾经设好的局懊悔。他们的重遇是场意外，却又并不是意外，因为邵宇峥并没有离开过，他变成了一个影子，无时无刻不在保护着叶缇。他是一个黑骑士，原本想要默默守护，却在叶缇被推上风口浪尖之时，挺身而出，将她护在自己的身后。其实他一直以来都是个挺无趣的男人，不会说浪漫的情话，也不会制造意外惊喜，甚至当年当保镖的时候，完完全全就是根木头。而就是这根木头，让千金小姐叶缇感受到了从未有过的安全感。他是一个一根筋的男人，是一个认死理的男人，曾经心中只有一个信念，那就是完成任务，现在心中也只有一个信念，那就是守护心爱的女人。就是这样的一根筋，才会让叶缇毫无保留地交出自己吧，她毕竟是见惯了世事的女人，不需要别人给她搭建一砖一瓦描绘蓝图，她需要的，就是在疲惫的时候，有一个肩膀可以依靠，有一双臂膀可以拥抱。嗯，他们就是彼此那个合适的人了。

真好，我没有让邵宇峥“死”在那个短篇里。

庆幸自己做了这个决定。

也许这本书未能满足一些读者关于短篇后续的期待，但对于我而言，我已经很满足了，他们每一个人都给自己画了一个圆，他们都勇敢地接受了过去，并且积极地自我救赎，并肩对抗世间的灰暗，并且抵达了对岸。

而于我而言，我也给自己画了一个圆，我小半的人生在此时此刻得到了完满。

想把这本书送给我的女儿。宝贝，你们几乎是一起孕育，一起诞生，一起成长的。但愿你像故事里的人，但愿你有无穷无尽的勇气，但愿你有明辨是非的眼睛。

但愿你的眼睛只看得到笑容。

鹿鹿安

2018年3月于合肥